KB137728

# 고전에서 셰익스피어로

## 그리스·로마 비극과 셰익스피어 비극의 비교

# 고전에서 셰익스피어로

## 그리스 · 로마 비극과 셰익스피어 비극의 비교

로라 젭슨 지음
이 영 순 옮김

도서출판 동인

## 들어가는 말

그리스·로마 비극이나 영국의 비극처럼 방대한 규모의 주제를 한 권의 작은 책자에 담으려면 지침으로 삼을 근거가 필요하다. 특히 하나의 작품에 여러 주제들이 담겨 있어서, 그에 대한 다양한 저서들이 나와 있을 정도로 많은 연구가 이루어진 작품을 다룰 때는 더욱 그러하다. 탐구심이 강한 학생들을 대상으로 강의를 하면서 모은 노트를 보강하기 위해 시작된 이번 저술에서는 아리스토텔레스의 『시학』이 매우 짧으면서도 그것의 모든 내용이 다 유용한 지침서가 되었다. 이 책에서는 아리스토텔레스의 여러 이론들 중에서 에토스 사상을 중심으로 아이스킬로스와 소포클레스, 에우리피데스, 세네카의 고전 비극들과 셰익스피어의 비극들에 어느 정도나 적용 가능한지를 분석해 보고자 한다.

이 책에서 분석의 대상으로 삼은 작품들은 일반적으로 그 비극성이 널리 인정된 비극들로서 나는 작품 자체에 직접적인 주의를 기울여 작가의 의도를 추론해 내고자 하였다. 이는 어떤 작가의 작품은 그 작가가 가진 명확한 비극적 개념에서 나오는 것이 아니라 모든 작품 속에는 의식적이든 무의식적이든 작가의 관점이 배어 있기 때문이다. 비극론이란 그러한 작가의 관점이 정의된 것에 불과하다. 이 책에 '비극론'이 아닌 '비극의 윤리적 양상들'이라는 부제를 붙인 것은 이 책의 모든 이론이 에토스의 개념에서 출발한 것이기 때문이다.

이 책의 논지 전개 방법은 주로 유추의 방법으로서 그리스·로마의 고전과 셰익스피어 비극을 각각 한 작품씩 짝을 맞추어 비교하였다. 그러나 짝으로 선정된 작품들을 비교의 절대적 대상이라고 주장해서는 아니 될 것이며, 그렇다고 우연히 비슷한 점을 일부러 강조하고 싶은 마음도 없다. 더구나 여러 비극들 중의 다양한 에토스의 모습들 사이에도 아주 협소한 한 가지 에토스만이 나타날 수도 있고, 반면에 단 하나의 비극 속에서 여러 에토스의 양상들이 발견될 수도 있을 것이다. 예컨대 파토스와 금욕주의라는 테마가 '시적 정의'의 장에서 이미 마무리된 작품 안에서도 나타날 수 있고, 또 어떤 아이러니는 모든 비극에 다 산재되어 있을 수도 있는 것이다. 그럼에도 불구하고 이 책에서 다룬 비극들은 모두가 해결이 명확해서 그것을 어느 한 가지 에토스의 양상으로 분명하게 설명할 수 있다.

이 책의 짜임새에 대해 몇 마디 언급이 있어야겠다. 맨 첫 장에서는 에토스에 대한 아리스토텔레스의 개념 정의를 살펴본 다음에 에토스의 각 양상들을 설명하는 데 한 장을 할애할 것이다. 연대기적인 관계를 중심으로 논의를 진행하기보다는 철학적 분석에 논의의 초점을 두기로 한다. 그러나 그리스·로마의 고전들의 연대에 주의 깊은 사람이라면 누구나 셰익스피어 비극의 비교 대상으로 선택된 기준이 시대적 순서에 따라 고려되었다는 점을 알아차릴 것이다.

이 책을 쓰는 동안 나는 여러 참고 자료들에서 나와는 의견이 다른 주장들을 종종 발견했지만 가능한 그에 대한 논쟁으로 나의 본문이나 주석의 흐름을 방해받지 않으려고 노력했다. 내가 참고 자료를 쓰는 주된 목적은 내가 내린 결론이 다른 사람들에 의해서도 직접적 혹은 간접적으로 표현된 것을 찾아내어, 요점을 보다 분명하게 설명하기 위함이었기 때문이다. 이 책을 쓰는 데 내가 가장 귀중하다고 생각하는 저서들만을 참고 문헌으로 포함시켰으나 다른 여러 저서들에서도 많은 혜택을 입었음을 밝히고자 한다.

이 책에서 내가 다루고자 한 주제와 관계가 없다고 여겨지는 비극의 여러 양상들, 이를테면 아리스토텔레스가 시어, 사상, 노래 혹은 장광이라고 부른 것들에 대해서는 거의 관심을 기울이지 않았다는 비난을 받을 수 있음을 나 스스로도 잘 알고 있다. 그렇지만 내가 그런 부분에 관심을 기울이지 않았다면 그것은 고의적인 것이다. 왜냐하면 나의 개인적인 의견으로 볼 때 비극에 관한 지금까지의 수많은 논의들에도 불구하고 비극의 윤리적 양상들에 대한 것은 너무 오랫동안 소홀히 다루어져 왔다고 생각했기 때문이다. 비극의 위대성에 공헌한 에토스의 요소를 연구하는 것이 이 책의 목적이다. 만일 이 소책자가 고전들에 대한 새로운 통찰력을 얻는 데 조금이나마 도움을 줄 수 있다면 이 책의 목적은 완수되는 셈이다.

이 책을 쓰기 시작한 초기 단계에서부터 관대하면서도 진지한 비평과 수많은 제안들을 해 준 세이모어 메이트랜트 피쳐에게 내가 얼마나 깊은 감사의 마음을 느끼고 있는지를 알리고 싶다. 그가 나에게 할애해 주었던 귀중한 시간에 대해서는 말할 것도 없고 아리스토텔레스에 대한 해박한 지식에 대해서 무한한 감사의 마음을 어떻게 표현해야 할지 모르겠다.

플로리다 대학 출판부의 부편집장인 존 파크에게도 초고를 편집해 준 데 대한 기술적인 수고와 넓은 이해심에 대해 감사의 말씀을 전한다.

로라 젭슨

플로리다 주 텔러허시

1953년 4월

## 옮긴이의 글

이 책은 1946년부터 1978년까지 미국의 플로리다 주립대학(텔러허시 소재)의 비교문학과 교수로 재직했던 로라 젭슨Laura Jepsen의 *Ethical Aspects of Tragedy: A Comparison of Certain Tragedies by Aeschylus, Sophocles, Euripides, Seneca and Shakespeare* (Gainesville: University of Florida Press, 1953)를 우리말로 옮긴 것이다.

아이스킬로스와 소포클레스, 에우리피데스, 세네카, 셰익스피어는 오랜 세월에 걸쳐서 수많은 연구자들에 의해 극작가 개인은 물론이고 그들 각자의 작품 하나하나에 대해서 일일이 열거할 수 없을 정도로 방대하고 다각적인 연구가 이루어져 왔다. 때문에 그들 모두를 하나의 주제로 연결하여 한 권의 책자에 담아낸다는 것은 무모할 만큼 대담한 시도가 아닐 수 없다. 그럼에도 불구하고 젭슨은 아이스킬로스와 소포클레스, 에우리피데스와 세네카, 그리고 셰익스피어의 비극들을 흐트러짐 없이 비교하여 고전에서 르네상스로 이어지는 문화사적 흐름을 통시적으로 파악하는 데 유용한 지침 하나를 제공하고 있다.

그리스와 로마, 르네상스를 아우르는 광범위한 극작가 군을 비교함에 있어서 젭슨은 아리스토텔레스의 『시학』(*Poetics*)을 분석의 기준으로 삼는다. 매우 짧지만 최초의 문학비평서로서 희곡 분석을 위한 유용한 지침이 되는 『시학』에는 아리스토텔레스의 다수의 비평이론들이 포함되어 있다. 그 가운데 젭슨은 아리스토텔레스의 에토스 사상에 초점을 맞추어 그리스와 로마, 그리고 셰익스피어의 "비극의 윤리적 양상들"을 비교한다. 요컨대 비극적 인물의 성격적 본질을 규정한 아리스토텔레스의 에토스 개념을 근거로 아이스킬로스와 소포클레스, 에우리피데스, 세네카 비극의 인물들과 셰익스피어 비극의 인물을 윤리적 측면에서 비교하고, 그 결과를 통해 세계에 대한, 인간에 대한 극작가 개개인의 관점과 의도를 유추한 것이다. 에토스 사상을 근거로 윤리적 양상을 비교하면서도 젭슨의 글은 난해하지도 현란하지도 않다. "에토스"ethos, "시적 정의"poetic justice, "파토스"pathos, "낭만적 아이러니"romantic irony, "금욕주의"stoicism 같은 철학적 혹은 윤리적 개념들은 아리스토텔레스의 그것보다 간결하고 명쾌하게 정의되어 있고, 그러한 윤리적 양상들이 비극적 인물들에게서 어떤 모습으로 표출되어 있는지, 그리고 인물들 각자의 윤리적 행위나 판단을 통해 유추되는 극작가의 의식적 혹은 무의식적 의도가 무엇인지가 평이하고 명료한 문체로 설명된다.

세상에 나온 지 십수 년이 지난 소책자임에도 불구하고 진부함이 느껴지기는커녕 읽을 때마다 이 책은 그리스의 위대한 비극에 대해서, 네로의 위험한 시대를 곡예 하듯이 살았을 세네카의 유혈 낭자한 비극에 대해서, 인류가 낳은 가장 위대한 극작가라는 명성이 지극히 당연하게 여겨지는 셰익스피어의 비극에 대해서 새로운 관점을 제공해 준다. 온갖 새로운 이름의 비평이론이 난무하는 시대에 윤리적 양상이라는 주제가 어쩌면 시대착오적이고 진부하게 느껴질 수도 있으리라. 그러나 문학은 결국 인간에 관한 이야기이고, 인간의 본질은 곧 아리스토텔레스가 에토스로 규정한 성격에 기초한 것이므로 그리스·로마의 극작가들과 셰익스피어가 제시한 비극적 인물들의 에토스를 살피는 일은 어쩌면 우리들 자신의 본질을 되돌아보는 계기가 될 수도 있을 것이다.

보잘것없는 역서를 출판함에 있어서 다시금 도서출판 동인의 이성모 사장님께 감사의 마음을 표하지 않을 수 없다. 경제적 이익은 언감생심 기대할 수도 없음에도 흔쾌히 출판에 동의해주신 넉넉한 인심에 감사드린다. 책이 완성되기까지 꼼꼼하고 성실하게 작업해 주신 박하얀 씨에게도 지면을 빌어 고마움을 전하고 싶다.

# 차 례

1장

# 비극 속의 에토스[1)]

*Ethos in Tragedy*

아리스토텔레스Aristotle는 매우 행운의 시기에 등장하였다. 그가 등장했던 5세기 무렵은 그리스 극작가들의 거의 모든 작품이 완성되어 그리스극이라는 방대한 보물 창고를 아리스토텔레스 마음대로 이용할 수가 있었던 시기였기 때문이다. 그러나 이 많은 보물의 대부분이 현재 남아 있지 않음이 애석할 뿐이다. 그리스 극작가들의 작품을 체계적으로 면밀히 연구한 끝에 아리스토텔레스는 극 연구에 있어서 "악명이 높기는 하지만 이

1) 에토스ethos란 본래 (어떤 국민, 사회, 제도 등의) 기풍, 정신, 민족 정신, 사조 등을 일컫는 의미로 사용되었으나 아리스토텔레스는 인간의 도덕적 성품을 지칭하는 것으로 사용하였다. 이 책에서 저자는 아리스토텔레스의 정의에 의거하여 도덕적 의미와 결부된 등장인물의 성격을 에토스로 지칭하였다. 격렬한 감정을 가리키는 파토스pathos와 구별하여 지속적인 경향을 지닌 고요한 감정을 에토스로 칭하기도 한다. 르네상스 비평에서는 단순한 성격묘사를 가리키는 것으로 에토스라는 용어를 사용하였다.

제는 습관이 되다시피" 중요해져버린 그의 비극의 이론을 정립할 수가 있었고, 아울러 하나의 전통적 양식 혹은 하나의 장르로서의 비극의 위치를 공고히 다질 수가 있었다.

아리스토텔레스의 『시학』(*Poetics*)이 일련의 강의 노트를 모아 놓은 것 같은 형태로 남아 있다는 사실 때문에 오랜 동안 비평가들 사이에는 여러 가지 억측들이 나돌았다. 그러나 이렇듯 단편적으로 남아 있는 자료들만 가지고서도 아리스토텔레스의 이론을 확실하게 설명할 수 있는 몇 가지 결론을 얻어낼 수 있다. 지금부터 논하게 될 에토스ethos도 그 중의 하나이다.

아리스토텔레스는 본래 비극이 조금씩 쇠퇴하고 있는가, 아니면 잠재적인 이상적 모델로 완성되어 가고 있는가에 관한 비극의 발달 과정에 관심을 가지고 있었다. 비극의 발달 과정에 대한 그의 관심은 "많은 변화를 거치는 동안에 비극은 그 본연의 형식을 갖추게 되었고, 그 결과 이제 비극은 그 발달을 멈추었다"[2]는 『시학』의 결론을 이끌어낸다. 아리스토텔레스는 소포클레스Sophocles와 에우리피데스Euripides의 비극에서 이상적인 비극의 형식이 완성되었다고 말한다. 실제로 아리스토텔레스는 비극의 개념을 설명할 때 그 이상적인 모델의 기준을 대부분 그 두 극작가의 작품에

---

2) Aristotle, *Poetics*, 1449a 14-15.
아리스토텔레스의 『시학』은 하버드 대학 출판부의 로엡 고전 전집The Loeb Classical Library의 영역본인 아리스토텔레스의 『니코마코스 윤리학』(*Nicomachean Ethics*)에서 인용한 것이다. 아리스토텔레스의 『시학』과 셰익스피어 비극의 인용문은 다음의 원전들에서 따 온 것임을 밝힌다.
—Aristotle. *Aristotle's Theory of Poetry and Fine Arts*. Ed. S. H. Butcher (4th ed.). New York: Dover Publications, Inc., 1951.
—Shakespeare. *The Complete Plays and Poems of William Shakespeare*. Ed. William Allan Neilson and Charles Jarvis Hill. Boston: Houghton Mifflin Co., 1942.

서 빌어 왔다. 이를 두고 드라이든Dryden은 "아리스토텔레스가 그렇게 말했었다는 주장만 가지고는 충분치 않다. 아리스토텔레스는 소포클레스와 에우리피데스의 작품에서만 비극의 모범을 취했기 때문이다. 만약에 그가 현대의 비극들을 관람했더라면 아마도 생각이 바뀌었을지 모른다."[3]고 말한 적이 있다. 물론 아리스토텔레스의 주장이 전적으로 옳다고 단언할 수는 없다. 그럼에도 불구하고 드라이든의 이러한 주장은 잘못일 듯싶다. 아리스토텔레스가 우리 시대의 비극을 보았다 하더라도 그는 여전히 비극에 관한 한 소포클레스의 비극을 뛰어 넘는 이상적인 비극은 없을 것이라고 믿었을 것이기 때문이다.

에토스는 아리스토텔레스의 이론을 이해하는 데 중요한 개념의 하나이다. 아리스토텔레스가 『시학』에서는 아무런 개념 설명이 없이 그저 간단히 에토스를 언급하고 넘어갔지만 『니코마코스 윤리학』(*Nicomachean Ethics*)과 『수사학』(*Rhetoric*)에서는 에토스의 개념을 보다 상세하게 설명하고 있다. 앞으로 이 책에서 자주 언급하게 될 에토스는 아리스토텔레스의 정의에 의거하여 선한 의도를 가진 인간의 도덕적 성품을 뜻하는 것으로 사용할 것이다. 어떤 선택의 결과가 궁극적으로 선한 것인가 악한 것인가 하는 도덕적 의미와 상관없이 도덕적 선택을 한 사람의 행위에서 유추할 수 있는 성격을 에토스로 부르는 것이다. 이 책에서는 이러한 에토스의 개념을 아리스토텔레스의 이론을 물론이고 다른 고전 비극들과 셰익스피어 비극들에 비추어 검토해 봄으로써 에토스의 개념을 보다 폭넓은 의미로 파악하고자 한다.

극장에 앉아 있는 관객이 비극을 가장 잘 감상할 수 있으려면 무대 위에서 고통을 겪는 주인공에게 공감을 느낄 수 있어야 한다. 때문에 에

---

3) John Dryden, *Works*, ed. George Saintsbury and Sir Walter Scott (London: William Paterson & Co., 1892), xv, 390.

토스는 아리스토텔레스가 말한 비극의 여섯 가지 요소들 가운데서도 가장 중요하다. 관객이 아리스토텔레스가 "비극 고유의 즐거움"이라고 부른 상태에 도달하려면 이러한 상태를 이끌어내는 "공포와 연민"(fear and pity)의 감정을 유발시켜야 하는데, 공포와 연민의 감정은 윤리적으로 타당한 행동을 한 주인공의 에토스에 의해 생겨나기 때문이다. 부처Butcher는 아리스토텔레스의 이론을 논하는 자리에서 관객이 고통스러운 장면을 목격하면서도 그 비극적인 고통에서 승화의 역설적 기쁨을 맛볼 수 있으려면 주인공은 절대적으로 선할 필요가 있다고 주장한다. "비극의 일차적 기능은 연민과 공포심에 의한 카타르시스*katharsis*의 창출에 있다는 원칙은 비극적 주인공의 필수적 자질을 결정한다. 왜냐하면 연민의 감정은 전적으로 죄가 없는 것은 아니지만 지은 죄에 비해서 너무나 과중한 고통을 당하는 사람에게 느끼는 감정이고, 공포심은 고통을 당하는 사람이 자신과 비슷한 본성을 가진 인간일 때 유발되는 감정이기 때문이다. 비극의 성격은 반드시 플롯이라는 수단을 통해 제시되어야 하며 플롯은 이 두 가지 정서를 완전하게 만족시킬 수 있도록 만들어져야 한다. 따라서 어떤 유형의 인물이나 사건이 이러한 비극적 효과를 전체적으로 만족시키지 못하거나 혹은 부분적으로라도 만족시킬 수 없을 경우에는 즉시 그 인물이나 사건은 빼버려야 한다."4)

아리스토텔레스는 성격과 행위의 상호관계, 즉 성격이 빚어내는 행위와 그 행위에서 파생되는 성격의 상호 관련성을 강조한다. 그러나 비극적 인물의 에토스는 그들의 행위를 근거로 추정되기 때문에 "플롯이야말로 제1의 원리, 말하자면 비극의 영혼이다. 따라서 인물은 두 번째 자리를 차지한다."5)는 아리스토텔레스의 주장은 논리적으로 타당하다. 심지어 단

---

4) S. H. Butcher, *Aristotle's Theory of Poetry and Fine Art*, 4th ed. (New York: Dover Publications, Inc., 1951), p. 302.

순하기 짝이 없는 유형적 에토스만을 제시하는 아가톤Agathon의 『안테우스』(*Antheus*)[6] 같은 작품조차 행위를 제시한다는 이유만으로 비극으로 간주될 수 있다. 성격의 의미를 논하면서 아리스토텔레스는 "요즘 시인들의 비극은 대부분 성격을 제시하는 데 실패하고 있다. 이는 비극 시인들만이 아니라 일반적인 모든 시인들에게 해당된다."[7]고 단언한다. 『시학』의 저자는 "성격의 첫째 그리고 가장 중요한 본질은 선량해야 한다. 등장인물의 말이나 행위는 그것이 어떤 종류의 것이든 도덕적 목적을 드러내는 것이면 모두 성격의 표현일 수 있다. 따라서 목적이 선하면 그 성격도 선하다."[8]고 정의한다.

19세기의 비평가들은 셰익스피어의 극에서 행위 대신에 지나치게 "성격"을 강조했다는 이유로 지금까지 많은 비난을 받아 왔다. 성격을 강조하다보니 결과적으로 작가의 본래 의도와는 다르게 극을 가지고 도덕 여부를 따졌던 때문이다. 아리스토텔레스 역시 이러한 비평 태도에 대해서는 눈살을 찌푸릴 것이다. 왜냐하면 아리스토텔레스의 미학 이론을 이

---

5) *Poetics*, 1450a 37-38.

6) S. M. Pitcher, "The Antheus of Agathon," *American Journal of Philology*, LX (1939), 159.
아가톤Agathon은 그리스의 3대 비극작가의 계승자들 가운데 가장 비중이 큰 시인으로 알려져 있다. 아가톤은 기원전 416년에 레나이아 제전에서 처음으로 승리를 거두었고, 이 승리를 축하하기 위해 그의 집에서 벌어졌던 잔치가 플라톤의 『향연』(*Symposium*)의 배경이 되었다고 한다. 아가톤은 비극의 역사상 처음으로 코러스로 하여금 막간 가를 부르게 하였고 최초로 가상적인 사건과 가상적인 인물로 꾸며진 비극을 소개하였다. 현재 남아 있는 아가톤의 작품은 40행이 채 되지 않는다. 『안테우스』(*Anthus*)에 관해서는 이 작품의 사건과 등장인물이 모두 시인의 창작이라는 점만 알려져 있을 뿐이다. 이런 점으로 미루어 이 작품이 후기 아테나이의 비극과 중기의 신 희극 사이의 교량 역할을 했을 것으로 짐작된다.

7) *Poetics*, 1450 a 23-24.

8) *Ibid.*, 1454a 16-19.

해하자면 윤리적 원칙들을 알아야 할 필요가 있는 것이 사실이지만 아리스토텔레스에게도 윤리적 의미는 비극의 미학적 힘의 기초로서는 단지 부차적 요소에 불과했기 때문이다. 게다가 아리스토텔레스 당시에는 나중에 호라티우스Horace가 찾아낸 "유익함과 감미로움"(*utile dulci*)[9]과 같은 이분법적 구분 방법은 존재하지 않았었다.

아리스토텔레스는 일차적으로 주동인물protagonist이 우주의 도덕률을 준수하는 선량한 인물[10]인가에 관심을 둔다. 그러나 아무리 이상적인 영웅이라 하더라도 비극의 주인공은 완전무결할 정도로 선해서는 아니 되고 실수나 혹은 결함이라고 일컬을 정도의 "하마르티아"(*hamartia*)를 지니고 있어야 한다고 주장한다. 그리스 인들에게 결함이나 실수는 흔히 "중용"의 원리를 어기는 행위를 의미하였다. 일반적으로 고대 그리스에는 영어의 "죄"에 함축되어 있는 것, 즉 신의 성스러운 명령을 위반한다거나 신의 말씀보다 악마의 태도를 따르는 것과 같은 "악"의 개념이 없었다고 한다. 그보다는 그리스 인들은 우주의 균형을 깨뜨리거나 또는 "미덕"(virtue)으로 표시된 정확한 지점을 맞추지 못한 경우를 "악덕"(vice)으로

---

9) 호라티우스가 주창한 "유익함과 감미로움"은 시는 유익하면서도 감미로운 것이라는 변증법적 문학론으로 시의 두 가지 기능을 나타낸다. 즉 시는 독자에게 즐거움을 제공하는 기능과 교훈을 주는 기능을 가져야 한다는 주장이다.

10) E. E. Stoll, *From Shakespeare to Joyce* (Garden City, N. Y.: Doubleday, Doran & Co. 1944), p. 288.
스톨은 이 책에서 "헬레니즘 시인들"—기원전 5세기의 그리스의 비극작가들—과 셰익스피어는 둘 다 비극의 주인공의 선한 요소를 강조한다고 설명한다. 이 점에 관해서는 아래의 저서를 참고해 볼 만하다. S. M. Pitcher, "Aristotle's Good and Just Heroes," *Philological Quarterly*, XXIV (1945), pp. 1-11. 그러나 아리스토텔레스의 『시학』에서는 "영웅"이라는 단어는 나타나지 않는데 이 점에 대해서는 Lane Cooper, *Aristotelian Papers* (Ithaca, N.Y.: Cornell University Press, 1939), p. 82를 참조할 것.

간주하였다. 중용의 원리에는 미덕에 정반대되는 악덕은 존재하지 않는다. 아리스토텔레스는 도덕적 미덕을 "두 개의 악덕, 즉 과도함이라는 악덕과 부족함이라는 악덕 사이에 놓인 중간 상태"로 규정하였다. 그렇지만 중용은 양쪽의 극단적인 것들과 비교했을 때 선으로 간주되는 상대적인 선일 뿐이다. 도덕적 선인 중용 역시 하나의 극에 해당되는 것이다. 아리스토텔레스는 이를 다음과 같이 설명한 바 있다.

> 미덕은 여러 유형의 행동과 감정들 사이에서 한 가지를 선택할 때 정해지는 정신적 기질이다. 그러므로 중용은 본질적으로 각자에게 상대적일 수밖에 없다. 왜냐하면 중용은 이를테면 신중한 사람은 언제나 그렇게 결정하곤 했다는 식의 원칙에 따라 지켜지는 것이기 때문이다.[11)]

심지어 복수의 여신들인 네메시스Nemesis의 벌을 받아 몰락하도록 되어 있는 오만의 죄, 즉 "히브리스"(*hybris*)의 죄조차도 지나침의 개념을 근거로 하여 중용에서 일탈되는 죄를 의미하였던 바, 이러한 중용으로부터의 일탈은 개인에 따라 달라질 수밖에 없다.

중용을 지키는 것이 어렵다는 것을 아리스토텔레스는 너무나 잘 알고 있었다. 때문에 그는 인간이 "중용이라는 과녁을 맞출 수 있는" 가장 좋은 몇몇 예방책들을 제시한 다음에 이렇게 덧붙였다.

> 중용의 준수가 어려운 것임은 분명하다. 다음과 같은 경우에는 특히 그러하다. 예를 들어서 우리가 화를 내야만 할 때, 어떤 태도로 어떤 사람들에게 또 무엇을 근거로 얼마나 오랫동안 화를 낼 것인가를 결정하기란 쉽지가 않은 것이다. 사실 우리는 종종 화를 내는 문제에 있어서는 좀

---

11) Aristotle, *Nichomachean Ethics*, 1106b 27-1107a 7.

부족한 쪽으로 정도를 벗어난 사람을 신사답다고 칭찬한다. 또 어떤 때는 금방 화를 내버리는 사람을 남자다운 사람으로 간주하기도 한다. 그런데 그것이 지나친 쪽이건 부족한 쪽이건 정도에서 약간만 벗어난 사람은 비난의 대상이 되지 않는 반면에 그 벗어난 정도가 눈에 띄어 실수가 확연히 드러나는 사람만이 비난을 받기 마련이다. 그러나 실제로는 눈에 띄는 인식의 정도를 판단의 기준으로 삼을 수 있는 대상을 정한다는 것 자체가 쉽지가 않다. 뿐만 아니라 어느 정도의 벗어남을 비난해야 하는지의 정도 상의 문제도 특정한 상황에 따라 달라진다. 때문에 결국은 그 벗어난 정도가 눈에 띄는가, 그렇지 않은가 하는 인식의 정도에 따라서 우리의 판단이 결정되기 마련이다.[12)]

기독교 교리에 들어 있는 죄와 성스러움이라는 극단적 개념은 그리스 인들에게는 낯선 개념이었다. 어쨌든 극단적인 것은, 그것이 바람직한 것이든 그렇지 못한 것이든 그리스 인들에게는 비극 속의 영웅에게는 적합하지 않은 자질로 간주되었다. 아리스토텔레스에 의하면 비극에 없어서는 안 될 정서 중의 하나인 공포심은 우리 자신과 비슷한 인간이 고통을 겪는 것을 목격했을 때 유발되는 감정이다. 그러므로 비극적 즐거움에 반드시 수반되어야 할 공포의 감정을 불러일으킬 수 있으려면 비극의 주인공은 반드시 관객들로 하여금 자신과 동일하다고 느낄 수 있는 인간이어야 한다. 즉 탁월할 정도로 선한 인간이지만 그렇다고 완벽하지는 않은 인간이어야 하는 것이다. 아무도 성인이나 사악한 죄인을 자신과 동일하다고 느낄 수는 없을 것이기 때문이다.

그렇지만 중용의 논리를 만들어낸 아리스토텔레스도 "그렇다고 모든 행위나 감정이 중용의 도를 지킬 수 있는 적절한 대상은 될 수 없다. 실

---

12) *Ibid.*, 1109b 14-23.

제로 몇몇 명사들은 그 자체가 노골적으로 악을 의미한다. 예를 들어서 원한, 파렴치, 시기심과 같은 감정들이나 간음, 도둑질, 살인 같은 행위들이 바로 그러한 명사들에 해당한다. 이러한 명사들이나 혹은 이 명사들이 시사하는 것과 유사한 행위 및 감정들은 모두 그 자체가 악으로 치부되는 것이지 그 과도함이나 부족함을 비난할 수 있는 대상은 아니다."[13]

그리스의 비극 작가들이나 셰익스피어Shakespeare도 아리스토텔레스와 마찬가지로 우주 속에 어떤 절대적인 도덕적 기준들이 존재한다고 믿었다.[14] 하마르티아 혹은 미덕의 표식에서 어긋날만한 원칙들이 개입될 여지가 너무나 많은 것이 우주인데도 말이다. 비극이라는 호칭에 가장 적합한 그리스 극작가나 셰익스피어는 그들의 비극 속에서 극작가들 자신의 생각을 드러내거나 그 생각을 표현하기 위한 어휘를 선택할 때 거의 모호함을 발견할 수가 없다. 그들은 악은 악으로, 선은 선으로 분명하게 표현한다. 그리스 비극이나 셰익스피어 극에서는 때로는 코러스가 때로는 주동인물 혹은 그리스 극의 코러스처럼 행동하는 소인물들 중의 누군가가 작가의 의도를 전달한다. 그런데 그 역할이 누구에게 주어지든지 그들은 추호도 작가의 의도를 의심할 수 있는 여지를 남기지 않는다.

그래서 아이스킬로스Aeschylus의 클리타임네스트라Clytemnestra와 셰익스피어의 이아고Iago는 악을 솔직하게 인정하고 나선다. 선 또한 착한 인물을 통해서 확실하게 드러난다. 심지어는 선한 인물이 스스로를 선한 인물이라고 변론하기도 한다. 예를 들어 의사당 앞에서 자신을 변론하는 브루투스Brutus, 원로원 앞에서 자신의 행동을 설명하는 오셀로Othello, 아버지

---

13) *Ibid.*, 1107a 8-13.

14) E. E. Stoll, *Shakespeare Studies* (New York: The Macmillan Co., 1927), pp. 102-03; *Shakespeare and Other Masters* (Cambridge: Harvard University Press, 1940), p. 27.

의 면전에서 무죄를 주장하는 히폴리토스Hyppolytus, 테이레시아스Teiresias에게 자신의 무죄를 당당하게 외치는 오이디푸스Oedipus, 그리고 고통 가운데서도 다음과 같이 울부짖는 리어Lear 등이 모두 이러한 유형의 인물들이다.[15)]

나는
죄를 지었다기보다는 오히려 죄의 피해를 입은 사람이다.

I am
More sinn'd against than sinning.

따라서 작가의 생각을 확실하게 드러내는 이러한 비극들에서는 사건의 토대가 되는 도덕적 근거 역시 명확할 수밖에 없다. 극적 사건의 토대가 되는 도덕은 흔히 극 전체를 통해서 아무런 이해관계가 없는 배우들이 윤리적 논평을 하는 사이에 간접적으로 제시된다.

그리스 비극이나 셰익스피어 비극은 반드시 주인공의 고귀함이 강조되는 것으로 끝난다. 에드거Edgar는 리어에게 조의를 표하고 호레이쇼Horatio는 죽어가는 햄릿Hamlet에게, 안토니는 브루투스에게, 캐시오Cassio는 오셀로에게, 아르테미스Artemis는 히폴리토스에게, 그리고 콜로노스의 오이디푸스에게는 코러스가 찬사를 바친다. 사악한 인물들을 "죽어가는 인간 백정과 악마 같은 왕비"라고 부르는 맬콤Malcom을 탄핵하는 『맥베스』(*Macbeth*)의 마지막 장면도 마찬가지 관점으로 이해될 수 있을 것이다.

---

15) 극적 기교의 발달과 관련하여 E. E. Stoll은 *Shakespearean Studies*, pp. 362-66에서 이런 인물들의 행동을 "자기 묘사의 방식"(the self-descriptive method)으로 분류하여 설명하고 있다.

눈에 띄게 선량한 인물은 무죄한 것으로, 두드러지게 악한 인물은 죄인으로 명백하게 선포하려는 것이다. 이렇듯 그리스 비극과 셰익스피어 비극 같은 탁월한 비극들은 모든 등장인물들의 행위를 책임의 원칙에 의거하여 평가한다. 여기서 책임의 원칙이라 함은 고대 그리스에서 법정의 근거가 되었던 사상으로 개개인의 행동을 도덕적 근거에 비추어 무죄와 유죄를 선고하고 일단 선고된 결과에 의거하여 법적 정의를 집행하는 원칙[16)]을 말한다. 선하면서도 악할 수 있는 인간은 없다. 그러므로 비극의 주동인물은 영웅이면서 동시에 악한이 될 수 없다.

그리스 극작가들이나 세네카Seneca, 그리고 셰익스피어는 비극의 싹은 삶의 본질 속에 이미 내재되어 있다고 믿고서 그러한 삶의 본질적인 고통을 승화시켜서 표현하는 것이 비극이라고 보았다. 그러므로 에토스의 함축적 의미를 보다 더 잘 이해할 수 있으려면 여러 비극 작품들에서 유사한 형태로 그려진 인간의 행위들을 추적해 볼 필요가 있다.

16) W. C. Greene, *Moira: Fate, Good, and Evil in Greek Thought* (Cambridge: Harvard University Press, 1944), p. 8.

2장

# 시적 정의

*Poetic Justice*

아리스토텔레스의 비극론은 아이스킬로스의 비극에는 거의 들어맞지 않는다. 『시학』에서 아리스토텔레스는 "선인과 악인에 대해 반대의 재난"[1]을 내리는 것으로 끝나는 비극, 예컨대 무죄한 오레스테스는 풀려나고 죄를 지은 맥베스는 저주를 받는 것처럼 "시적 정의"가 구현되는 비극은 분명 열등한 비극이라고 잘라 말했었다.

아이스킬로스의 『오레스테스』(*Oresteia*) 삼부작과 셰익스피어의 『맥베스』는 둘 다 신의 정의가 공평하게 분배되는 것으로 끝난다. 아리스토텔레스가 신의 보상과 처벌을 강조한 비극을 우수한 극으로 평가하지 않았던 것은 아마도 아리스토텔레스가 신과 인간 사이가 도덕적 관계로 맺어질 수 있다는 생각을 확실하게 가질 수 없었고, 그리하여 아이스킬로스의 윤리관이나 기독교의 인과응보론에 내포되어 있는 것처럼 어떤 정의로

1) *Poetics*, 1453a 30-39.

운 신이 지상에 있는 인간의 행위를 다스린다고 믿지 않았던 때문이 아닌가 한다.[2)]

맥베스는 악에 의해 서서히 타락하는 인물의 성격을 연구할 때 주로 선택되는 대상으로서 클리타임네스트라와 자주 비교가 되는 인물이다. 그렇지만 그리스 비극에서는 어떤 인물의 성격이 고귀해지거나 타락해 가는 점차적인 성격의 변화는 그리 중요시되지 않았다. 때문에 클리타임네스트라는 맥베스와 달리 삼부작의 1, 2편에서조차 탁월하게 고귀한 인물로 묘사되지 않는다. 『아가멤논』(*Agamemnon*)에서는 이 극의 극적 행동을 이끌어가는 클리타임네스트라를 선량함이 전혀 없는 것은 아니지만 주로 악에 의해 지배되는 본성의 소유자로 제시한다. 딸의 복수를 해야 하는 어머니로서의 의무를 다하기 위해서 남편을 살해하지 않을 수 없었다는 그녀 나름의 정당성이 있었음에도 불구하고 코러스는 주로 그녀에게 모든 책임을 전가한다. 요컨대 코러스는 클리타임네스트라가 핑계로 삼는 아트레우스Atreus 가문의 알라스토르[3)]의 저주는 단지 그녀가 본래부터 가지고 있던 죄를 부추기는 구실에 불과하다고 주장하고 나선 것이다.

아리스토텔레스는 "악한 인간"을 다루는 것은 희극의 기능이라고 주장하였다. 연민의 감정은 자기의 죄과를 초월해서 고통을 겪는 사람에게 느껴지는 것이지 응당 치러야 할 고통을 받는 사람에 대해서는 느껴지지 않는 감정이라는 것이 그 이유이다. 그는 "응당 치러야 할 고통을 보면서 느끼는 쾌감은 진짜 비극의 즐거움이 아니다. 그것은 오히려 희극에나 적합한 쾌감이다."[4)]고 말한다. 이에 대해 니콜은 아래와 같이 단언한다.

---

2) Greene, *Moira*, p. 322.

3) 알라스토르Alastor: 그리스 신화의 복수의 신, 혹은 제우스를 가리키는 별칭이기도 함.

4) *Poetics*, 1453a 30-39.

> 희극 속의 인물들은 실제의 사람들보다 훨씬 열등하게 그려지고 이것이 결과적으로 웃음을 유발한다고 말한 것으로 미루어 볼 때, 분명 아리스토텔레스는 인간의 타락에 웃음이 있다고 믿었음에 분명하다.[5)]

그러나 악한은 희극에서나 다루어야 할 인물이라는 이러한 주장에도 불구하고 맥베스와 클리타임네스트라를 희극적 인물로 볼 수 없는 이유는 맥베스와 클리타임네스트라를 희극 이상의 인물로 만드는 선량함이 그들의 성격 안에 내재되어 있기 때문이다.

비극 『맥베스』와 『오레스테스』에는 아이러니의 훌륭한 에피소드가 많이 들어 있다. 그러나 이 두 비극의 결론은 그 어느 쪽도 아이러니하게 끝나지 않는다. 톰슨Thompson은 아이스킬로스에 대해 다음과 같이 말한 바 있는데 이는 매우 적절한 지적이 아닐 수 없다.

> 아이스킬로스는 본질적으로 회의론자이기보다는 잘 믿는 사람이다. 그는 윤리적인 어려움들 때문에 분명히 정신적인 혼란을 많이 겪었던 것으로 여겨지는데, 사려 깊은 사람이라면 그렇지 않은 것이 오히려 이상한 일일 것이다. 그는 자신이 경험했던 윤리적 난제들 중의 하나를 『오레스테스』에서, 그리고 다른 하나는 『프로메테우스』(*Prometheus*)에서 극화했다. 여기서 아이스킬로스는 진짜 아이러니의 철학자들이 해결하지 못한 윤리적 문제들을 극작가인 그가 해결하였다. 일례로 『자비로운 여신들』(*Eumenides*)에서 아이스킬로스는 "공적 정의"를 위해서는 "사적 복수"는 포기되어져야 한다는 점을 효과적으로 역설하였다. 또 다른 예로는 『프로메테우스』를 들 수 있다. 아마도 이 삼부작 가운데 현존하지 않는 두 작품에서 아이스킬로스는 분명 프로메테우스의 지혜와 제우스의 힘을

---

5) Allardyce Nicolle, *Introduction to Dramatic Theory* (London: George G. Harrap & Co., Ltd., 1923), p. 153.

화해시켰을 것이다.[6]

아이스킬로스의 극에서처럼 보상과 처벌이 그 공과에 따라서 공평하게 분배될 때 우리는 바로 시적 정의가 실현되는 세계에 속해 있다고 말할 수 있다.

## 『오레스테스』 삼부작과 『맥베스』

고대 그리스 극의 뚜렷한 특징의 하나는 아마도 윤리적 어조가 강하다는 점일 것이다. 극 속에 내포된 윤리적 의미는 비극적 기교와 결합되어 아이스킬로스, 소포클레스, 에우리피데스의 비극을 우수한 것으로 만들었고, 또 한 명의 위대한 극작가인 셰익스피어 비극의 탁월한 특징이 되기도 했다. 어떤 극 속에 내포되어 있는 윤리적 의미가 중요한 이유는 지적인 사람들 사이에는 그들 모두가 공감하는 도덕적 개념이 존재한다는 것, 그리고 아무리 예술가 개개인의 철학이나 종교적인 사고방식이 다양할지라도 훌륭한 예술은 모름지기 상식적인 도덕을 근거로 창조된다는 것을 뜻하기 때문이다.

아이스킬로스는 바로 그 상식적인 도덕을 토대로 작품을 구축하기 위해 의도적으로 노력한 극작가였다. 따라서 장엄한 윤리를 비극이라는 명칭과 최초로 연결시킨 극작가는 아이스킬로스라고 볼 수 있다. 이 그리

---

6) Allan Reynolds Thompson, *The Dry Mock: A Study of Irony in Drama* (Berkeley: University of California Press, 1948), p. 135.
G. G. Sedgewick, *Of Irony: Especially in Drama* (Toronto: University of Toronto Press, 1948), pp. 59-83: "Irony as Dramatic Emphasis: The Clytemnestra Plays"라는 통찰력 있는 연구가 포함된 자료.

스 정신의 소유자에게 선과 미, 즉 윤리적인 것과 미학적인 것은 분리될 수 없는, 그리하여 예술 작품 안에서 떼려야 뗄 수 없는 불가분의 관계에 놓여 있었다. 특히 그의 주요 작품인 『오레스테스』 삼부작에서 아이스킬로스는 비극이라는 방대한 구조물 위에 견고성을 부여하기 위해서 의도적으로 철학 및 종교적 배경을 설정해 놓았다.

아이스킬로스가 신화적 개념들을 세련되게 다듬어 전통적인 신의 개념을 바꾸어 놓았다는 사실은 이미 상식이 되어 있다. 그리스 종교에서 도덕적인 변화는 아이스킬로스 이전부터 진행되어 왔던 현상이었으나 제우스와 그 밖의 군소 신들을 도덕적 이상을 대변하는 존재로 제시함으로써 당시의 도덕적 변화 양상을 보다 합리적으로 표현했던 것은 아이스킬로스의 『오레스테스』 삼부작이었다. 『오레스테스』 삼부작에서 아이스킬로스는 인간에 대한 신들의 태도를 대변하면서 그 신들에게서 자연적 특성을 모두 없애버리고 그 대신에 신들을 어떤 중요한 도덕의 실현을 위해 초자연적 힘을 발휘하는 존재로 묘사한다.

그리스 사람들은 시인들이 그려내는 신들의 이야기를 오래 전부터 잘 알고 있었다. 하지만 관습상 거의 대부분의 그리스 비극은 신화나 전설적 주제의 범주를 벗어날 수 없었기 때문에 그리스 비극 작가들은 계속적으로 동일한 이야기를 반복적으로 취급할 수밖에 없었다. 그렇지만 여러 번 반복되는 신화라 해도 그것은 관중들에게 늘 신선함을 유지할 수 있었다. 소재가 제한되어 있기는 했지만 극작가들이 원래의 이야기들을 자신의 목적에 맞게 바꾸어 쓰는 데 아무런 제약을 받지 않았기 때문이다. 똑같은 아가멤논의 이야기라 해도 호메로스Homer의 『오디세이아』(*Odysseia*)에서는 그것이 반역과 살인과 복수의 이야기가 된다. 호메로스는 아가멤논 이야기를 아이기스토스Aegisthus와 아가멤논의 아내 클리타임네스트라의 반역, 클리타임네스트라의 도움으로 저질러지는 아이기스토스의 아가멤논의 살해, 그리고 아가멤논의 아들 오레스테스의 정당한 복수의 이야기로 꾸며낸 것이다. 반면에 아이스킬로스에게 아가멤논의 이야기는 가문에 유전되는 죄에 대한 개인의 책임 문제를 진지하게 추적하기 위한 소재가 된다. 따라서 아이스킬로스의 『오레스테스』 삼부작은 호메로스의 작품과는 달리 죄의 선동자로 아이기스토스가 아닌 클리타임네스트라로 지목하고 그녀를 중요하게 다룬다.[7]

아이스킬로스는 인간의 고통을 밝혀내고 신의 본질을 보다 분명하게 이해시키기 위한 소재로 아트레우스 가문에 얽힌 오랜 전설을 선택하였다. 그러나 아트레우스 가문에 대한 원시적인 전설에 끼친 아이스킬로스의 진정한 업적은 각 인물들에게 동기를 부여했다는 점일 것이다. 그렇지만 아이스킬로스조차 어떤 행동이 피해질 가능성이 있었음을 분명히 설명해야 할 필요가 있는 경우에만 동기를 극 전개과정의 중요 부분으로 다루었다.

## 1. 『아가멤논』

『아가멤논』에서 코러스는 "죄인은 더 많은 죄를 낳아서 마치 그 자체가 새끼를 치는 것과 같다"고 노래한다. 이는 곧 죄에 대한 아이스킬로스의 생각을 대변한다. 코러스의 이러한 대사에서 짐작할 수 있듯이 아이스킬로스는 대체로 죄의 연속성, 즉 여러 세대에 걸쳐서 죄가 죄를 낳는 모습을 묘사하는 데 주력하였다. 아이스킬로스는 어떤 가문에 속한 모든 구성원은 그 가문의 과거에 대한 도덕적 책임을 나누어 가진다고 보았으며, 악한 특성을 지닌 가문이나 종족은 악의 성향을 근절시키기 위해 고

7) C. R. Post, "The Dramatic Art of Sophocles," *Harvard Studies in Classical Philology*, XXIII (1912), p. 2.

통을 통한 교정 훈련이 필요하다고 믿었다. 그리고 죄의 성향은 유전된다는 것이 아이스킬로스의 주장이었다. 아이스킬로스 이전의 극들은 주로 가문에 대대로 이어지는 저주를 강력한 힘을 가진 신이 인간의 부도덕에 대해 내리는 복수로 해석하였다. 그러나 아이스킬로스의 극에서 죄의 성향은 개인의 의지에 따라 증가될 수도 있고 억눌려질 수도 있는 것으로 그려진다. 이는 저주가 대를 이어서 유전되는 것이기는 하나 그 저주는 극복이 가능한 것일 수도 있다는 아이스킬로스의 믿음을 반영한다. 요컨대 아이스킬로스에게 죄의 사슬은 그 어떤 고리에서건 부러질 수 있는 것으로 간주되었던 것이다.[8] 때문에 아이스킬로스는 인간의 자유의지를 심지어 타락한 가문의 일원에게서조차 근절시켜서는 안 되는 것으로 취급한다.

아이스킬로스는 죄의 결과로 야기된 보복이라는 테마를 비록 그 범위가 제한적이기는 하지만 자신의 인생을 스스로 선택하고자 하는 의지를 가진 유형의 인물을 통해 예시된다.[9] 아이스킬로스는 소포클레스처럼 어떤 유형의 인간들이 실수를 범하기 쉬운가를 묻기보다 그것만 아니면 고귀했을 사람을 과연 어떤 동기가 실수로 유도했는가를 묻는다. 아이스킬로스에게 죄의 동기는 흔히 오만을 의미하는 "히브리스"이다.

신들 중에서 복수의 여신들인 네메시스를 자극하는 히브리스, 즉 자신의 번영을 지나치게 자랑하는 오만함은 그리스 문학에서 가장 낯익은 테마이다. 네메시스는 인간의 잘못된 행동, 특히 히브리스의 죄에 가해지는 처벌을 뜻하는데, 히브리스의 죄는 영원법에 대한 존중이 부족하거나 타인의 권리를 존중하는 마음의 부족에서 비롯되는 것으로 간주된다. 흔히 네메시스는 승리의 절정에 도달한 인간을 덮친다. 이는 네메시스가 질

---

8) Greene, *Moira*, p. 98.

9) *Ibid.*, p. 126. *Agamemnon*, p. 340

투심이 많아서가 아니라 인간이 가장 무모해지기 쉬운 순간이 승리의 절정에 있을 때이기 때문이다.[10]

자신의 딸 이피게니아Iphgenia를 제물로 바친 아가멤논의 첫 번째 히브리스의 행위는 도덕적 맹목 때문에 빚어진 것이 아니다. 예언자 칼카스Calchas에게서 아가멤논은 이미 딸을 희생물로 바친 그 행위로 인해 조만간 "아이를 대신해서 복수를 감행하려는 분노"가 닥쳐올 것이라는 경고를 받았었기 때문이다. 사건을 보고하는 역할의 코러스가 은밀히 암시하였듯이 이 분노는 물론 클리타임네스트라의 손으로 행해질 복수를 가리킨다. 그렇지만 아가멤논은 정당한 명분을 가지고 있었다. 헬레네Helene가 파리스Paris를 따라 도망감으로써 촉발된 전쟁을 계속해야 할 제우스Zeus의 복수의 대리자로서의 의무가 그것이다. 게다가 칼카스는 앞으로 재난이 닥쳐올 것이라는 경고와 더불어서 아가멤논의 히브리스의 죄 이면에 들어있는 아가멤논의 영웅적 기질이 결국 트로이아 전투에서 대승을 거두게 될 것이라는 장담을 한다.

아가멤논은 자식에 대한 아버지의 의무와 동생 메넬라오스Menelaus와 동맹군들에 대한 명분 사이에서 결단을 내리지 않으면 아니 된다. 아가멤논은 주저한다. 『아가멤논』의 비극적 의미를 이해하려면 아가멤논이 갈등하는 두 가지 의무의 역할에 주목해야 한다. 아무런 악의도 없이 아르테미스의 신성한 암사슴을 살해한 아가멤논에게는 아르테미스의 노여움을 진정시켜야 할 의무가 있다. 하지만 아가멤논은 배를 출항시키기 위해 자신의 딸인 이피게니아를 제물로 바치는 것이 내키지 않는다. 게다가 아르테미스에 대한 의무 외에도 아가멤논에게는 동생 메넬라오스의 아내를 유괴해 간 파리스의 히브리스의 죄와 헬레네를 데리고 온 파리스를 받아들

10) S. H. Butcher, *Some Aspects of the Greek Genius* (London: Macmillan & Co., Ltd., 1929), pp. 108-11.

여준 트로이아라는 도시 전체가 범한 히브리스의 죄에 대해 동생 메넬라오스와 정의를 위한 복수의 신 제우스를 대신해서 처벌을 해야 하는 엄숙한 의무가 있다. 한 가지 의무에 충실함은 다른 의무에 대한 불성실을 뜻한다. 신의 법은 허용과 동시에 금지를 명하는 것이다. 아가멤논은 "이 두 개의 갈림길 중에 어느 쪽이 잘못된 길이 아닐까"라고 울부짖는다. 망설임 끝에 아가멤논은 결국 야심의 자극을 받아 선택을 한다. 아가멤논의 선택은 아이스킬로스 극에서 펼쳐지는 이후의 행적들에 비추어 볼 때 결과적으로 재난을 초래하는 선택으로 판명된다. 그렇지만 만약에 아가멤논이 트로이아를 점령할 동료들을 출항시키기 위해 이피게니아를 제물로 바쳐서 아르테미스의 진노를 달래기를 거부했다면 과연 그가 제우스의 손에 어떠한 고초를 겪었을까? 이것에 관해서는 아직까지 들은 바가 없다.

첫 번째 송가[11]에서 코러스가 설명한 바에 따르면 이피게니아를 제물로 바치는 아가멤논의 행위는 비극이 시작되기 10년 전에 일어난 사건이다. 그럼에도 불구하고 이 사건이 『오레스테스』 삼부작에서는 극 중에서 발생되는 사건처럼 제시된다. 이는 아이스킬로스의 비극에서는 과거가 지배적인 요소로 간주되기 때문이다. 코러스는 사건의 연결에 따라서 각 사건에 도덕적 타당성을 강화시키는 기능을 맡는다.

아가멤논은 무시무시한 결과를 초래할 것이라는 칼카스의 경고를 무시하고서 트로이아 전쟁을 대승으로 이끌 것이라는 성공의 장담만을 생각한 채 배를 출항시킨다. 그러는 사이에 피의 대가를 요구하기 위해서 사악한 행위가 벌어질 순간만을 고대하던 아트레우스 가문의 유전적 저주가 순식간에 아가멤논을 덮친다. 그렇지만 아가멤논이 이피게니아를 제물로

11) 송가ode: 특수한 주제로 특정한 사람이나 사물을 기리는 서정시. 특히 코러스 송가 choral ode는 그리스 극의 합창곡을 가리킨다.

바치는 순간에 곧바로 아트레우스 가문의 저주가 활동을 개시하는 것은 아니다. 오래 전에 동생인 아트레우스—아가멤논의 아버지인—에게 속아서 자식들을 잔치 음식으로 먹었던 티에스테스Thyestes가 아트레우스 가문 전체에 내린 그 저주는 10년 동안 아가멤논이 트로이아에서 승승장구한 다음에야 실현되기 시작한다. 한 가지 실수는 또 다른 실수를 초래하고 잘못을 저지르기 쉬운 아가멤논의 기질이 그의 죄를 점점 더 불길한 방향으로 악화시킨다. 트로이아에서 무수하게 죽어간 그리스의 병사들, 신들의 성전을 수없이 파괴해버린 불경스러운 행위들, 그리고 포로인 카산드라Cassandra를 귀환 길에 동반해 오는 뻔뻔함 때문에 아가멤논은 벌을 받게 될 것이다. 아가멤논이 포로로 데려온 카산드라는 아폴론Apollo에게서 선물[12]을 받았으면서도 처녀성을 고수하기 위해 아폴론의 요구를 거절해버림으로써 아폴론 신을 곤경에 빠뜨렸던 여자이다. 그런데 신의 요구조차 거절했던 그 여자가 지금은 인간 세계의 왕인 아가멤논의 포로가 되어 그 남자의 아내를 모독하는 수단으로 이용되고 있다. 그리하여 포로인 카산드라는 아가멤논이 지금까지 범한 여러 히브리스의 행위들 가운데 하나가 된다. 클리타임네스트라의 부추김에 아가멤논이 밟는 자줏빛 카펫은 여태까지 쌓여 온 아가멤논의 히브리스를 상징하기 위한 극적 장치이다.

아이스킬로스는 자만한 인간에 대한 유일한 단련 방법은 역경뿐임을

12) 카산드라와 아폴론의 선물: 카산드라는 트로이아의 왕 프리아모스의 딸이었다. 아폴론이 그녀를 보고 사랑에 빠졌는데 그녀는 좀처럼 아폴론의 구애를 받아들이지 않는다. 아폴론이 자신의 사랑을 받아준다면 예언의 힘을 선물로 주겠다고 카산드라를 유혹한다. 그러나 예언력을 얻은 뒤에도 카산드라는 아폴론을 받아들이지 않았고, 그러자 화가 난 아폴론이 그녀의 예언력에서 설득의 힘을 빼버린다. 그리하여 카산드라는 아무리 신통한 예언을 해도 사람들은 그녀의 예언을 믿지 않게 되었다. 겉으로는 번듯해도 현실적으로는 아무런 소용도 없는 빈말을 "카산드라의 예언"이라고 부른다.

강조한다. 『아가멤논』에서 "지혜는 고통을 통해 얻어진다."는 코러스의 격언이 제우스의 속성으로 제시된 바 있다. 『오레스테스』 삼부작에서 아이스킬로스가 이 격언을 인간의 행위를 설명하기 위한 근거로 삼고 있음이 분명하다. 그러나 『아가멤논』에서 아이스킬로스는 이러한 테마를 인간들 입장에서 전개하지 않는다. 고통을 통해 지혜를 얻는다는 테마를 전개하는 과정을 통해 아이스킬로스가 강조하고자 한 것은 오히려 신들의 도덕적 본성이 변하게 되어 있다는 것, 그리고 이렇게 변덕스러운 신들의 지배를 받는 인간은 그 선택의 자유에 있어서 제한을 받을 수밖에 없다는 점이다.

그렇지만 아이스킬로스가 운명을 믿었느냐 아니면 자유의지를 믿었느냐에 대한 질문은 불필요하다. 다른 대다수의 사람들처럼 아이스킬로스 역시 그 둘을 다 믿었다. 아이스킬로스의 삼부작은 이 세계는 맹목적 우연의 지배를 받지 않는다는 사실을 인정하고 있다. 아이스킬로스의 극에서는 인간의 자유의지가 아무리 저항한다 할지라도 인간의 행위 배후에는 도저히 극복할 수 없는 힘이 존재하는 것으로 묘사되기 때문이다. 아이스킬로스는 자유의지의 문제를 오늘날 우리들이 당면하고 있는 식으로 제시하지 않았다. 그는 등장인물들에게 자유를 부여하면서도 그들이 자유를 발휘할 경우 그 자유는 필연코 재난을 초래하는 것으로 묘사한다. 아이스킬로스의 인물들은 매번 여러 가지 의무가 상호 충돌하는 것처럼 보이는 딜레마 속에 빠져 있다. 즉 여러 의무들이 충돌하는 상황에서 아이스킬로스의 인물들은 도덕적으로 한 가지 선택을 하지 않으면 안 되는, 그러나 그 어떤 선택도 도덕상 용납이 불가능한 상황에 놓이게 된다.[13)]

13) B. A. G. Fuller, "The Conflict of Moral Obligation in the Trilogy of Aeschylus," *Harvard Theological Review,* VIII (1915), p. 461.
Green, *Moira*, p. 125.

선조들의 어리석음 때문에 아가멤논이 왜 고통을 당해야 하는가? 아이스킬로스는 이 의문을 피하지도, 그렇다고 그 의문에 대한 해결책을 제시하지도 않는다. 아가멤논은 근원적 저주에 사로잡힌 가문의 일원이다. 위기의 순간에 그는 하나의 선택을 하지 않으면 안 되었다. 그가 선택한 것은 재난으로 가득한 인생 행로였다. 물론 그가 또 다른 선택을 했더라도 그 운명 역시 파멸을 초래했을 것이라는 추측을 해 볼 수 있을 것이다. 아가멤논으로 하여금 필사적으로 역경과 맞서도록 몰아갔던 복수자 제우스는 삼부작의 제1부에서는 아직 마지막 작품에서처럼 정의로운 신으로 묘사되지 않는다. 그렇지만 조만간 제우스는 변덕스럽지 않게 선과 악을 분배하게 될 것이다.

그렇다면 아가멤논의 비극은 부분적으로는 그의 본성 때문에 초래되는 것이지만 대부분은 환경에 희생당한 영웅의 비극이라고 할 수 있다. 아이스킬로스의 탁월한 인물 창조는 비극의 주인공의 행위가 주인공 자신의 통제력 바깥에 있는 외적 요인에 의해서 추진된다는 전제 아래 이루어진다. 마치 자유스러운 존재인 것처럼 행동하는 우리들 자신의 삶을 고려해 보더라도 비록 정도의 차이는 있겠지만 누구든 아이스킬로스의 이러한 전제가 사실임을 인정하지 않을 수 없을 것이다.[14)]

『아가멤논』의 주도적 인물은 아가멤논이 아니라 클리타임네스트라임을 사실로 인정해야 한다. 이 극의 플롯의 변화가 그녀의 성격과 밀접한 관계를 맺고 있기 때문이다. 클리타임네스트라는 자신의 목적이 완수된 후에야 비로소 마음속을 털어놓는, 그것도 아주 모호하게 말하는 모사꾼이다.

『아가멤논』은 아주 불길하게 개막된다. 외롭고 지친 경비병이 졸음을 쫓기 위해 노래를 부른다. 경비병의 노래가 차츰 아트레우스 가문에 대한

---

14) Green, *Moira*, p. 91.

애도의 노래로 바뀌더니 "이 집이 말하는 입만 갖고 있다면 집이 혼자서 술술 얘기를 털어놓을 텐데..."라는 의미심장한 대사로 끝난다. 이러한 경비병의 대사로 시작된 불안의 리듬이 점점 강도가 높아지면서 극 전체로 퍼져나가더니 처음에는 승전의 기쁨으로 가득 차고 그 다음에는 낙담한 전령의 고함소리, 남편을 맞는 클리타임네스트라의 위선적인 환영사, 그리고 마침내는 살인자의 범행을 예언하는 카산드라의 신들린 탄식 소리로 이어진다.15)

경비병은 클리타임네스트라를 "잔인한 심정을 가진 여자이면서 동시에 강한 목적을 가진 남자"로 묘사한다. 여자인 동시에 남자로 묘사되는 클리타임네스트라가 코러스의 첫 번째 송가가 진행되는 동안에 등장하더니 제단에 불을 밝힌다. 코러스가 그녀에게 말을 걸지만 그녀는 아무 말도 하지 않는다. 묵묵히 자신의 일을 마친 클리타임네스트라가 말없이 퇴장한다. 그런데 그녀가 아무런 말도 하지 않았음에도 불구하고 코러스의 대사를 통해 그녀의 목적이 밝혀진다. 클리타임네스트라의 마음을 훑고 지나가는 것이 무엇인가가 코러스를 통해 여실히 밝혀지기 때문이다. 그래서 그녀가 다시 등장하여 말을 할 때는 관중들은 이미 그녀의 말속에 숨겨진 의미를 알아차릴 준비가 되어 있다. 그녀의 대사를 잠시 뒤로 미

15) 이에 관해 세지윅Sedgewick은 아래와 같이 주장한다(65).

> 실제로 경비병의 첫 대사에서 움직임이 감지되기 시작한 아이러니한 힘의 파도는 클리타임네스트라가 무언가 불길한 준비를 하는 상황을 지켜볼 때 힘이 모아져서는 아가멤논과 카산드라가 탄 마차가 기세등등하게 등장하는 장면에서 높이 솟구치더니 남편과 아내가 충돌하는 장면에서 무섭게 부서져 내린다. 더욱 증폭된 움직임을 가진 두 번째 파도는 아무 것도 모르는 코러스가 잔뜩 겁을 먹으며 듣고 있는 가운데 카산드라가 예언을 하는 장면에서 한껏 높아진 그 힘도 아가멤논이 습격을 받고 내지르는 비명과 함께 부서져 내린다.

뤄둠으로써 더욱 인상적으로 들리는 효과를 내는 것이다.

왕비인 클리타임네스트라는 반신반의하는 코러스에게 트로이아에서 그리스가 승리했음을 장담한다. 자신의 공언을 믿지 못하는 코러스를 향해 그녀는 쓸데없는 꿈을 믿기 때문에 의심을 하는 것이라고 꾸짖기까지 한다. 관중은 그녀가 또 다른 승리를 꿈꾸고 있음을 안다. 그녀는 장엄한 어조로 트로이아에서 아가멤논이 신들에게 저지른 죄를 용서해 주시고 무사히 귀향을 할 수 있도록 해 달라고, 그리고 "죽은 자의 가혹한 고통"이 두 눈을 부릅뜨고 있음을 증명하지 않도록 해 달라는 아이러니한 기도를 토로한다. 클리타임네스트라가 언급한 "죽은 자"는 애매한 이중적 의미를 가진 단어로서 코러스로 하여금 그것이 살육된 트로이아 사람들을 지칭하는 것으로 해석하도록 만든다. 그렇지만 관중은 그 말이 아버지에 의해 살해된 클리타임네스트라의 딸을 가리키는 것임을 알고 있을 것이다. 그녀는 "나는 즐거워하는 많은 사람들에게 축복을 내리기 위해 이렇게 하려는 것"이라고 말하면서 기도를 마친다. 남편을 환영하기 위한 클리타임네스트라의 계획은 완벽하다.

클리타임네스트라가 퇴장하면서 남기는 기도에 이어서 전령은 원로들로 구성된 코러스에게 메시지를 전달한다. "트로이아에서 신의 제단들과 성물들은 모두 파괴되어 버렸다. 트로이아 전체의 씨앗은 완전히 메말라 버렸다."는 전령의 메시지는 트로이아에서 아가멤논과 그의 부하들이 범한 히브리스에 관한 보고에 다름 아니다. 이어서 아가멤논이 등장하자 코러스는 왕을 맞이하는 환영 인사에서 "조만간 그대는 그대의 사람 중에서 누가 정직하고 누가 부적절한 사람이며 누가 나라를 지킬 사람인가를 알게 되리라"며 될 수 있는 대로 분명한 어조로 불안한 심정을 표현하려고 한다. 그렇지만 정작 아가멤논은 그 말의 참뜻을 간파하지 못한다. 그는 자신의 집안에 있을 도전자들을 감히 생각하지도 못하고 왕권에 도전하는 자들을 기필코 제거하겠노라고 약속한다.

이 때 클리타임네스트라가 자줏빛 양탄자를 든 시종들을 거느리고 다시 무대에 등장한다. 여기서 그녀의 마음은 극도의 혼란 상태에 있다. 꿈속에서조차 두려워 마지 않던 남자를 그녀는 지금 눈앞에 보고 있으며 조만간 둘 중의 하나는 마지막 순간을 맞이해야 한다. 그녀는 자신의 처지에 대해 하소연한다. 클리타임네스트라는 감정이 북받치는 것 같은 연설을 늘어놓는다. 겉으로는 복수의 신들을 멀리 하는 척하면서 은근히 복수의 신들인 네메시스를 끌어들인다. 아부의 말은 곧 아부의 행위로 이어지고, 그녀는 "정의여, 그가 지금까지 한 번도 꿈꾸어 보지 못했던 가정으로 그를 이끌어 주소서"라면서 시종들에게 아가멤논을 위해 자줏빛 카펫을 깔도록 명령한다. 그녀는 신에게만 바치도록 되어 있는 영광을 한낱 인간인 아가멤논이 받아들이게끔 유도함으로써 그의 히브리스의 죄를 만천하에 명백히 공개하려는 것이다. 그래야 오만의 죄를 징벌하는 네메시스가 그를 뒤쫓을 것이기 때문이다.

자줏빛 카펫을 밟으라는 클리타임네스트라의 제안에 아가멤논은 잠시 놀라움을 금치 못한다. 그러나 그녀는 남편의 자존심에 호소를 하고 결국 아가멤논은 그녀의 제안에 승복하고 만다. 신처럼 숭배 받는 것은 신들로부터 가장 축복 받은 왕들이나 누릴 수 있는 운명이다. 축복 받은 아가멤논이 되고 싶은 유혹은 아가멤논으로 하여금 스스로를 인간 이상으로 생각하게끔 만들고, 그리하여 아가멤논은 오직 신에게만 허용된 영광을 받아들인다. 아가멤논이 타협안을 제시한다. 자신이 겸손하다는 것을 보이기 위해 신발을 벗고 신들의 네메시스에게 타격을 당하지 않게 해 달라는 기도를 드린다. 아가멤논이 자줏빛 카펫을 밟고 궁 안으로 들어간다. 궁으로 들어가기 직전 아가멤논은 자신의 아내에게 정부로 데려 온 카산드라를 잘 보살펴 주라는 명령을 내린다. 아가멤논의 명령에 클리타임네스트라는 모욕감을 느꼈을 것이다. 염려 마시라는 클리타임네스트라의 다짐의 말을 믿고서 아가멤논이 궁 안으로 들어간다. 그 사이 카산드라는 아가멤논의 히브리스를 드러내는 징표로 궁 밖에 서 있다. 그 순간 클리타임네스트라가 "이 곳은 바다이다. 누가 이 바다를 메마르게 할 것인가?"라는 의미심장한 말을 토로함으로써 조만간 시행될 피비린내 나는 살인을 예고한다.

초조와 분노로 가득 찬 클리타임네스트라가 퇴장할 때까지 카산드라는 침묵을 지킨다. 카산드라의 침묵은 매우 효과적이다. 관중은 그녀가 다른 세계의 환영을 볼 수 있음을 안다. 드디어 카산드라가 입을 연다. 그녀의 예언의 말을 통해 관중은 티에스테스의 연회가 벌어졌던 때부터 아가멤논과 카산드라의 복수자로 오레스테스가 등장할 때까지의 아트레우스 가문에 얽힌 저주의 내용을 일목요연하게 꿰뚫어보면서 그 저주가 암시하는 윤리적 의미를 통찰할 수 있게 된다.

카산드라의 고통은 부당한 고통을 당하는 인간에 대한 연민을 불러일으킨다. 승리를 얻자마자 패배를 안겨주는 역경에 맞서 싸우는 고귀한 인내심의 예증이 카산드라이다. 아가멤논의 히브리스를 상기시키는 존재인 카산드라는 한 개인의 잘못은 그 잘못을 범한 당사자에게만 고통을 가져오는 것이 아니라 무고한 사람까지도 고통을 당하게 한다는 사실을 증명한다. 카산드라의 예언은 비극적 순간을 더욱 강화시키는 효과가 있다. 그녀의 예언은 모든 사람들에게 자신들도 그녀와 운명을 함께 하고 있다고 느끼도록 만들어 주기 때문이다. 그리하여 카산드라의 비극은 인류 전체의 비극에 대한 상징이 된다. 마침내 카산드라도 궁정 안으로 들어가고 포로를 잡아온 자와 포로로 잡혀온 자가 모두 똑같이 죽음을 맞는다. 다시 궁정 문이 열리고 클리타임네스트라가 자신이 죽인 희생자들의 시체더미 옆에 모습을 드러낸다. 바야흐로 모반자들의 동기가 관중들에게 밝혀질 것이다.

클리타임네스트라가 자신의 위선을 인정하면서 그 위선은 방금 완수된 목적을 위한 수단이었노라고 변명한다. 코러스가 그녀에게 무서운 위협을 하자 클리타임네스트라는 그녀의 자식이자 아가멤논의 자식이기도 한 딸을 제물로 바쳤던 남편의 행위를 비난하는 말로 코러스에 대한 대답을 대신한다. 클리타임네스트라는 아이기스토스를 자신의 보호자로 부른다. 그런데 이 말이 미처 끝나기도 전에 그녀는 자신의 발 아래에 정부를 들이대었던 남편을 부정한 인간이라고 소리 높여 규탄한다. 클리타임네스트라는 스스로를 세대마다 피의 대가를 요구하는 아트레우스 가문의 저주의 화신으로 간주한다. 그러면서도 그녀는 서로를 죽이는 골육상쟁의 긴 행렬을 마감할 수만 있다면 차라리 재산을 거의 갖지 못한 빈곤 속에 사는 편을 택했을 것이라며 슬며시 원한의 영인 알라스토르*Alastor*와의 타협을 시도한다.

그러나 그것은 불가능한 일이다. 아이기스토스가 등장한다. 겁쟁이에다 냉혹하기 그지없는 건달 같은 인물로 묘사되는 아이기스토스는 강하고 의지적이며 뛰어난 지략과 결단력을 겸비한 클리타임네스트라의 성격을 부각시켜 주는 미끼 인물*character foil*[16]에 불과하다. 클리타임네스트라를 대하는 코러스의 태도에는 그녀를 비난하는 말을 할 때조차도 그녀에 대한 경외심을 갖고 있음을 느낄 수 있다. 반면에 허풍선이 아이기스토스를 대하는 코러스의 태도에는 경멸 외에는 없다. 아이기스토스가 아가멤논에 대한 원한을 거론하면서 "나는 정의로운 마음으로 이 살인을 계획하였노

16) 미끼 인물character foil: 어떤 인물이 처한 상황이나 성격적 특성을 부각시키기 위해 보조적으로 등장시키는 인물을 가리킨다. 예를 들어서 아버지의 죽음에 복수해야 하는 햄릿과 동일한 상황에 처한 레어티즈Laertes와 포틴브라스Fortinbras 같은 인물이 이런 인물 유형이다.

라"고 호언하고 있으나 정작 클리타임네스트라는 그를 범죄의 공모자가 아닌 범행 후의 보호자로 취급할 뿐이다.

아가멤논이 범한 히브리스의 죄만을 고려한다면 그의 운명이 제우스의 손아귀에 놓이게 됨은 어쩌면 정당하다고 느껴질 수 있을 것이다. 그럼에도 우리는 살해당한 왕에게 어쩔 수 없이 연민의 감정을 느끼지 않을 수 없다. 그를 동정하는 평자들이 주장하듯이 왕이라는 지엄한 신분과 그가 쌓은 위대한 업적이 오히려 그의 죽음의 불명예스러움을 더욱 두드러지게 만든다. 여기 이 자리에 한때는 일국의 왕이었던 사내대장부가 한 여자의 손에 살육 당해 누워 있는 것이다. 보다 분명한 것은 설사 정의의 저울대 위에 올라간 아가멤논의 무게가 부족한 것으로 판명된다 하더라도 그 부족 때문에 클리타임네스트라의 죄가 덜어지는 것은 아니라는 점이다. 아가멤논은 이피게니아를 살해하기 전에 몹시 주저하였고 그것도 오직 신탁 때문에 자신의 딸을 살해한 것이지만 클리타임네스트라는 치밀한 계산 아래, 그것도 증오심 때문에 살인을 했기 때문이다.

게다가 아가멤논이 부정을 저질렀다고 그를 증오했지만 클리타임네스트라 역시 부정을 저질렀다. 아가멤논의 정부는 트로이아 군대가 선물로 바친 카산드라였으며 더욱이 고통을 대하는 그녀의 굳건한 인내심이 동정심을 자아내는 트로이아의 공주였다. 반면에 클리타임네스트라의 정부인 아이기스토스는 그 어떤 이유를 들어도 비난을 받아 마땅한 근친상간의 간음자이다. 클리타임네스트라가 그를 진심으로 사랑하고 있음이 분명할지라도, 티에스테스가 과거에 저지른 간음에 대한 아트레우스의 보복의 차원에서 이해하자면 여왕의 간음에도 일말의 시적 정의가 없는 것은 아니겠으나 어쨌든 그것은 어디까지나 범죄 행위로 치부될 수밖에 없다. 따라서 클리타임네스트라의 이러한 간음 행위는 극의 마지막 부분에 나와 있는 것처럼 그녀가 아무리 자신의 행위를 전적으로 정의에 입각한 인과

응보였노라고 주장하여도 그녀의 탄원을 무위로 만들어버리는 원인이 된다.

클리타임네스트라는 그 옛날에 아트레우스의 자식들에게 퍼부었던 티에스테스의 저주가 그녀를 저주의 화신으로 몰아간 것이라는 주장을 펼친다. 그러나 코러스는 그녀의 주장 가운데 일부만을 수긍하면서 선조의 원한의 영 알라스토르가 그녀의 죄를 선동한 것이 아니라 기껏해야 교사하는 정도에 지나지 않았다고 말한다. 코러스는 클리타임네스트라에게 만일 이피게니아 때문에 남편을 살해한 것이라면 전통 의식에 따라 씻김굿을 해서 그 죄를 정화하라고 요청한다. 그렇지만 클리타임네스트라는 코러스의 이러한 제안을 거절한다.

클리타임네스트라의 죄를 조금이나마 덜어주기 위해 내세울 수 있는 주요 동기는 살해당한 자식의 복수를 해야 하는 어머니로서의 도덕적 의무일 것이다. 클리타임네스트라 역시 이것을 강조함으로써 자신은 당연히 무죄라고 주장한다. 나아가 그녀는 자신의 행위가 오히려 옛날부터 이어져 내려온 가문의 저주를 종식시켰노라고 주장하기까지 한다. 연로한 원로들 가운데 일부는 클리타임네스트라에게 모든 죄의 책임이 있는 것은 아님을 인정하지만, 그럼에도 불구하고 코러스는 클리타임네스트라의 탄원을 묵살해버린다.

클리타임네스트라는 아이스킬로스의 딜레마에 걸려든 희생물이다. 아이스킬로스적 딜레마란 어떤 인물이 어느 관점에서 보면 옳을 뿐만 아니라 도덕상 당연히 요구되어야 할 일이, 또 다른 관점에서 볼 때는 옳지 못하여 금지되는 상황을 일컫는다. 클리타임네스트라의 범죄 역시 전적으로 사악한 것으로만 볼 수는 없다. 그녀의 죄를 야기한 여러 충동들 가운데 적어도 한 가지만은 고귀하다. 그렇지만 저주를 결행한 대리자라고 해서 그녀가 결코 무죄한 것은 아니다. 여러 사건들이 발생하지만 그 과정에서 클리타임네스트라는 자유의지로 자신의 행동을 선택했었고, 그녀가 택한 모든 결정은 단지 어머니로서의 의무감에 의해서만 정해진 것이 아니라 보다 열등한 여러 동기들이 뒤섞여 이루어진 것이다. 만약에 클리타임네스트라가 선택을 잘못해서 스스로를 저주의 도구로 삼았다면, 자신을 저주의 대상으로 만든 것 또한 그녀 자신의 선택이다.

## 2. 『제유를 붓는 여인들』

『아가멤논』 편에서 꿈을 믿지 않을뿐더러 씻김굿을 해서 자신의 악행을 씻어내기를 거부했었던 클리타임네스트라가 삼부작의 두 번째 작품 『제유를 붓는 여인들』(*The Libation Bearers*)의 막이 열리면 그녀의 또 다른 딸 엘렉트라Electra와 노예가 된 트로이아의 여인들로 이루어진 코러스를 아가멤논의 무덤으로 보낸다. 클리타임네스트라가 자발적으로 엘렉트라에게 제물을 들려서 죽은 아가멤논의 영혼을 달래도록 무덤에 보낸 것은 불길한 꿈을 꾼 때문이다. 이제 비로소 클레타임네스트라가 환영을 믿게 된 것이다. 자신이 낳아 자신의 젖을 빨아먹던 뱀이 자신을 물어뜯는 꿈을 꾼 그녀가 공포에 휩싸여 아들 손에 의해 살해되기 전날 밤에 비로소 자신의 죄를 인정할 것이다.

노예 여인들로 구성된 코러스는 클리타임네스트라가 보낸 "제유가 과연 피를 씻어낼 수 있을 수 있을 것인가?"라면서 제유의 효능을 의심하는 회의적 태도를 드러낸다. 그런데 정말로 그 제유가 잠시 후에 엘렉트라와 코러스, 그리고 귀환한 오레스테스에 의해 다른 목적에 사용된다. 클리타임네스트라가 보낸 제물들을 그들 탄원자들이 아가멤논의 억울한 혼을 달래기 위해서가 아니라 자신들의 복수 계획을 도와달라고 아가멤논의 혼을 불러내기 위해 사용했던 것이다. 자식들의 애정에 의해 저승 세계로부터 불려나온 아가멤논의 혼령은 비록 보이지는 않고 말을 하지도 않지만 관중들로 하여금 죽은 왕의 요구가 도덕적으로 정당하다고 느끼도록 만든다.

『아가멤논』 편에서 오레스테스는 동맹국 포키스Phocis의 스트로피오스Strophius의 종자로 보내졌었다. 클리타임네스트라가 오레스테스를 다른 나라로 보낸 것은 실제로는 오레스테스의 아버지인 아가멤논을 살해하기 위한 조치였다. 그러나 그녀는 겉으로는 오레스테스의 안전을 도모한다는 명분을 내세워 오레스테스를 포키스로 보낸 것이었다. 그런데 포키스로 보내졌던 오레스테스가 『제유를 붓는 여인들』에서는 살해당한 아버지의 복수를 하려는 준비를 갖추고 청년이 되어 돌아온다. 오레스테스의 모친 살해에는 상속권을 되찾으려는 정당한 야심이나 불명예스럽게 살해되어 수치스럽게 매장된 아버지의 복수를 해야만 하는 자식으로서의 의무 등 몇몇 인간적인 동기들이 개입되어 있다. 하지만 극의 전개상 이런 인간적 동기들은 모호하게 처리될 필요가 있다. 왜냐하면 오레스테스의 행위는 아폴론의 명령에 따른 것이고 아폴론은 삼부작의 마지막 작품에서 다루게 될 보다 더 큰 문제에 있어서 오레스테스를 옹호해 줄 지지자가 되어야 하기 때문이다. 코러스, 엘렉트라, 오레스테스가 다 함께 참여해서 만가 *commos*[17])를 부르면서 복수의 분위기가 조성된다. 그러한 분위기 속에서 "피에는 피"라는 테마가 반복됨으로써 임박한 오레스테스의 모친 살해를 정당화할만한 분위기가 형성된다. 오레스테스가 자신의 어머니를 살해하

---

17) 만가*commos/kommos*: "애도가"를 칭하는 명칭으로 아리스토텔레스의 『시학』 12장에서는 코러스와 배우 사이에 공유되는 애도가 혹은 만가로 정의되어 있다. 일부 현대의 극작가들은 애도적 분위기의 여부와 상관없이 코러스와 배우들 사이에 교환되는 서정적인 노래를 칭할 때 이 용어를 사용하기도 한다. 그러나 이러한 용도로 쓰이는 만가는 비논리적이라는 이유로 amoibaia라는 용어를 사용하는 것이 적합하다고 주장하는 경우도 있다.

려면 차가운 피로써 자신을 굳건히 다질 필요가 있는데, 오레스테스의 이러한 목적을 도와주는 것이 바로 이 만가이다.

만가를 통해 복수의 분위기가 강화된 다음에 극은 마치 음악의 대위법처럼 두 개의 테마, 즉 살해된 왕을 애도하는 노래와 복수를 위한 기도가 교대로 점점 높아져가는 점강법의 음률*cresendo*로 연주된다.[18] 처음 노래가 시작될 때 오레스테스와 엘렉트라는 아버지의 죽음을 애도하고 코러스는 복수의 기도를 하라고 오누이를 부추긴다. 그러나 애도가 끝날 무렵에 이르면 애도하는 쪽은 코러스이고 오누이는 복수를 다짐하면서 울부짖는다. 그런데 여기서 주목해야 할 점은 이 애도가의 마지막 부분에서 코러스가 아트레우스 가문의 과거가 아닌, 그 가문에 장차 닥쳐올 불길한 미래를 애도하는 것으로 극을 앞으로 진전시키는 역할을 하고 있다는 사실이다.

오레스테스와 엘렉트라는 그들의 결심을 조금도 누그러뜨리지 않고 송가가 끝날 때까지 계속해서 복수를 외쳐댄다. 그리하여 아가멤논의 혼을 불러대는 무덤에서의 장엄한 초혼가의 종결부는 가문의 두 번째 살인을 앞둔 오레스테스의 결심을 촉구하는 내용으로 이루어진다. 클리타임네스트라가 꾸었던 뱀에 관한 꿈 이야기가 오레스테스를 부추기는 마지막 자극제 역할을 한다. 오레스테스가 자신과 그 뱀을 동일시하기 때문이다.

오레스테스는 앞에서 이미 아폴론 신으로부터 어머니를 죽여서 아버지의 죽음에 대한 복수를 이행하라는 명령을 받았었다. 때문에 『오레스테스』 삼부작의 도덕적 의무를 재는 저울추는 그 어느 쪽으로도 기울어지지 않는 절대적 평형의 상태에 있다고 말할 수 있다. 만일 오레스테스가 아

---

18) G. D. Thompson은 *The Oresteia of Aeschylus* (Cambridge: Cambridge University Press, 1938)의 p. 35-41에서 음악과 오레스테스 삼부작 사이의 유사점에 대해 논한다.

폴론의 명령을 따르지 않았다면 살해당한 부모의 원한을 복수하는 아버지의 에리니에스Erinyes에게 벌을 받았을 것이다. 그렇다고 아폴론의 명령을 따르자니 이번에는 어머니의 복수의 혼이 오레스테스를 쫓는 결과가 될 것이다. 오레스테스는 자신이 인간으로서는 도저히 헤쳐 나갈 수 없는 막다른 골목에 처해 있음을 깨닫는다. 그렇지만 어찌되건 그는 행동을 취하지 않으면 안 된다. 행동하지 않는 것 또한 아버지의 복수를 하지 않은 채로 방치하는 것이 되기 때문이다. 오레스테스는 도덕적 선택을 하지 않을 수 없는 상황을 강요받으면서도 그 어떤 선택을 해도 그 선택은 도덕적으로 용납되지 않는 그런 처지에 놓여 있다. 그러나 아버지 아가멤논과는 달리 오레스테스는 딜레마에 처해 있으되 그나마 변명할 구실이라도 있다. 어머니를 살해하여도 나중에 그 죄를 면해 주겠다는 아폴론의 약속을 받았기 때문이다.

변장을 한 오레스테스가 어머니의 궁전에 나타나서 오레스테스의 사망 소식을 클리타임네스트라에게 전한다. 클리타임네스트라는 슬픈 표정을 지으면서 기쁨을 감추려고 애를 쓴다. 수다스럽긴 해도 정이 많은 오레스테스의 유모가 자신이 사랑했던 아이의 죽음을 애도하면서 "하인들 앞에서는 침통한 척 가장하는 두 눈 뒤로, 실제로는 안주인 마님에게는 다행스럽기 그지없는 그 일에 대한 웃음을 감추고 있다오."라면서 여주인의 위선적인 행동을 폭로한다.

오레스테스와의 소박한 추억담들과 오레스테스를 키우면서 겪었던 고통들을 유모가 두서없이 늘어놓았을 때 다른 모든 사람들과 마찬가지로 오레스테스도 한때는 한 여인의 젖가슴에 안겨 있던 나약한 어린아이였다는 사실을 상기하면서 오레스테스에 대한 동정심을 느끼게 된다. 뿐만 아니라 반인륜적인 어머니와 헌신적인 노예 사이의 대조적인 태도는 나중에 클리타임네스트라에 대한 동정심을 약화시키는 효과를 낳는다. 그녀는 아들의 칼 앞에 젖가슴을 드러내면서 "아들아, 제발, 너에게 양분을 주었던 이 젖가슴을, 이빨도 나지 않은 어린 잇몸으로 빨면서 때로는 입 안 가득히 문 채로 잠이 들기도 했던 이 젖가슴을 불쌍히 여겨다오."라고 말하며 자신의 잘못을 용서해 줄 것을 모성애에 대고 호소한다. 그러나 여기서 관중들은 앞서의 반인륜적 어머니로서의 그녀의 모습을 상기하고서 그녀에게 아무런 동정심도 느끼지 못한다. 그렇지만 어머니의 간청에 오레스테스가 망설이자 결국 필라데스Philades가 나서서 주저하는 그에게 아폴론의 신탁을 일깨워준다.

시종이 등장하더니 "죽은 사람이 살아 있는 분을 죽였어요."라는 암호 같은 대사로 아이기스토스의 죽음을 보고한다. 그러자 클리타임네스트라는 즉시 사태의 아이러니를 깨닫고는 다시금 옛날의 지략을 발휘하여 "계략으로 죽인 몸이라 같은 계략으로 죽게 되는 모양이로구나. 빨리 옛님을 죽인 그 도끼를 가져오너라."고 소리친다. 그녀는 간밤에 꾸었던 자신의 꿈이 실현되어 가고 있음을 알면서도 닥쳐오는 위험을 예전의 도전적 태도로써 맞서고자 한다.

클리타임네스트라는 처음에는 아들에게 애걸을 해서라도 목숨을 구하려고 이제껏 자신이 다른 사람에게 베풀어본 적이 없는 연민의 정에 호소한다. 그녀는 운명이니 여성으로서의 나약함, 그리고 아가멤논이 저지른 불륜 등 여러 가지 구차한 변명들을 늘어놓으며 자신의 죄에 대한 정상참작을 애원한다. 그런데 여기서 주목하지 않으면 안 될 것은 그녀의 여러 변명들 가운데 이피게니아가 포함되어 있지 않다는 점이다. 남편을 살해할 수밖에 없었던 여러 동기들 중에서 클리타임네스트라 스스로가 이피게니아를 제외하였다는 사실은 오레스테스가 저지르는 모친 살해의 끔찍함을 조금이나마 덜어주게 된다.

아트레우스 가문의 두 번째 살인을 행한 후에 오레스테스는 아버지가 살해 당시에 입고 있었던 아버지의 피로 얼룩진 가운을 펼쳐 보인다. 오레스테스의 이러한 행위는 연민의 정을 더욱 자극한다. 한때 아가멤논과 카산드라가 누워 있던 바로 그 무대에 놓여 있는 클리타임네스트라와 아이기스토스의 시체를 내려다보면서 오레스테스는 희생자들이 저지른 죄의 증거들을 하나하나 열거하는 것으로 자신의 행위를 정당화한다. 그러는 사이에 오레스테스는 자신이 얻은 "부러울 것 없는 승리 역시 타락"에 불과하다는 것을 깨달으면서 서서히 광기에 휩싸인다. 어머니의 복수의 혼 에리니에스가 오레스테스에게 들러붙기 시작한 것이다. 그리하여 오레스테스는 쫓기는 자가 되어 죄의 정화를 위해 델포이에 있는 아폴론의 신전을 향해 길을 떠난다.

### 3. 『자비로운 여신들』

아트레우스 가문의 저주가 오레스테스의 행위에서 비롯된 것이 아니고 오레스테스를 제물로 요구한 것도 아닌데 『자비로운 여신들』(*Eumenides*)의 막이 열리면 여전히 저주에 쫓기는 사람은 무죄한 오레스테스이다. 고대 그리스의 정의의 개념에 따르면 남의 피를 흘리게 한 행위는 그 동기에 상관없이 반드시 처벌 받도록 되어 있었고 복수의 혼인 에리니에스의 의무는 바로 그러한 정의를 집행하는 일이었다.

에리니에스는 여러 도덕적 질서 가운데 한 가지 유형을 대변한다. 이를테면 원시사회에서 부족의 관습에 따라 행해지는 눈에는 눈, 목숨에는 목숨을 요구하는 원시적 형태의 도덕적 질서가 에리니에스가 대변하는 도덕 질서일 것이다. 에리니에스는 무자비하고 절대적이다. 그들은 죄의 정당성을 인정하지 않으며 오직 법이 바로잡지 못하는 행위에 대해 법을 대신해서 복수해 주는 것을 주 임무로 삼는다.[19] 반면에 아폴론적 정화 의식은 어떤 행위에 대한 동기를 참작하는 당시의 그리스적 사고 패턴을 대변한다. 아폴론이 오레스테스의 피비린내 나는 죄를 정화해 주려는 것은 바로 그의 동기가 무죄하기 때문이다.[20] 이렇듯 아이스킬로스는 『오레스테스』 삼부작을 통해 사회구조의 변화에 따라 발전, 변화해 가는 도덕과 종교적 이념을 예증하고 있다.[21]

에리니에스는 오레스테스에게서 도덕적 책임을 면제해 주자는 델포이의 신 아폴론의 제안을 용납하지 않는다. 때문에 그들은 해묵은 원한을 종식시키기 위해 거행되는 제의를 받아들이지 않는다. 그 결과 『제유를 붓는 여인들』의 갈등은 분쟁의 뼈대인 오레스테스를 사이에 두고 우주를 다스리는 두 개의 도덕적 힘들 사이의 갈등으로 전개된다.

에리니에스에게서 고통을 당하던 오레스테스는 정화의식을 거행함으로써 아폴론 신으로부터 물리적인 피의 얼룩을 씻어낸 후에 죄의 도덕적 얼룩까지도 완전히 씻어내기 위해 아테나이에 도착한다. 도덕적인 죄의 사면을 받은 후에야 아르고스Argos로 돌아갈 수 있으므로 아테나이에 도착한 오레스테스는 새로이 건립된 아레오파고스Areopagus 법정에서 재판을 받는다. 에리니에스 역시 마치 냄새를 맡고 쫓아온 사냥개의 무리처럼 아테나이까지 오레스테스를 추적해 온다.

논쟁을 벌이는 양측은 아폴론과 에리니에스이다. 아폴론은 자신의 증언은 곧 제우스로부터의 증언이며 정의의 여신인 아테나Athena가 이를 확인해 주었으므로 논쟁의 여지가 없다고 주장한다. 한편 에리니에스는 운명의 신들에게 호소하는데, 이는 에리니에스가 운명의 신들의 규약을 지

---

19) Greene, *Moira*, p. 134.

20) *Ibid.*

21) Thompson (I, 49-53)은 아이스킬로스 삼부작에 내포된 사회학적 의미를 밝히고 있다.

키도록 임명된 존재들이기 때문이다. 그렇다면 아폴론과 에리니에스의 불화 이면에는 적대관계에 있는 제우스와 운명의 신들 사이의 뿌리 깊은 불화가 개재되어 있음을 알 수 있다.

오레스테스의 혈족살인에 대한 재판에서 검사 격인 에리니에스가 먼저 말을 꺼낸다. 그들은 자신들이 기소한 범행을 했는지의 여부를 오레스테스에게 확인한 다음에 그것을 어떻게, 왜 했는지를 묻는다. 에리니에스의 이러한 질문들은 아레오파고스의 재판이 행위만이 아니라 행위의 동기까지를 고려하고 있음을 시사한다. 나아가서 이 재판은 "시민법"(*ius civile*)이 "자연법"(*ius naturale*)을 우선한다는 것, 원시사회의 절대적 원칙은 이제 공명 정의의 실현을 목적으로 하는 이성적 원칙들로 대체될 것임을 암시한다.[22)]

사건의 정황을 참작해 볼 때 아가멤논의 살인자와 클리타임네스트라의 살인자는 둘 다 나름대로의 도덕적 정당성을 가지고 있다. 그러나 두 살인 모두가 범죄임에는 틀림이 없다. 이 두 악행은 사회적 도덕의 각기 다른 양상을 대변하는 것으로 오레스테스에게 그것은 인간적 정의로는 도저히 해결할 수 없는 딜레마이다. 이 두 범행에 대해서 배심원들이 던진 투표는 동점으로 판명된다. 아폴론과 에리니에스의 주장은 각각 정의의 한 가지 양상을 대변하므로 배심원들은 그들 각자의 도덕적 주장의 타당성을 인정한 것이다. 이 문제는 최종적으로 아테나에게 맡겨지고 제우스의 대변인인 아테나는 비로소 운명과 화해를 한 제우스의 새로운 승인 사항을 알려준다. 이는 법이 아니라 신의 재가이다. 오레스테스가 방면된다. 그렇지만 오레스테스가 엄격한 운명의 손아귀에서 놓여난 것은 엄밀히 에

---

22) H. W. Smyth, *Aeschylean Tragedy* (Berkeley: University of California Press, 1924), p. 233.
Aristotle, *Rhethoric*, 1374a 11-14, 1374b.

리니에스가 태도를 바꾸기 때문이다. 에리니에스는 여전히 또 다른 복수의 신인 에우메니데스의 복수를 염려하고는 있지만 어쨌든 아테나가 개입한 이후에 좀 더 관대해졌던 것은 사실이다.

오레스테스의 무죄 방면은 새로운 사회질서가 도래했음을 알리는 표식이다. 새로 다가온 질서 아래서는 순전히 사적인 복수는 없어지고 살인사건에 관한 재판의 권한을 국가가 넘겨받는다. 이는 에리니에스나 에우메니데스를 대신하여 국가가 살해당한 인간의 복수를 떠맡게 되었음을 의미한다. 친족살해 사건을 최초로 심리한 아테나이 재판소 아레오파고스에 내포된 인과적 상징을 통해 아이스킬로스는 도덕에 의해 다스려지는 세계에서는 어떤 행위의 결과만이 아니라 그것을 행한 사람의 동기도 고려되어져야 한다는 것, 자발적인 실수인가 비자발적인 실수인가의 차이를 구별하여 고의적 실수는 죄를 면제받지 못하게 해야 한다는 자신의 이상을 표현한 것이다. 결국 아이스킬로스의 삼부작은 오레스테스의 입장에서 보면 무죄는 보상되어 궁극적인 시적 정의가 실현된다.

## 4. 『맥베스』

동기가 무죄한 오레스테스가 보상을 받는 반면에 죄를 지은 맥베스는 죽음으로써 죄의 대가를 치른다. "정반대의 재난"[23]으로 마감되는 이 두 비극은 이로써 궁극적인 시적 정의를 구현한다.

『맥베스』(*Macbeth*)의 초반부에서 주인공은 "용감한 맥베스"로 불리던 선한 인간이었다. 그러나 극이 진행됨에 따라 그의 성격은 점차 타락하여 후반부에 이르면 더 이상 덕망 있는 영주가 아닌 "죽어 나부라져 있

23) 아리스토텔레스는 선한 자가 벌을 받고 악한 자가 구원되는 것이 비극인 바, 선이 보상을 받고 악이 파멸하는 것을 비극의 "정반대의 재난"으로 규정하였다.

는 인간 백정"으로 전락하고 만다. 맥베스는 처음에는 "사람의 지혜보다 더 많은 것을 아는" 마녀들이 약속한 왕권을 차지하고 싶은 야심에 의해, 그 이후에는 왕관을 쓴 남편을 보고 싶은 갈망에 죄의 결과 따위는 생각조차 하지 않는 아내의 편집적인 야심에 의해 선동된다. 그나마 던컨 Duncan 왕을 살해하기 전까지만 해도 맥베스는 아내에게 "사내대장부가 될 수 있는 일이라면 무엇이든 하겠노라"고 큰소리를 칠 수가 있었다. 하지만 결국 그는 아내의 설득에 넘어가 자신의 야망을 만족시키고 나아가서는 맥베스 부인의 부추김대로 "남자 이상의 것"이 되겠다는 결심을 하고 만다. 맥베스는 자신의 행위가 도덕률에 위배되는 것임을 뻔히 알면서도 마치 전쟁터에서 그랬던 것처럼 "운명을 경멸하는" 태도로 일련의 범행들을 차근차근 실행해 나간다.

바로 그러한 이유들, 즉 맥베스의 악행은 선동에 의해 저질러진 것이고 그래서 그의 죄는 아리스토텔레스가 말한 "나약한 의지"[24] 때문에 행해진 것이므로 맥베스의 죄를 정상 참작해 주어야 한다는 논의가 일어날 수 있다. 맥베스는 왕관을 원했지만 죄를 짓지 않고 그것을 얻고 싶어 한다. 그렇지만 분명한 것은 마녀들이 황야에서 그에게 접근하던 바로 그 순간부터 맥베스의 생각이 전적으로 결백했던 것만은 아니라는 사실이다. 동료인 뱅쿠오Banquo와는 달리 맥베스는 마녀의 예언을 듣는 순간부터 야심의 욕망을 내심 즐기면서 더 이상 비밀을 드러내지 말자고 간신히 스스로를 달래고 있었기 때문이다.

"그래미스 영주는 코더 영주가 될 것"이라는 마녀의 첫 번째 예언이 실현되자 맥베스는 더욱 고무된다. 그런데 아직은 왕이 건재하다. 맥베스는 생각에 잠긴다.

---

24) *Nicomachean Ethics*, 1145b 36 & 1152a 36 & 1144b 26-30.

단행해서 일이 끝나버릴 수 있다면
당장 단행함이 좋을 것 아닌가. 만일 암살 행위가
결과를 일망타진하고, 그의 사망으로 성공을 움켜쥘 수 있다면
그리고 이번 일격으로
모든 일이 다 해결되어 그것을 끝장이 날 수 있다면 ...

If it were done when 'tis done, then 'twere well
It were done quickly. If the assassination
Could trammel up the consequence, and catch
With his surcease success; that but this blow
Might be the be-all and the end－all here. . . . (1. 7. 1-5)

그러나 맥베스는 이내 "설혹 내세의 삶을 뛰어넘을 수" 있다 하더라도 암살에 대한 심판과 현세에서 이루어질 정의에 생각이 미친다.

손님이자 군주에 대한 "두 가지 신뢰"를 믿고서 던컨 왕이 맥베스의 성을 방문했을 때 왕을 해치우라는 아내의 재촉에도 불구하고 맥베스는 망설인다. 클리타임네스트라가 아가멤논의 앞길에 자줏빛 카펫을 펼쳐 놓았던 것처럼 맥베스 부인은 남편의 용맹함 속에 웅크리고 있을 오만한 속성에 대고 호소한다. 그렇지만 이 순간의 맥베스가 마음속으로 찾고 있는 것은 범죄를 결행하는 데 필요한 자극제가 아니라 오히려 그것을 조금이라도 연기할 수 있는 핑계거리라는 점이 중요하다. 맥베스는 자신이 악을 행하려고 한다는 것을 뻔히 알면서 술로 마음을 강하게 만들어 결국 악에 굴복한다. 여기서 맥베스의 악행과 관련하여 또 하나 주목해 볼 만한 사실은 맥베스가 던컨을 살해하는 행위에 있어서 미리 계획해 둔 자신의 임무를 완벽하게 해내지 못했다는 점이다. 자신의 범행을 시종들에게 뒤집어씌우기 위해 던컨의 피를 시종들에게 발라 놓기로 한 그 일을 맥베스는

자신이 아닌 아내의 손에 맡길 수밖에 없었던 것이다.

아리스토텔레스 윤리학과 기독교 윤리철학의 공통점인 자유의지의 원칙에 따르면 맥베스는 스스로 선택을 한 인물이다. 아리스토텔레스는 행동할 수 있는 능력에는 행동하지 않을 수 있는 능력도 포함되어 있기 때문에 선과 악 사이의 선택은 순전히 자발적이라고 주장한 바 있다. 이러한 아리스토텔레스의 주장에 의하면 이러저러한 성격의 인간이 이러저러한 상황에서는 그렇게 밖에는 다른 도리가 없었다는 따위의 변명은 맥베스 같은 악의 하수인에게는 해당되지 않는다. 아리스토텔레스는 지금까지 행해 온 모든 자유의 선택들이 차곡차곡 쌓여 형성된 습관의 결과를 성격으로 간주한다.[25] 마찬가지로 기독교적 윤리관에서도 죄를 지은 인간이나 죄를 짓지 않은 인간이나 모든 인간은 신에 의해 창조되었지만, 만일 어떤 인간이 악을 선택한다면 그것은 인간 자신의 선택이므로 그는 스스로 "타락"한 것이라고 주장한다. 양심과 싸우는 맥베스의 비극은 바로 이러한 기독교적 윤리관을 근거로 한다.

맥베스가 저지르는 최초의 범죄인 던컨 살해는 공포 속에서 행해진다. 범행 직전에 맥베스는 피 묻은 단검의 환영을 보게 되고 살인이 끝난 직후에는 "아멘이라는 단어가 목에 걸려 나오지 않는다." 그런가 하면 그 후로 맥베스는 잠을 잘 수 없게 된다. 자책의 고뇌에 휩싸인 맥베스는 "너의 노크 소리로 던컨을 깨워다오. 내가 그를 다시 깨울 수만 있다면..." 이라고 절규한다. 왕관을 탈취하는 과정에서 맥베스는 그의 "영원한 보석"을 내던져버린 것이다. 더 이상 선한 사람의 양심이 아니, 고뇌하는 양심이 맥베스를 점점 악으로 몰아가고 그리하여 맥베스는 "나는 거의 공포의 맛조차 잊었노라"면서 결국 살인의 부추김에 굴복하고 만다.

"허공에 뜬 단검"이 나타나고 "더 이상 잠을 잘 수 없다"는 외침의

25) *Ibid.*, 1114a 4-21.; Greene, *Moira*, p. 327.

목소리가 들리는 가운데 맥베스의 상상력이 활동을 개시하면서 그를 고문하기 시작한다. 맥베스는 뱅쿠오의 후손들이 차지하게끔 되어 있는 왕좌에 살해당한 왕손의 아버지 뱅쿠오의 혼령이 앉아 있음을 본다. 이는 기독교적 네메시스라고 볼 수 있는 양심이 맥베스를 억누르고 있음이다. 양심의 네메시스는 마치 클리타임네스트라를 뒤쫓을 때처럼 맥베스를 추적한다. 중요한 것은 맥베스가 비록 예리하게 자책감을 느끼고 있기는 하지만 그의 양심은 결코 참회라고 일컬을 정도의 단계까지 그를 인도하지 못한다는 점이다.[26] 맥베스는 마음의 평화를 얻기 위해 계속해서 악행을 저지른다. 그러나 극도의 공포심에 내몰려 저지르는 그의 살인 행위는 실은 죄의 결과에 휩쓸려 들어가지 않기 위한 몸부림이다.

뱅쿠오를 살해한 이후에 양심을 무감각하게 만들기 위한 또 하나의 시도로 맥베스는 맥더프Macduff의 가정을 파괴하라는 명령을 내린다. 이로써 맥베스는 피의 강 속으로 더욱 깊이 들어간다. 그의 양심은 이제 무감각해질 대로 무감각해져서 "나는 이제 거의 공포의 맛조차 잊었노라"고 단언할 정도가 된다.

마침내 맥베스는 처음에 그를 악으로 유도했던 맥베스 부인을 더 이상 필요로 하지 않게 된다. 맥베스 부인이 남편의 지위를 높이기 위해 자신을 포기하면서까지 기울였던 노력이 허망한 것이었음을 깨닫는 것은 뱅쿠오가 살해되기 바로 직전이다. 그녀는 아래와 같이 말한다.

모든 것이 허무와 수포로 돌아갔도다.
욕망이 이루어졌음에도 만족을 얻을 수 없나니.

---

26) Stoll은 *Shakespeare Studies*, pp. 351-54에서 맥베스와 여러 악한들과 관련하여 자책과 참회의 의미에 대해 논하고 있다.

Nought's had, all's spent,
Where our desire is got without content. (3. 2. 4-5)

그럼에도 불구하고 맥베스 부인은 맥베스가 처음으로 살인이라는 악행을 저질렀을 때 던컨의 피를 잠자는 시종들에게 발라 남편의 죄를 덮어주려 했던 것처럼 연회 장면에서도 여전히 남편의 죄를 덮기 위해 전전긍긍한다. 그러나 그녀 또한 자신의 역할에 지쳐 있음이 분명하다. 맥베스는 악행을 계속할 것임을 아래와 같이 피력한다.

어차피 여기까지 핏속에
발을 들여놓고 보니 진퇴유곡,
차라리 전진하는 길밖에는 없소.

I am in blood
Stepp'd in so far that, should I wade no more,
Returning were as tedious as go o'er, (3. 4. 135-37)

그러자 맥베스 부인은 "당신한텐 자연의 양념인 잠이 부족해요"라고 마지못해 대꾸할 뿐이다. 그로부터 맥베스 부인의 불면증은 몽유병이라는 정신착란의 상태로 발전한다.

왕을 시해하기 전에 맥베스 부인의 생각은 온통 자신의 남편을 출세시키기 위해 피의 강을 건널 야심찬 계획들로만 가득 차 있었다. 맥베스 부인의 이러한 행동은 결과를 미리 예측해서 그려보는 맥베스의 상상력이 그녀에게는 부족했기에 가능했었다. 이제 그녀의 양심은 겹겹이 쌓인 죄의 무게를 견딜 수 없다. 그녀는 왕족 살해와 뱅쿠오 살해, 그리고 맥더프

부인을 살육한 기억을 씻어낼 수가 없다. 맥베스 부인은 절망 한가운데서 스스로 삶을 마감했다고 볼 수 있는 죽음을 맞는다. 맥베스 부인의 죽음은 정신착란으로 인해 파토스pathos[27]의 정서를 불러일으킨다. 파토스로 인해 맥베스 부인은 죄의 책임을 일부나마 면제 받게 된다.

맥베스는 역적 코더 영주가 되어 던컨 왕을 살해하기 전의 용감하고 명예스러웠던 그라미스 영주였던 과거의 자신을 회상하면서 잘못 취득한 왕권의 무가치함을 실감하며 이렇게 외친다.

이제는 살만큼 살았다. 내 생애도
황색의 낙엽기로구나.
더구나 노년의 벗이라고 할 수 있는
명예, 애정, 복종, 그리고 친구들 같은 것은
나와는 전혀 인연이 없구나.

I have liv'd long enough. My way of life
Is fallen into the sear, the yellow leaf;
And that which should accompany old age,
And honour, love, obedience, troops of friends,
I must not look to have, (5. 3. 22-26)

비로소 맥베스는 자신이 그토록 갈망했던 결과가 오직 "불모의 홀"에 불과하다는 것을 깨닫게 된 것이다.

---

27) 파토스pathos: 파토스는 흔히 비애감으로 풀이되지만 그리스 극에서의 파토스는 고통suffering과 동의어로 사용된다.

그렇지만 자신이 저지른 살인 행위들이 무용지물에 불과했음을 간파했음에도 불구하고 맥베스는 패배를 인정하지 않는다. "걸어 다니는 그림자"(walking shadow)에 지나지 않는 인생을 경멸하면서 그는 결연히 죽음과 마주한다. 마지막 순간까지 마녀들의 예언에 속았으면서도 마치 죽음 앞에서 전투용 도끼를 달라고 외쳤던 클리타임네스트라처럼 맥베스는 방패를 내던지며 저항하다 죽는다.

오라, 맥더프,
먼저 "이제, 그만"이라고 외치는 자는 지옥행이다.

Lay on, Macduff,
And damn'd be he that first cries, "Hold, enough." (5. 8. 33-34)

맥베스의 죽음으로 스코틀랜드는 찬탈자로부터 해방되고 맥더프는 개인적 복수를 완수한다. 이제 적법한 왕위 계승자인 맬콤Malcolm이 스코운Scone에서 대관식을 거행할 것이다.

맥베스에게 느껴지는 비극적 공감은 비록 두 손으로는 끊임없이 악행을 저지르면서도 양심은 쉼 없이 악에 저항하는 인간의 고통을 목격하는데서 비롯된다. 비극의 초반부에서 맥베스는 영웅적 전사인 동시에 야심가로 묘사된다. 바로 그 야심 때문에 그는 유혹되고 만다. 처음에 맥베스가 던컨을 살해하자는 쪽으로 마음을 정했을 때, 그는 자신의 선택이 잘못된 것임을 분명히 알고 있다. 왕의 시해를 결심한 그 순간, 맥베스는 다음과 같이 앞날을 내다보고 있기 때문이다.

이 공정한 정의의 손은
독배를 마련한 장본인의 입에 퍼붓기 마련이거든

This even-handed justice
Commends th' ingredients of our poison'd chalice
To our own lips. (1. 7. 10-12)

그러나 맥베스는 고집스럽게 범행을 결행하고 그 결과 처음에 그를 던컨에게로 유인해 갔던 "허공에 뜬 단검"은 결국 맥베스 자신을 죽음으로 이끌어간다. 최초의 오만한 행동에 이끌려 계속해서 또 다른 오만의 죄로 들어섰던 아이스킬로스의 아가멤논처럼 맥베스 역시 한 가지 피비린내 나는 행동으로부터 점점 더 진한 색조의 살육 행위로 나아간 것이다. 그러나 맥베스는 그의 모든 불명예스러운 행위에도 불구하고 삶을 마감하는 태도만으로도 비극의 영웅이 될 수 있다. 아리스토텔레스가 지적한 바 있듯이 인간의 고통을 목격하는 것은 그 고통이 어떠한 것이든, 비록 맥베스의 경우처럼 마땅히 패배해서 결국 시적 정의가 완수되어야 하는 경우에도 연민의 감정을 불러일으키기 때문이다.

3장

# 시적 아이러니

*Poetic Irony*

아리스토텔레스가 가장 높이 평가했던 소포클레스 비극의 목적은 에토스를 토대로 인간이 부당하게 고통을 당할 수는 있지만 그 고통은 결국 보상을 받는다는 것을 보여줌으로써 "도덕적 질서"의 존재를 입증하여 "궁극적 정의"를 강조하는 것이다. 때문에 소포클레스의 에토스는 고통을 겪는 당사자의 입장에 보는 협소한 개인적 시적 정의가 아니라, 보다 보편적인 정의에 대한 이해를 도모할 목적으로 전개된다.[1)]

개인의 입장에서 보면 고통은 우주 안에 내재된 아이러니 때문에 생긴다. 소포클레스의 아이러니에 대해 톰슨은 아래와 같이 말한다.

> 앞에서 지적한 것처럼 소포클레스의 아이러니는 한 가지 결함 외에는 위대하기 그지없는 인간의 몰락을 비극의 테마로 선택한 데서 비롯된다.

---

1) Greene, *Moira*, p. 141.

> 위대한 인간의 몰락은 불가피하게 행운과 역경 사이의 모순을 전제로 하기 때문이다. 아리스토텔레스에 따르면 관중은 이처럼 행운과 역경 사이의 모순적 상황에 처해 있는 주인공에 대해서만 연민과 공포심을 느낀다.[2)]

오이디푸스를 예로 들어서 설명한 톰슨은 고귀한 인물을 파멸로 이끄는 원인은 분명 "하마르티아"라는 비극적 결함이지만 [소포클레스의] 비극에서 시종여일 강조되는 것은 주동인물의 비극적 결함이 아닌 오히려 그 인물이 가진 고결함이다. 그런데 여기서 고귀한 자질 가운데 내포된 단 하나의 결함으로 거론되는 하마르티아는 아리스토텔레스의 중용 노선으로부터의 일탈을 가리킨다. 이어서 톰슨은 오이디푸스에 관해 이렇게 말한다.

> 만일 오이디푸스가 충동적이고 급한 성격을 갖지 않았더라면 그는 결코 삼거리에서 노인을 공격하는 일 따위는 하지 않았을 것이다. 왜냐면 오이디푸스는 자신이 아버지를 죽일 운명을 지고 태어났다는 신탁을 잘 알고 있었기 때문이다. 그런데도 다른 상황에서라면 그를 현명하고 인자한 통치자로 만들어 주었을 그의 여러 자질들 가운데 하필이면 성급한 성격이라는 그 단 하나의 결함이 극에 제시되어 있는 특수한 상황으로 인해서 오이디푸스를 실책으로 이끌었다. 이것이 바로 오이디푸스 운명의 아이러니이다. 이를 달리 말하면 오이디푸스의 운명은 그 자신의 성격에서 비롯된 것이라는 의미가 되기도 한다. 그러니까 소포클레스는 그리스의 다른 극작가들과 마찬가지로 운명론적 전설을 소재로 취했으면서도 그것을 조심스럽게 비운명적 양식으로 전개한 것이다.[3)]

---

2) Thompson, *The Dry Mock*, p. 141.

3) *Ibid.*, p. 142.

여기서 주목해야 할 것은 톰슨이 오이디푸스가 대적하는 것이 "운명"이 아니라 "상황"이라는 점을 강조하고 있다는 점이다. 요컨대 톰슨은 "나는 운명이 아니라 상황이라고 말하겠다. 오이디푸스의 상대가 운명이 되어버린 것은 한 세기 이상을 여러 작가들이, 그것도 그들 스스로가 소포클레스의 극들을 직접 연구해서 얻어낸 결론이 아니라 다른 비평가들의 생각을 주워듣고는 그 명확한 의미를 규명하지도 않은 채로 '소포클레스적 운명주의'Sophoclean fatalism라는 용어를 앵무새처럼 너무나 많이 되풀이해서 써댄 때문이다."[4]라고 말한다.

그리스 어에는 극적인 아이러니나 비극적 아이러니 혹은 소포클레스적 아이러니 등으로 다양하게 불리어질 수 있는 특징을 내포한 적절한 단어가 없었기 때문에 이 책에서는 그것을 보다 포괄적 의미로 여겨질 수 있는 "시적 아이러니"(poetic irony)라는 용어로 부를 것이다.[5] 이 용어에 관해서는 세지윅Sedgewick의 주장을 참고해 볼 필요가 있다. 그는 "여러분들은 오늘날 우리가 극적 아이러니라고 정의하는 효과나 원칙을 설명할만한 어휘가 그리스 말에 없다는 것을 들은 바가 없을 것이다. 내가 알고 있는 바로도 그들 그리스인들은 오늘날 우리가 그리스의 비극이나 희극들, 특히 비극들을 읽을 때 느끼는 것 이상으로 훨씬 더 강렬한 아이러니의 영향을 받았음에 틀림없는데도 불구하고 실제로 그것에 대해 언급한 적이 없다."[6]고 말한다. 세지윅은 "아이러니는 아리스토텔레스가 비극의 기본이라고 주장한 운명의 역전이라는 원칙 자체에 내포되어 있다. 그리고 인식 혹은 발견의 원리 속에도 아이러니의 일반적 형태와 특수한 형태

4) *Ibid.*, 141.

5) *Ibid.*, pp. 29-31. 여기서 톰슨은 1833년에 출판된 썰월Thirlwall의 소고 "On the Irony of Sophocles"를 요약해 놓은 다음에 "아이러니"라는 용어의 새로운 적용의 예를 제시하였다(pp. 143-48).

6) Sedgewick, *Of Irony*, p. 59.

가 모두 들어 있다"[7]는 것을 알아냈다. 우스터Worcester도 "아이러니란 본래의 어휘를 사용할 때 생기는 하나의 사소한 어휘적 현상이 우주를 이해하는 체계인 철학으로 확대된 것이다."[8]고 주장한 바 있다. 그러니까 세지윅은 "연민과 공포의 감정을 고양시키는 것은 바로 아이러니"[9]라는 것을 깨달았던 사람이었다.

아이러니는 에토스라는 용어를 통해 작용한다. 시적 아이러니에 관해 논하게 될 이번 단원에 포함된 비극들의 제목만 훑어보아도 에토스와 아이러니의 양상에 관련된 상당한 의미를 유추해 낼 수 있을 것이다.

## 『오이디푸스 왕』과 『오셀로』

### 1. 『오이디푸스 왕』

아이스킬로스와 소포클레스는 둘 다 오래된 전설이라는 동일한 창고 안에서 발견한 종교와 도덕에 관련된 사상을 지속적으로 탐구한 극작가들이다. 특히 소포클레스는 아이스킬로스보다 나이는 어렸지만 같은 동시대인으로서 10여 년을 아이스킬로스와 경쟁을 벌였던 극작가로서 당시의 윤리적 사상을 선배인 아이스킬로스보다 훨씬 더 완전하게 표현해 내었던 극작가였다.

이 두 비극 작가의 가장 원숙기 작품을 살펴보면 그 두 사람은 모두

---

7) *Ibid.*

8) David Worcester, *The Art of Satire* (Cambridge: Harvard University Press, 1940), pp. 75-76.

9) Sedgewick, p. 63.

도덕적 질서를 최고의 통치권자인 제우스의 하위 개념으로 간주했던 극작가였음을 알 수 있을 것이다. 그러나 비극적 경험을 서술함에 있어서 그들은 비극을 초래하는 힘의 본질을 각기 다르게 해석한다. 따라서 자연히 인간의 고통에 대한 그들의 해석 또한 다를 수밖에 없다.

아이스킬로스는 우주에는 자비로운 어떤 힘이 내재되어 있어서 그 힘이 정의에 입각해서 절대로 실수하지 않고 최종적인 보상과 처벌을 내린다고 믿었다. 그러나 "완벽한 비극"의 모범으로 소포클레스의 『오이디푸스 왕』(*Oedipus the King*)을 분석한 아리스토텔레스의 주장에 따르면, 소포클레스는 인간 개개인에게 보상과 처벌을 내리는 데 절대적인 어떤 힘이 작용하는 것이 아니라 보다 보편적인 차원의 정의를 구현하기 위해서 절대적인 힘이 작용된다고 믿었다. 그래서 소포클레스의 비극은 주동인물을 몰락시켜야만 하는 경우라도 보다 보편타당한 정의를 옹호하기 위해서 하나의 그룹으로서의 선은 절대로 파멸되지 않으며 하나의 그룹으로서의 악 역시 최후까지 승리할 수 없는 것으로 묘사한다. 그러나 소포클레스의 비극에서 악은 최후까지 승리할 수는 없다고 할지라도 명백히 비열한 인간의 파멸은 불필요한 것으로 간주된다. 연민이란 억울하게 불행을 겪는 사람에게 느끼는 감정이고 공포는 우리들 자신과 비슷한 사람의 고통을 목격할 때 생겨나는 정서이므로 악인의 파멸은 연민과 공포라는 비극적 정서와 무관하기 때문이다. 소포클레스 비극이 개연성을 확보하여 있는 그대로의 삶을 재현하는 데 성공할 수 있었던 것은 바로 이것 때문이다.[10)]

처벌이라는 용어 속에는 이미 죄가 내포되어 있다. 소포클레스와 아이스킬로스는 둘 다 아무런 죄도 없는 개인이 조상들이 지은 죄 때문에 벌을 받을 수도 있다는 생각을 꺼렸던 것 같다. 죄에 대한 책임은 타인에

10) Pitcher, "Aristotle's Good and Just Heroes," 1-11.

게 전가될 수 없는 것이므로 조상의 죄에 대한 징벌이 무고한 후손에게 가해진다는 것은 도덕적 모순이기 때문이다.[11] 그러므로 이 두 그리스 극작가는 복수심에 찬 신이 다른 사람의 죄를 대신할 희생자를 골라내어 그에게 고통을 준다는 원시적 믿음을 순화하였다. 때문에 이들의 비극에서는 어떤 가문 전체에 내려진 저주조차도 더 이상 유전적인 것으로 제시되지 않는다. 아이스킬로스의 『오레스테스』 삼부작에서 볼 수 있듯이 비로소 신들은 오래된 피의 숙원을 종식시키는 데 의견의 일치를 보았던 것이다. 이 점에 관해서 그린Greene은 "아이스킬로스에게 저주는 여전히 유전적인 것으로 간주되었지만 그는 그것을 절대적인 것이 아니라 세대마다 반복적으로 나타나는 하나의 끔찍한 기질로 보았으며 그러한 기질에 굴복하느냐 저항하느냐는 각 개인의 자유의지에 달려 있는 문제로 취급하였다."[12]고 주장한다. 그렇지만 아이스킬로스와 소포클레스는 모두 개인이 범한 죄로 인해서 무죄한 인간조차 고통을 겪을 가능성이 있다는 것과 혹은 이미 그러한 사실이 자연의 질서로 명백히 확인된 바 있음을 인정하고 있다.

소포클레스는 고통과 죄의 관계를 반드시 인과적으로 생각하지 않았다는 점에서 아이스킬로스의 견해와는 다르다. 소포클레스는 고통이 항상 죄에 대한 벌칙으로 부과되는 것은 아니라는 것, 선인이 항상 번성하고 악인이 처벌을 받는 것은 아니라는 사실을 강조한다. 소포클레스는 아이스킬로스가 미처 보지 못했던 고통의 여러 모습들을 꿰뚫어보고 있었던 것이다. 소포클레스의 극에서 부당한 고통은 언제나, 그것만 아니라면 질서 정연했을 우주 가운데 내재되어 있는 악의 일부가 그 모습을 드러냄으로써 야기된다.[13] 질서 정연한 우주 속에 도사리고 있는 악은 인간의 도

11) Greene, *Moira*, p. 98.

12) *Ibid.*, p. 107.

덕 기준으로는 도저히 설명되지 않는다. 그러나 애석한 일이지만 그것이야말로 우리가 인정할 수밖에 없는 삶의 아이러니한 현실일 것이다. 그러한 까닭에 소포클레스는 아이스킬로스처럼 죄는 반드시 운명의 벌을 받게 되어 있다는 신정론적 논리를 펴지 않는다. 소포클레스에게 운명은 『오이디푸스 왕』에서 볼 수 있듯이 삶의 아이러니를 체험함으로써 겨우 인식이 가능해지는 그런 것일 따름이다.

소포클레스 비극에서 다루어지는 부당한 고통이라는 테마가 "지혜는 고통을 통해서 얻어진다."는 아이스킬로스의 유산을 더욱 심화시키는 데 기여한다. 부당하게 겪는 고통은 고귀한 성품을 보다 단단히 해 줄 뿐더러 인간에게는 인내심이라는 예기치 못한 힘이 있음을 알게끔 해 준다. 실제로 인간이 대항해서 싸우는 외부의 힘이 강하면 강할수록 인간의 의지는 더욱 감동적이라는 주장이 그럴 듯하게 여겨진다. 역경을 통해서 깨우침을 얻는 인간의 가장 완벽한 예가 오이디푸스의 경우이다. 역경을 통한 지혜의 획득이라는 소포클레스의 테마를 가장 완숙하게 묘사한 『콜로노스의 오이디푸스』(*Oedipus at Colonus*)에서 오이디푸스가 아래와 같이 말한다.

왜냐하면 나는 고통을 통해서 인내를 배웠고,
그리고 나를 성장시킨 것이 세월이었음도 알게 되었다.
그리고 최후의 것, 그러나 가장 중요한 것을 배웠다. 진실로 고귀함을 통해.

For I am taught by suffering to endure,
And the long years that have grown old with me,
And last not least, by true nobility.

---

13) *Ibid*., p. 101.

천성적으로 고귀한 본성을 소유한 오이디푸스가 시간의 흐름과 함께 역경을 극복하는 것을 배우게 된 것이다.

『콜로노스의 오이디푸스』에서도 정의가 제우스를 대변하는 가장 뚜렷한 특징인 것만은 분명하다. 그렇지만 소포클레스는 아이스킬로스처럼 신을 항상 정의로운 존재로만 묘사하지는 않는다. 이러한 사실로 미루어 볼 때 소포클레스가 지혜를 얻을 수 있다는 이유만으로 인간의 고통을 당연시하지는 않는다는 것을 알 수 있다. 그는 인간의 고통을 통해서 단순하게 인과응보의 정의 실현을 강조하려고 했던 것은 아니기 때문에 일반인들에게 널리 알려진 전설을 소재로 이용하되 그것을 자신의 의도에 맞추어 재해석하였다. 이를 위해 소포클레스는 이미 친숙하게 널리 알려진 전설 중에서 미신적인 요소나 도덕법에 맞지 않는 원시적 요소들은 대부분 극 바깥에 놓는 방식을 취했다.[14)]

『오이디푸스 왕』에서 테바이의 전설을 재해석하는 과정에서도 소포클레스는 라이오스Laius의 죄와 아폴론의 경고를 극 바깥에 놓는다. 그렇게 함으로써 소포클레스는 신에 의존해야 하는 비개연성을 플롯에서 제거

---

14) 아이스킬로스의 경우는 이런 방식을 취하지 않는다. 아이스킬로스는 비개연적인 초자연적 사건들이 직접 개입한 결과를 플롯 안에서 보여줌으로써 지속적으로 신적 질서를 옹호한다. 플롯에 포함된 비개연적인 초자연적 사건들은 아이스킬로스의 『오이디푸스 이야기』 삼부작—이 삼부작 가운데 현존하는 작품은 『7명의 테바이의 반역자들』(*The Seven Against Thebes*) 뿐이다.—에서 찾아볼 수 있다. 아이스킬로스는 오이디푸스의 아버지 라이오스의 원죄에서 비롯된 유전적인 죄와 그에 대한 응보의 이야기를 서술한다. 라이오스는 펠롭스의 아들 크리시포스Chrysippus를 범한 죄에 대한 벌로 펠롭스의 저주를 짊어지게 되고 이 저주는 아들을 낳아서는 아니 된다는 아폴론의 삼중의 경고로 강화된다. 이러한 신탁을 짊어지고 출생한 오이디푸스는 때가 되자 자신의 아버지를 살해하고 어머니와 결혼하게 된다. 그린Greene은 이러한 오이디푸스의 이야기를 아이스킬로스가 어떻게 다루었는가에 대해 논한 바 있다(*Moira*, pp. 114-16).

할 수 있었고 그 결과 극적 사건을 성격 위에 단단히 토대를 둔 것으로 만들 수가 있었다. 이렇게 해서 소포클레스의 극에서는 플롯 이전에 발생되는 여러 관계없는 비개연적 사건들은 환경의 세계에 속한 것, 즉 우리가 어쩔 수 없이 인정하지만 도저히 논리적으로 설명할 수 없는 삶의 비극적 진실이 되어버린다. 예컨대 아폴론과 그의 신탁을 시적으로 해석하면 그것은 인간 본성에 대립되는 환경을 대변한다. 소포클레스는 오이디푸스를 죄인으로 몰아붙임으로써 아폴론을 정당화하지도 않으며, 그렇다고 오이디푸스의 고통이 부당하다는 것 때문에 아폴론을 비난하지도 않는다. 그는 오직 관중들에게 진실을 직시하도록 요구할 뿐이다.

『오이디푸스 왕』은 에토스에 관한 소포클레스의 사상을 가장 탁월하게 표현한 비극이다. 왜냐하면 이 비극 속에는 소포클레스가 비극을 통해 주로 관심을 보여 왔던 고귀한 성품을 가진 인간, 그러나 전적으로 책임이 없다고 할 수만은 없는 인간들이 무자비하면서 때로는 전혀 예측이 불가능한 힘들과 맞서 싸우면서 겪는 고통을 그리기 때문이다. 오이디푸스는 처음에는 행운의 인간이었다. 그는 제우스의 사도가 "인간들 중의 최고," 오로지 신들과 비교할 때만 두 번째가 되는 인간으로 인정했던 사람이었으며 오이디푸스 스스로도 "테바이 전역에서 최고의 테바이 사람"임을 자신할 정도로 행운을 누렸던 인간이었다. 무엇보다 이를 그럴듯하게 보여주는 사건은 테바이 사람들을 억압하고 있던 스핑크스Sphinx의 수수께끼를 오이디푸스가 풀었다는 것이다. 여기서 스핑크스는 인간이 해결하지 않으면 아니 되는 불확실한 물리적, 정신적 폭력을 상징한다. 스핑크스의 수수께끼를 해독해 낸 오이디푸스에게 고마움을 느낀 테바이의 사람들은 그 보답으로 실은 그의 아버지인 라이오스의 왕관을 바친다. 뿐만 아니라 라이오스의 왕관과 함께 오이디푸스는 "라이오스의 침실과 그의 아내"까지 계승한다. 그러나 이 모든 것은 오이디푸스가 전혀 모르는 가운데 이루어진다. 완전한 무지 속에서 오이디푸스는 세 갈래 길이 만나는 삼거리에서 아버지를 살해했고 어머니인 이오카스테Jocasta와 결혼했으며 어머니에게서 4명의 자식들을 낳았던 것이다.

오이디푸스의 동기는 선하다. 나라를 걱정하는 마음과 역병으로 고통받는 국민을 구하려고 노력한 결과로 오이디푸스는 그 오염자, 다시 말해서 역병을 몰고 온 오염자가 다름 아닌 자기 자신임을 발견하였던 때문이다. 그 또한 자신의 명예와 안전에 대해 걱정하는 인간이었으므로 자신을 위한 어떤 조치를 취해야 할 필요를 느낀다. 그래서 오이디푸스는 이렇게 단언한다.

친척을 위해서만이 아니라, 내 자신을 위해서도
이 더러운 피를 씻어내야 한다.
왕을 시해한 자가 누구이건,
그자의 암살의 칼날은 나를 내리칠 것인즉.

Not for some far-off kinsman, but myself,
Shall I expel this poison in the blood;
For whose slew that king might have a mind
To strike me too with his assassin hand.

신하들로부터는 존경을, 가족들에게서는 사랑을 받는, 그렇지만 실은 부친 살해와 간음의 죄를 범한 고귀한 오이디푸스는 나라에 역병을 몰고 온 미지의 살인자에게 저주를 퍼붓는다. 자신도 모르게 스스로를 추방자로 선언해버린 것이다.

. . . . . . 나는,
그의 피의 복수자로서 그분의 명분을 지키리라.
마치 그가 나의 아버지인 듯이. . . .

. . . . . . I
His blood-avenger will maintain his cause
As though he were my sire. . . .

이렇듯 나라를 위해 행동하면 할수록 오이디푸스 자신의 이득에 정면으로 위배된다는 점에서 그의 행동은 아이러니하다.

『오이디푸스 왕』의 스토리는 근친상간을 범한 부친 살해자라는 정체성을 발견해 가는 오이디푸스의 점진적인 발견의 이야기와 죄를 범한 죄인이라는 오이디푸스의 정체에 대한 공개적인 폭로의 이야기로 이루어져 있다. 따라서 이 극의 비극성은 자신의 과거를 밝혀내기 위해 한 걸음 한 걸음 나아가는 오이디푸스의 결단성에 의해 조성된다.

극 중에서 가장 분명하게 밝혀진 오이디푸스의 몰락 원인은 사실은 개막 이전의 사건에서 찾아볼 수 있다. 즉 극이 시작되기 이전에 벌어진 사건에서 유추해 낼 수 있는 그의 성급한 성격이 바로 그것이다. 만일 오이디푸스가 의문의 핵심까지 파고들어 가겠다는 결심만 하지 않았더라면 그는 결코 자신의 출생의 비밀을 밝히기 위해 델포이Delphi까지 가지는 않았을 것이다. 그리고 그가 좀 더 자제력만 가지고 있었더라면 결코 삼거리에서 라이오스를 살해하지도 않았을 것이다. 결코 나약한 인간으로 단정할 수도 없겠지만 그렇다고 오이디푸스를 배반할 만큼 강인한 인간도 되지 못했던 크레온Creon처럼 오이디푸스가 합리주의자였더라면 오이디푸스의 비극은 애초 존재할 수도 없었으리라.[15]

오이디푸스는 자신감에 차 있고 충동적이며 지략이 있는, 그리고 그런대로 신앙심도 깊은 인간이다. 그러나 분노를 억제하지 못하는 성향, 즉 격정이 이성을 앞질러 버리는 기질의 소유자임이 서서히 밝혀진다. 오이디푸스의 성급한 성격이 그의 몰락을 재촉하는 원인의 하나인 것만은 틀림없다. 그럼에도 불구하고 그것이 그의 선한 본질을 변질시키지는 못한다.

오이디푸스는 장님 예언자 테이레시아스에게 아폴론의 신탁을 풀이하여 라이오스 살해자를 밝히라고 명령한다. 이 장면에서 오이디푸스는 군주다운 의연한 의지를 보여준다. 강인한 의지야말로 오이디푸스의 뚜렷한 특성의 하나이다. 아폴론의 대변자인 테이레시아스가 아폴론의 신탁을 풀이한다는 것은 곧 제우스의 의지를 해석하는 일이다. 테이레시아스는 말하기를 주저한다. 자신이 알고 있는 그 끔찍한 신탁의 내용을 오이디푸스에게 알리고 싶지가 않았던 것이다. 그러자 오이디푸스는 테이레시아스를 모욕하고 그 모욕에 테이레시아스가 다음과 같이 대답한다.

> 내 성질을 나무라시지만, 스스로 함께 살고 계신 것을
> 모르고 계시는군요. . . .
>
> Thou blam'st my mood and seest not thine own
> Wherewith thou art mated. . . .

오이디푸스가 테이레시아스를 라이오스 살해의 범죄에 가담한 공모자로까지 몰아붙이자 테이레시아스도 어쩔 수 없이 오염자는 다름 아닌 오이디푸스라고 공표해 버린다. 이에 오이디푸스는 분노를 폭발시킨다. 분노는

---

15) H. D. F. Kitto, *Greek Tragedy* (London: Methuen & Co., Ltd., 1939), p. 105.

의심을 불러일으키고 오이디푸스는 크레온이 자신을 몰아내기 위해 모반의 계략을 꾸몄을지도 모른다는 의심을 한다. 마침내 오이디푸스는 야심을 가진 크레온에게 테이레시아스가 매수된 것이라는 결론을 내리기에 이른다. 오이디푸스로부터 앞도 못 보는 주제라는 조롱을 받은 노년의 예언자가 결국 다음과 같은 선언을 하고 만다.

. . . 왕께서는 눈을 뜨고 계시면서도
얼마나 처참한 일에 빠져 계신지, 그리고
어디서 사시는지, 또 누구와 살고 계신지도 모르고 계십니다.

. . . thou hast eyes,
Yet see'st not in what misery thou art fallen,
Nor where thou dwellest nor with whom for mate.

무대를 떠나기 직전에 테이레시아스는 오이디푸스의 끔찍한 미래를 알려준다. 여기서 예언력을 가진 테이레시아스는 오이디푸스의 맹목성에 대조되는 아폴론의 신적 예지력을 대변하는 인물이다. 오이디푸스는 스핑크스의 수수께끼를 해독해 낼 정도로 예리한 통찰력을 가진 자신이 한치 앞도 내다보지 못해 실수를 범하고 말았다는 것을 믿지 못한다. 오이디푸스가 "너는 나의 위대함의 정곡을 해치려 하는구나."라고 말하면서 테이레시아스를 힐난한다. 그러자 테이레시아스가 "바로 그 위대함이 당신에게 재앙을 가져온 것이오."라고 답한다. 이유인즉슨 만일 오이디푸스가 조금만 덜 영민해서 수수께끼를 풀지 못해 테바이를 구하지 못했더라면 그는 결코 테바이 왕국을 물려받지 않았을 것이고 자신의 어머니인 왕비와 결혼도 하지 않았을 것이기 때문이다.

오이디푸스가 자신을 비난했다는 소식이 크레온에게 전해진다. 잔뜩 자존심이 상한 모습으로 크레온이 등장한다. 크레온을 보자마자 오이디푸스는 대뜸 "나를 죽이고 나의 왕관을 도둑질해 가려는 놈"이라고 호통을 치면서 크레온의 다음과 같은 간절한 충언마저 거부해버린다.

> 왕께서 만약 생각 없는 고집불통을 무슨 미덕이나 된다고 여기신다면,
> 분명 폐하께서는 이성의 통제를 잊어버리고 미망에 빠지고 말 것입니다.

> If thou dost count a virtue stubbornness,
> Unshcooled by reason, thou art much astray.

두 사람 사이에 오고가는 "대화시"[16]의 내용을 보면 크레온은 침착하게 오이디푸스의 질문에 답하는 반면에, 오이디푸스는 크레온에게 책임을 전가하기 위한 질문만을 해댄다. 그는 이미 친구와 적을 구별할 능력을 상실해버린 것이다. 그렇지만 오이디푸스 자신도 크레온에 대한 자신의 비난이 터무니없다는 것을 알고 있다.

오이디푸스의 부당한 비방을 들으면서도 충정을 잃지 않는 크레온은 불충을 저질러 자신이 얻을 게 아무 것도 없음을 허심탄회하게 말한다. 언쟁이 절정에 달했을 때, 여전히 자신의 완전무결함을 확신하는 오이디푸스는 끝까지 자신의 통치권을 지켜나갈 것이라는 결연한 의지를 드러내 보인다. 이오카스테가 등장하여 동생인 크레온을 중재하고 심판 역할을 하는 원로들로 구성된 코러스가 개입함으로써 오이디푸스는 마지못해 수

16) 대화시stichomythia: 그리스의 연극에서 두 사람의 등장인물이 보통 1행씩의 시를 번갈아가며 대화에 나가는 형식을 가리키는 것으로 격한 감정이나 격론을 교환할 때 많이 쓰인다.

그러든다. 오이디푸스와 테이레시아스, 크레온이 벌이는 격렬한 언쟁들이 코러스를 당혹스럽게 만든다. 코러스는 오이디푸스가 전형적인 전제자들이 흔히 범하는 히브리스의 죄를 저지르지 않도록 해 주십사 하는 간절한 희망을 노래한다.

오이디푸스가 이오카스테에게 테이레시아스가 예언한 불길한 신탁의 내용을 전하자 그녀는 신을 믿기는 하지만 신의 대변자들은 전적으로 믿을만한 존재들이 아니라고 대답한다. 예언이란 틀릴 수도 있다는 것이다. 그렇지만 이오카스테가 오이디푸스에게 예언자란 믿을 수 없는 존재라고 말한 것은 남편의 마음을 안정시키기 위한 시도였다. 그런데 그녀의 이 말이 도리어 역효과를 내어 오이디푸스의 불안을 가중시킨다. 오이디푸스가 자신의 죄를 발견하는 첫 번째 단서는 "세 갈래의 길이 만나는 지점"에서 라이오스가 살해되었다는 이오카스테의 언급이다. 남편의 의혹을 없애기 위해서 이오카스테가 오이디푸스에게 알려준 정보가 오히려 자신이 아버지 라이오스를 살해했을지도 모른다는 의구심을 증폭시키는 결과가 된다. 그러나 라이오스를 살해한 강도가 "여러 사람"이었다는 것과 "한 사람"이었다는 점이 일치하지 않는다.[17] 오이디푸스는 지금까지 라이오스가 "도둑들"에 의해 살해되었음을 수없이 확인하지 않았던가?

이 때쯤 이오카스테가 불현듯 자신의 버려진 아들을 떠올린다. 그렇지만 그녀는 자신이 갓난 아들을 버렸다는 사실을 있는 그대로 오이디푸스에게 털어놓지 못한다. 바로 이 점이 앞으로의 극 전개에 중요한 의미를 갖는다. 그녀는 아이의 발목에 구멍을 뚫어서 산에 갖다 버리고 목동에게 주었던 사람은 라이오스였다고 말한다. 그런데 나중에 오이디푸스가 목동에게서 들은 사실은 아이를 버리라고 건네 준 사람은 라이오스가 아

---

17) W. C. Greene, "The Murderers of Laius," *Transactions of the American Philological Association,* LX (1929), 75-85.

닌 이오카스테 자신이었다.

코린토스Corinth에서 놀림을 받았던 일, 델포이의 방문, 포키스의 삼거리에서 자신을 공격한 낯선 사람을 죽이게 되었던 충돌 사건 등 오이디푸스가 이오카스테에게 자신의 과거를 털어놓는다. 이야기를 하는 동안에 오이디푸스는 어쩌면 자신이 라이오스를 죽인 장본인이고 그 결과 테바이에 역병을 몰고 온 오염자일지도 모른다는 예감을 강하게 느낀다. 이때까지도 오이디푸스는 라이오스가 자신의 아버지일거라고는 상상조차 하지 않는다. 왜냐하면 코린토스에서 술주정뱅이가 오이디푸스를 조롱했을 때 코린토스의 왕과 왕비인 폴리보스Polybus와 메로페Merope가 강력하게 오이디푸스는 자신들의 아들이라고 확인해 주었기 때문이다. 이 무렵부터 오이디푸스는 어렴풋이 자신의 추방 명령이 어쩌면 스스로에게 내려진 저주가 될지도 모른다는 두려운 생각이 들면서 고통스럽게 외친다.

> 만일 이것이 인간이 아닌 어떤 힘의 작품이라면,
> 누가 신의 심판을
> 비난할 수 있을 것인가?
>
> If one should say, this is the handiwork
> Of some inhuman power, who could blame
> His judgement?

그러나 아직도 오이디푸스가 빠져나갈 돌파구가 하나 남아 있기는 하다. 만일 양치기가 예전에 증언했던 대로 라이오스를 살해한 것은 "도둑들"이라고 주장만 해 준다면 오이디푸스는 죄로부터 면제된다. 그런데 행여 양치기가 "혈혈단신의 나그네"라고 말한다면 죄의 사슬의 첫 매듭이 꼬이게 된다. 이오카스테가 라이오스의 살인자가 오이디푸스일지도 모른다는 의심을 먼저 품는다. 그녀가 오이디푸스에게 여기서 조사를 멈추자고 설득한다. 그녀는 유일한 생존자인 양치기 목격자를 소환하려는 오이디푸스의 결단을 막으려 한다. 그렇지만 오이디푸스는 기필코 진실을 밝힐 심산이다. 결국 이오카스테가 양치기에게 사람을 보낸다.

오이디푸스와 이오카스테가 양치기의 도착을 기다리고 있는 동안에 코린토스의 전령이 먼저 도착한다. 코린토스의 전령은 오이디푸스가 아버지로 믿고 있었던 폴리보스의 사망 소식을 전한다. 전령의 이 보고에 오이디푸스는 잠시나마 불안한 마음을 덜어낸다. 폴리보스가 사망했다는 전령의 소식에 오이디푸스는 처음에는 슬픔의 충격을 받지만 이제 더 이상 자신이 아버지의 살인자가 될 가능성이 없어졌으므로 "아폴론 피티아" (Apollo Pythian)의 예언 자체를 의심하기까지 한다. 그러나 아직은 어머니와 결혼할 것이라는 또 하나의 신탁 가능성이 남아 있음을 생각한 오이디푸스는 다시금 움찔한다. 그러자 오이디푸스의 염려를 덜어줄 의도로 코린토스의 전령은 오이디푸스가 폴리보스와 메로페의 친아들이 아니라는 사실을 알려준다. 이오카스테스는 이러한 상황의 아이러니한 역전이 염려스럽기만 하다. 오이디푸스는 "그러면 내가 친자식이 아닌데도 불구하고 그분들은 나를 그토록 끔찍이 사랑해 주셨단 말이오."라고 외치면서 회상에 잠긴다. 지금까지 오이디푸스가 자신의 출생을 캐고 싶어 했던 것은 신탁이 실현될지도 모른다는 두려움 때문이 아니라 부모에 대한 효성심 때문이기도 했다.[18] 자신이 폴리보스의 친자가 아니라는 사실이 밝혀지자 그 순간부터 오이디푸스는 자신의 친부모를 찾으려는 갈망 때문에 지금까지 품어왔던 신탁에 대한 두려움을 잊어버린다.

---

18) J. T. Shepperd가 영역한 *The Oedipus Tyrannus of Sophocles* (Cambridge: Cambridge University Press, 1920)의 서문인 159-60쪽에서 펼친 주장이다.

코린토스의 전령은 "라이오스 가문의 한 사람"에게서 아기인 오이디푸스를 건네받은 사람이 자신이었음을 고백한다. 이 고백을 들은 이오카스테는 이제껏 스스로에게 부인하려고 애썼던 일이 실현되어버렸음을 확신한다. 그녀는 조사를 그만두자고 오이디푸스에게 애원한다. "이제는 더 이상 그 끔찍한 고통을 견딜 수가 없어요."라는 이오카스테의 탄원의 말은 그리스어로 "나는 지금 충분히 참고 있어요."라는 의미이기도 하다. 오이디푸스는 이오카스테의 말을 두 번째 의미로 해석한다. 그는 이오카스테의 염려를 자신이 비천한 출신의 사람으로 판명될 수도 있음을 두려워하는 것으로 간주한 것이다. 오이디푸스는 자존심이 상한다. 그래서 더 많은 증거를 대라고 다그친다. 그는 어떤 대가를 치르더라도 끝까지 추적하기로 결심한다. 절망에 빠진 이오카스테는 울음을 터트리며 달려 나간다.

그렇지만 정작 오이디푸스는 아직도 극도의 자신감을 드러내면서 자신을 "운명이 총애하는 자식," 그래서 삶의 부침을 초월하여 높은 곳에 오른 사람이라고 칭한다. 오이디푸스는 행운의 신이 때로는 변덕을 부려서 불운을 안겨줄 수 있음을 잊은 것이다. 아이러니의 절정에 해당하는 이 장면에서 코러스는 하이포캠hyporcheme[19]으로 즐거운 춤 노래를 부른다. 코러스의 이 노래는 오이디푸스의 기분을 반향하면서 동시에 순간적으로 긴장을 완화시켜서 다음 장면에서 이어질 비극적 정서를 고양시킨다. 앞의 스테시마stasima[20]에서 제우스의 무궁한 힘과 지혜를 인간의 유

19) 하이포캠hyporcheme: 춤에 동반되어 제공되는 노래, 특히 그리스 비극에서 생동감 있는 춤에 알맞은 합창곡을 칭하기 위해 고대와 현대의 학자들이 사용하는 용어이다.

20) 스테시마stesima: 그리스 극의 구조에서 극적 사건이 시작되기 직전에 부르는 노래인 프롤로그prologue와 프롤로그가 끝난 후에 합창단이 퇴장하면서 부르는 엑소더스exodus 사이에 전개되는 에피소드와 에피소드 사이에 배우들의 등장과 퇴장에 맞추어 합창단이 부르는 노래를 스테시마라고 부른다. 참고로 그리스 극은 아래와

한한 지혜와 힘에 대조시켰던 코러스는 여기서 오이디푸스를 신의 아들로 찬양한다. 진실을 찾으려는 자아로 인해서 오이디푸스의 행복이 갈기갈기 찢겨져 나가기 직전, 극의 초반부에 도입된 "인간 중의 제1인자"의 모티프를 전개하여 아이러니의 장면을 연출한다. 오이디푸스가 자신을 "운명이 총애하는 자식"으로 칭하며 스스로를 인간 이상의 존재로 생각하는 그 순간에 그는 가장 큰 위험에 빠지고 만 것이다. 오이디푸스처럼 번창일로의 외관과 실제 상황 사이의 대조, 선으로 보이는 것이 악이 될 수도 있다는 가능성, 히브리스를 쫓는 네메시스 때문에 행운이 역전될 것이라는 예상 등, 모든 것이 아테나이의 관중들을 전율케 하고 나아가서는 그들의 연민과 공포심을 자극한다.[21)]

최고의 승리를 거머쥐는 바로 그 순간에 오만의 죄로 인해 파멸해버린 아이스킬로스의 아가멤논처럼 오이디푸스도 영광의 정점에서 일격을 당해 절망의 심연으로 굴러 떨어지는 아이러니의 상황에 놓여 있다. 오이디푸스는 태고 적부터 인간에게 강요되어 왔던 법칙, 즉 변덕스러운 운명을 받아들이라는 선사시대의 법칙을 위반한 인간이다. 그는 권력과 부와

---

같은 형태로 이루어져 있다.

① 파로도스parodos: 합창단이 최초로 등장하면서 오케스트라에 정렬하면서 부르는 노래.

② 프롤로그prologue: 극이 사건이 시작되기 직전에 부르는 주로 대화나 독백 형식의 노래.

③ 엑소더스exodos: 프롤로그가 끝난 후에 합창단이 퇴장하면서 부르는 노래.

④ 스테시몬stasimon: 에피소드 사이에 배우들의 등장과 퇴장에 맞추어 합창단이 부르는 노래.

⑤ 에피소디온episodion: 배우와 배우 사이에 교환되는 대화로 스테시마로 매듭지어진다.

21) A. E. Haigh, *The Tragic Drama of the Greeks* (Oxford: Clarendon Press, 1929): 소포클레스의 무의식적 아이러니에 대한 분석 참조.

명예는 신들의 불확실한 호의에 불안정하게 기반을 두고 있다는 것, 그래서 정상에 높이 올라가면 갈수록 몰락의 크기 또한 그만큼 커진다는 것을 인정하지 않았던 사람이다. 오이디푸스의 몰락에 대한 염려는 극이 끝나갈 무렵에 "그러므로 너희는 스스로를 축복받은 인간으로 믿기 전에 삶의 마감까지를 기다려보라"는 코러스의 대사를 통해 울려나간다.

오이디푸스는 잠시 안도감을 느낀다. 그는 이오카스테의 보고를 통해서 테바이의 양치기의 증언을 듣는다. 양치기의 증언은 라이오스 살해와 관련된 오이디푸스의 불안을 말끔히 씻어준다. 이때까지만 해도 오이디푸스는 라이오스가 자신의 아버지일 수도 있을 것이라는 가능성은 전혀 생각지도 못하는데 친부살해와 간음의 죄에서 오이디푸스를 해방시켜줄 생각으로 코린토스의 전령은 오이디푸스가 폴리보스와 메로페의 아들이 아니라고 증언했던 것이다. 짧은 순간 맛보는 오이디푸스의 환희는 이오카스테의 깊은 절망과 아주 강한 대조를 이룬다. 이 장면은 테바이의 양치기와 코린토스의 전령이 직접 대면하여 라이오스의 살인자가 친부살해와 간음의 죄도 범했음을 분명하게 밝히는 인식의 순간의 직전에 발생한다.

아버지를 죽인 살인자인 동시에 어머니의 남편이 된 근친상간자로서의 정체가 적나라하게 밝혀지는 순간, 오이디푸스는 자신이 더러운 오염자임은 물론이고 자신으로 인해서 자신과 관계된 모든 사람들이 더럽혀졌음을 알게 된다. 오이디푸스는 수치심과 자책감에 휩싸인다. 아이스킬로스의 오레스테스가 어머니를 죽인 후에 아르고스를 오염시켰던 것처럼 테바이를 더럽힌 오염자는 살인과 간음의 죄를 짊어진 오이디푸스였던 것이다.

소포클레스 시대의 그리스인들은 사회가 용납할 수 없는 행동을 저지른 인간도 육체적으로는 그 사회에서 살 수 없지만 도덕적인 비난으로부터는 용서받을 수 있다고 믿었다. 눈에 보이지 않는 내부의 의지는 고려하지 않고 오직 겉으로 드러나는 외적인 행동만을 따지는 원시적인 윤리관에 따르면 오이디푸스의 죄는 일종의 제의적 오염이다. 그러나 행위자의 의도를 중요시하여 두 눈을 뜨고서 행한 행위와 모르고서 저지른 행위를 구별하는 좀 더 진보된 윤리관에 의거하여 오이디푸스는 도덕적으로 무죄하다는 판정을 받는다. 오레스테스가 아테나이의 재판에서 무죄 판결을 받았던 것처럼 오이디푸스도 나중에 『콜로노스의 오이디푸스』와 아리스토텔레스의 『시학』에서 사면된다. 번민에 휩싸인 오이디푸스는 자신의 손으로 두 눈을 장님으로 만든 직후에 다음과 같이 외치면서 의도적으로 저지른 악과 고의성이 없는 악 사이를 구별하고 있다.

> 아폴론이다, 친구들이여, 아폴론이다, 바로 그로다.
>   나의 이 쓰리고 괴로운 앙화를 가져온 이는.
> 그러나 눈을 찌른 올바른 그 손은
>   다른 누구의 것도 아닌, 바로 나 자신의 것.

> Apollo, friends, Apollo, he it was
>   That brought these ills to pass;
> But the right hand that dealt the blow
>   Was mine, none other.

오이디푸스가 자신의 눈을 멀게 만든 것은 자책감 때문이 아니라 아내와 자식들, 그리고 눈으로 보이는 바깥 세계의 모든 것을 망각해버리고 싶은 마음 때문이다. 왜냐하면 눈을 뜨고 보는 테바이의 모든 것들이 계속해서 자신의 멸망을 상기시켜줄 것이기 때문이다. 그렇지만 스스로 장님이 되고난 후 오이디푸스는 하데스Hades의 세계에서 자신보다 앞서 가신 아버지와 어머니를 두 눈을 뜨고 만날 수가 없음을 절실히 깨닫는다. 그는 고뇌와 격랑 속에서 장님이 되는 것만으로는 충분치 않음을 느낀다. 그는 스스로를 귀머거리로 만들어버리기를 바란다. 차라리 갓 난 아이였을 때 키타이론Cithaeron 산 속에서 없어져 버렸으면 좋았을 것이라고 토로한다.

"어째서 당신은 그 때 이 노인에게 아이를 건네주었단 말이오?" 테바이의 양치기가 살려준 아이가 바로 오이디푸스 자신이었다는 사실이 밝혀지자 오이디푸스가 양치기에게 반문한 말이다. 그러자 양치기는 "불쌍해서죠, 나리, 아이가 말입죠"라고 대답한다. 오이디푸스의 더 나쁜 운명을 실현하기 위해 그가 잠시 구원받았다는 사실 또한 아이러니가 아닐 수 없다. 그러나 이제 고통을 견디는 것 외에는 더 이상 그 어떤 행동도 할 수가 없음을 알게 된 오이디푸스는 격정의 노도를 가라앉히고 이렇게 단언한다.

나는 나 혼자서 견뎌야만 한다.
나 외에는 그 어느 누구도 나누어 가질 수 없는 이 죄의 무게를.

I myself must bear
The load of guilt that none but I can share.

비로소 오이디푸스는 "교수대로 보상할 수 없는 죄"는 죽음으로도 치유될 수 없음을 깨닫는다. 그렇다면 오이디푸스가 자신의 죄를 속죄할 수 있다는 희망을 품으며 살아가기 위해 어떻게 삶을 견뎌야 하는가? 과거를 돌이켜 생각해보면서 오이디푸스는 삶 속에서 또 다른 의미를 발견하기 시작한다. 크레온에 대한 다음과 같은 그의 말 속에서 삶의 의미를 새삼 발견한 그의 모습을 엿볼 수 있다.

나는 결코 죽음에서 구조되지는 않았을 것이오,
내가 무서운 재앙만을 위해 마련된 존재였다면.

For I had never been snatched from death, unless
I was predestined for some awful doom.

극의 톤이 바뀌는 이 마지막 장면을 통해서 우리는 거의 90살이 다 된 나이의 소포클레스가 오이디푸스에 관련된 그 잔인한 전설을 『콜로노스의 오이디푸스』에서 다시 다룰 때 어떤 식으로 그 이야기를 그려나갈 것인지를 충분히 예견해 볼 수가 있다.

『오이디푸스 왕』이 끝날 무렵에 오이디푸스는 딸들에게 오직 치욕의 유산만을 남겨준 아비로서 딸들의 앞날을 걱정하는 정 많은 아버지로 변해 있다. 아버지의 불행을 물려받은 안티고네Antigone와 이스메네Ismene를 위해 오이디푸스는 다음과 같이 기도한다.

너희가 어디서든 안락한 가정을 찾아 만족스럽게 살아갈 수 있고
너희의 인생은 아비보다 행복한 것이 되기를 기도하노라.

Pray ye may find some home and live content,
And may your lot prove happier than your sire's.

극 초반부에서는 오이디푸스에게 가혹한 대접을 받으면서도 조금도 원한을 드러낸 적이 없는 크레온이 인간은 행운만이 아니라 불가피한 악운까지도 자제력을 가지고 인내해야 한다는 소프로신sophrosyne[22]의 테마를

22) 소프로신sophrosyne: 절제 혹은 자제력을 뜻하는 말로서, 그리스 비극에서 자주 다

지지하고 나선다.

> 이제는 아무 것도 지배하실 생각을 마십시오.
> 폐하를 지엄한 자리로 올려놓았던 바로 그 권력이
> 파멸의 원인이 되어 폐하를 몰락시킨 것이니까요.

> Crave not mastery in all,
> For the mastery that raised thee was thy bane
> and wrought thy fall.

소포클레스는 오이디푸스라는 인간의 됨됨이와 그가 모르고 행한 범죄를 대조시켜 보여줌으로써 오이디푸스의 비극적 전설을 성격과 악의적인 환경의 결합으로 만들었다. 그렇다면 『오이디푸스 왕』의 비극성은 "이렇듯 위대한 한 인간이 아이러니하게 파멸되어버렸다."고 하는 그 아이러니에 있다 할 것이다.

## 2. 『오셀로』

앞서 지적한 대로 『오이디푸스 왕』의 비극성은 주인공의 고귀한 의도와 모르고 저지른 행동 사이의 모순에서 생겨난다. 『오셀로』(*Othello*)에서도 오셀로의 본성과 그가 모르고 저지르는 행동 사이에 오이디푸스의 경우와 유사한 아이러니가 개재되어 있다.[23] 오셀로도 오이디푸스처럼 악

---

루어지는 "고통을 통한 지혜의 터득"이라는 테마를 가리킨다.

23) 세지윅Sedgewick은 앞의 책 39-44쪽에서 "양날의 칼날을 가진"의 대사를 사용하지 않고서도 아이러니의 효과를 내는 사례들을 『오이디푸스 왕』과 『오셀로』의 두 작품에서 들고 있다.

한의 계략을 꿰뚫어보지 못하고 맹목적인 상태로 행동하는 인간이다. 여기서 악한은 오이디푸스를 파멸로 몰아넣었던 불가해한 운명을 대신하는 셰익스피어 식의 대체물이다.

오이디푸스와 오셀로는 모두 통제되지 못한 격정이 영웅의 몰락을 자초한 경우이다. 오이디푸스의 경우는 물론 극이 개막되기 전부터 마련되어 있던 신탁의 예언이 실현된 것에 불과하다. 그렇지만 역병의 원인을 밝혀가는 오이디푸스의 의도에 따라 진행되는 극의 전개과정에서 분명하게 드러나는 오이디푸스의 비극적 약점은 부친살해를 초래한 그의 비이성적 행동이다. 화를 잘 내는 오이디푸스의 성급한 기질은 그의 판단력에 방해가 된다. 마찬가지로 오셀로의 격정은 그의 이성을 마비시키고 종국에는 오셀로를 맹목적인 분노의 상태에 빠져들게 하여 아내를 살해할 수 밖에 없는 상황으로 몰고 간다. 그러나 오이디푸스처럼 오셀로의 경우도 격정 때문에 잠시 이성을 잃고 파멸을 초래하지만 그 격정이 오셀로의 고매한 인격 전체를 훼손하지는 못한다.

그런데 이러한 공통점을 가진 이 두 인물들 사이에도 상이한 점이 발견된다. 오이디푸스의 잘못은 일차적으로 국가를 위한 충성심에서 비롯된 것인데 비해 오셀로의 잘못은 자기존중의 마음에 그 원인이 있다.[24] 오이디푸스의 분노는 어떤 면에서는 그의 순수성을 가늠할 수 있는 척도이기도 하다. 왜냐하면 오이디푸스는 자신이 완전한 인간임을 자신하고 있었고 더욱이 왕의 명예로운 이름은 곧 나라의 안위와 연관되어 있다고 믿었던 까닭에 끝까지 자신의 명예로운 이름을 지키려다가 비극을 맞이한 것으로 볼 수 있기 때문이다. 그러나 『오셀로』에서는 지금까지 자신의 모든 에너지를 전적으로 국가를 위해 헌신해야 하는 군인의 책무에 쏟아 부

24) C. R. Elliott, "Othello as a Love-Tragedy," *American Review* VIII (1937), 274-75.

었던 주인공이 1막이 끝나면서 점점 성적 질투심에 휘둘려 마침내 자신의 사사로운 명예를 위해 군인으로서의 직업까지 포기해 버리는 상황에 이르러 다음과 같은 명령을 쏟아내기까지 한다.

> 내 잠잠하던 마음과도 작별이로구나! 흡족하던 마음도 끝장이고!
> 모자에 깃털 꽂은 군대와도 작별이로고
> 야심을 미덕으로 만드는 대결전도 작별이로구나!

> Farewell the tranquil mind! farewell content!
> Farewell the plumed troops and the big wars
> That make ambition virtue! (3. 2. 349-60)

오셀로의 비극성은 오이디푸스의 경우처럼 도저히 "격정에 흔들림이 없었던" 한 인간이 파괴적인 목적을 향해서 격정을 부추기는 어떤 강력하고 악의적인 힘에 굴복 당하고야 만다는 사실에 있다. 그 치명적인 힘은 다름 아닌 이아고를 통해 구현된다. 사악한 이아고에게도 표면적인 동기는 있다. 그는 무어인을 증오한다. 그가 오셀로에게 불만을 품게 된 것은 상관인 오셀로가 기수인 자신이 마땅히 차지해야 할 부관의 자리에 캐시오를 승진시켰기 때문이다. 무어인 오셀로에 대한 이아고의 증오의 또 다른 이유는 성적 질투심이다. 이아고는 자신의 아내인 에밀리아Emilia의 불륜 상대로 오셀로와 캐시오를 의심하고 있다. 그렇지만 이아고가 그렇게까지 오셀로에게 극단적인 증오심을 품을 수밖에 없는 진짜 이유는 이아고 자신도 모른다. 오셀로에 대한 증오심의 타당한 이유가 무엇이든 이아고는 기필코 오셀로를 파멸시킬 작정이다.

그 무어 녀석이 나에게 감사하고, 날 아끼고, 포상까지 하게 만들어야지,
내가 놈을 당치도 않은 바보로 만들고,
놈의 평화롭고 고요한 마음을 들쑤셔서 광기로 치달을 정도로
일을 꾸민 보답으로 말야.

Make the Moor thank me, love me, and reward me
For making him egregiously an ass
And practising upon his peace and quiet
Even to madness. (2. 2. 289-92)

이아고가 미리부터 완벽한 계획을 짜 놓았던 것은 아니고 처음에는 단지 오셀로로 하여금 모욕감을 느끼도록 하여 자신을 모욕한 오셀로에게 복수하고 가능하다면 캐시오의 자리를 빼앗아 자신의 자긍심을 회복할 심산이었다. 그런데 자신의 계략이 점차적으로 맞아 떨어지는데다가 그때그때 이아고에게 적합한 기회가 주어진다. 넌지시 암시하고 빠져나가는 식의 중상과 모략의 방법을 통해 악한의 메커니즘이 서서히 그 형태를 잡아가기 시작하더니, 이아고가 오셀로를 그물 안으로 낚아채는 동안에 그 완전한 형태가 이루어진다. 마침내 오셀로가 "시각적 증거"(ocular proof)를 요구하고 오셀로의 그러한 요구에 이아고는 죄를 뒤집어씌울 손수건을 오셀로 앞에 내놓는다.

극의 초반부에서 이아고는 주어진 상황을 마음대로 요리할 줄 아는 임기응변의 대가로 묘사된다. 자신의 마음대로 상황을 좌지우지할 수 있는 이아고의 기술은 그가 오셀로의 성격을 훤히 꿰뚫고 있기 때문에 가능한 것이었다. 그렇지만 실은 오셀로에 대한 이아고의 지식은 부적절하기 짝이 없다. 이아고는 오셀로를 다음과 같은 사람이라고 생각한다.

그 무어인은 확 트이고 개방적인 성품이라서,
정직하게 보이기만 하면 정직한 사람으로 생각한단 말이지.

The Moor is of a free and open nature,
That thinks men honest that but seem to be so. (2. 2. 381-82)

이아고가 오셀로에 대해서 미처 파악하지 못했던 것은 오셀로에게는 일단 폭발하면 스스로도 그 고삐를 자유로이 조절할 수 없는 격정의 격류가 소용돌이치고 있다는 점이다. 사실 이아고의 애초의 의도는 캐시오에 대해 완전한 승리를 거두는 것이었으므로 캐시오만 없어진다면 이아고의 목적은 충족되는 것이었다. 하지만 캐시오의 죄를 완벽하게 증명하려면 데스데모나Desdemona를 개입시켜야 하고 데스데모나의 명예를 훼손한 캐시오는 결국 오셀로의 명예까지도 훔치는 것이 된다. 이아고의 최초의 계획 속에는 데스데모나의 죽임이 포함되어 있지 않았었다. 3막이 끝나갈 무렵에 이아고가 오셀로에게 "그렇지만 그녀는 살려둡시다."라고 간청한 것은 아마도 진심이었을지 모른다.[25] 이아고는 자신이 의도했던 목표 이상을 달성한다. 오셀로가 캐시오와 데스데모나 두 사람을 모두 죽여 버리겠노라고 고집했기 때문이다. 이 장면은 이아고가 "나는 영원히 당신의 것입니다."라는 아이러니한 복종의 대사를 남기며 막이 내린다.

그렇지만 이때까지도 이아고는 무어인의 마음속에 도사리고 있던 격정의 힘을 예상하지 못한다. 즉 성적 질투심에 자극을 받자마자 무서운 기세로 터져 나오는 오셀로의 격정의 원시적 힘의 위력을 생각조차 해 본 적이 없었던 것이다. 극의 후반부에 이르면 오셀로가 이아고의 계략에 말려드는 것이 아니라 오히려 이아고가 오셀로의 격정적 힘에 끌려 다닌

25) *Ibid.*, 267.

다.[26] 이아고는 점점 더 깊숙이 개입된다. 캐시오를 죽이려던 로더리고의 계략이 실패한 것을 계기로 이아고는 불운으로 치닫고 감정이 격해진 이아고의 아내가 남편의 사악함을 폭로하는 것으로 그의 운은 다한다.

계략을 실행해 나가는 동안에 이아고는 누구에게나 정직해 보일 필요가 있다. 그래야만 이아고를 전혀 의심할 줄도 모르고 악한의 의도를 꿰뚫어 보지도 못하는 오셀로의 고지식함이 그의 약점이 될 수 있기 때문이다. 그렇지 않으면 오셀로는 너무나 심각한 약점을 지닌 인간이 되어 비극의 주인공으로서의 그의 성격 자체에 대한 의문이 제기될 수 있다. 그래서 완전무결한 사람이라는 이아고의 명성은 마지막 장면까지 남을 잘 믿는 오셀로에게는 물론이고 극중의 다른 인물들, 심지어 이아고의 아내에게까지도 그대로 유지된다. 실제로 이 극의 아이러니의 모티프는 정직한 이아고의 명성 때문에 가능하다. 때로는 이아고를 때로는 데스데모나를 지칭하면서 반복적으로 사용되는 "정직한"(honest)이라는 수식어는 "명예로운"(honorable)과 "정숙한"(chaste)이라는 두 가지 의미로 사용된다.[27]

이아고는 인간의 고귀한 본성을 혐오한다. 이아고의 근본적인 인간관은 동물의 이미지를 빌어서 인간을 표현하는 그의 태도에 여실하게 드러나 있다. 그는 오셀로와 데스데모나의 세계를 경멸하며 그 두 사람의 사랑이 숭고한 영적 요소로 맺어져 있음을 생각조차 할 수 없는 인간이다.

---

26) *Ibid.*, 274-75.

27) 세지윅은 베니스에서 오셀로가 믿고 임명한 경호원 이아고가 데스데모나의 완전한 신뢰를 얻는 데 성공했음을 지적한다. 이아고가 로더리고와 브라반쇼, 무어인 오셀로를 속인 것처럼 데스데모나를 속이고 있으며, 곧 캐시오를 속일 것인데 우리가 보듯이 무대 위에 등장하는 모든 인물이 은연중에 이아고를 믿는 데는 오로지 "관객만이 알고 있는 내용을 제외한" 각기 나름대로의 이유들을 가지고 있다고 논평한다(Sedgewick, "Irony as Dramatic Preparation," 108).

그는 냉소적으로 그들의 사랑을 단순한 욕망이요 "떠돌이 야만인과 너무나 세련된 베니스 여인의 거룩한 체하는 허약한 맹세"로 치부해버린다.

이아고가 아무리 교묘한 술책을 구사한다 할지라도 만약에 오셀로가 성격적으로 악한이 가지고 놀만한 약점을 가지고 있지 않았더라면 오셀로를 그처럼 성공적으로 굴복시키지는 못했을 것이다. 그러나 극의 초반부에서는 오셀로의 이러한 약점의 흔적은 쉽게 드러나지 않는다. 전쟁터에서 단련된 때문인지 오셀로의 자기 통제력은 거의 완벽에 가깝다. 영광스러운 과거에 대한 자신감으로 꽉 차 있는 오셀로는 이아고가 아이러니의 의미로 말했던 것처럼 "자신의 자존심과 목적을 사랑하는" 당당한 인간이다. 그는 베니스 공국에 고용된 검은 무어인이면서도 자신이 이룩한 장군으로서의 군사적 업적에 대단한 긍지를 느끼고 있다. 그는 자신의 존재가치를 잘 알고 있으며 허풍을 떨지는 않지만 세상이 자신의 가치를 인정해 주기를 기대한다. 데스데모나와 사랑의 도피행각을 벌인 경위를 설명하라고 베니스의 원로원들 앞으로 불려나온 오셀로는 아내의 아버지가 격분한 나머지 "마술"을 썼다고 기소한 죄목에 대해 답변을 요구받고서도 정중하면서도 위엄을 갖춘 태도로 자신의 절제된 애정을 표현한다. 오셀로는 자신이 말을 그리 유창하게 하지 못한다는 겸손한 태도를 보이면서도 유창한 웅변조의 대사로 자신의 구애에 얽힌 이야기를 솔직 담백하게 털어 놓는다. 여기서의 오셀로는 격정을 다스릴 줄 아는 인간이다. 그는 의원들에게 키프로스Cyprus까지 자신을 따라오고 싶어 하는 데스데모나의 소원을 "나의 욕정을 만족시키기 위해서"가 아니라 "그녀의 마음을 자유롭고 풍요롭게 해주기 위해서" 선처해 줄 것을 부탁한다. 그리고는 원로원이 결혼식 날 밤에 바로 키프로스로 출발할 것을 명령하는데도 오셀로는 추호의 망설임도 없이 "기꺼이"라고 대답한다.

1막에서의 오셀로는 지극히 만족스러운 상태에 있다. 그도 그럴 것이 여기서의 오셀로는 오로지 자신의 힘만으로 모든 것을 해결해 내는 독자적인 인물이기 때문이다. 지금까지 오셀로는 자신이 일차적으로 가장 관심을 두는 분야인 군대의 일만을 계속해 왔기 때문에 쉽게 흔들리지 않았다. 그러나 2막이 시작되어 폭풍을 헤치고 항해를 마치고 난 후에 등장한 오셀로는 더 이상 "모든 원로원이 한결같이 전천후적인 원만한 인격자라고 부르는 고귀한 무어인"이 아니다. 데스데모나에 대한 사랑이 어느새 그에게 스며든 것이고 사랑은 군인인 오셀로에게는 생소하기 짝이 없는 감정이다. 이처럼 낯선 사랑의 감정에 빠진 오셀로가 키프로스에서 데스데모나와 재회하는 순간, 이제 자신을 가장 만족시킬 수 있는 것은 베니스 출신의 젊은 아내로부터 얻는 행복감이라는 것을 알게 된다. 오셀로는 자신의 "아름다운 투사"에게 이렇게 선언한다.

지금 당장 죽는다 해도
이 몸은 더없이 행복할거요. 왜냐하면
내 영혼은 지금 더할 나위 없이 만족스럽기 때문에
앞으로의 알 수 없는 운명 속에서 이러한 즐거움이
다시는 찾아오지 않을 것만 같기 때문이요.

If it were now to die,
'Twere now to be most happy; for, I fear,
My soul hath her content so absolute
That not another comfort like to this
Succeeds in unknown fate. (2. 1. 181-85)

사랑이라는 새로운 관계로 인해 오셀로는 그가 이제까지 한 번도 경험해 본 적이 없는 어려움에 빠진다. 그러나 군사적인 문제로 자신감을 얻은 오셀로는 이 어려움을 과소평가해 버린다. 오셀로가 "이상화하고 있는 사랑"이 그를 "부드러운" 데스데모나 쪽으로 기울어지게 하여 그는 온통 말랑말랑해진다. 사랑이라는 감정은 오셀로의 상상력을 자극하여 시적 대사를 토해내기도 한다. 데스데모나의 사랑이 현실적인 열정에서 나온 이타적 사랑이라면 오셀로의 사랑은 자애적인 낭만적 사랑이다. 이처럼 균형이 맞지 않는 두 사람의 사랑이 그들을 위험에 빠뜨리는 원인의 하나이다.[28] 1막에서 원로원들을 향해 자신이 어떻게 해서 사랑을 얻게 되었는지를 말하면서 오셀로는 데스데모나와 자신의 사랑을 이렇게 요약한 바 있다.

> 그녀는 내가 겪어 온 갖가지 고난 때문에 나를 사랑하게 되었고,
> 나 또한 그녀가 그러한 고난에 동정하기 때문에 그녀를 사랑하게
> 되었지요.
>
> She lov'd me for the dangers I had pass'd
> And I lov'd her that she did pity them. (2. 3. 166-67)

그렇지만 데스데모나는 한결 더 대담하게 이렇게 선언했었다.

> 제가 무어 장군님을 사랑하여 그분과 함께 살고자 한다는 사실이
> 저의 물불을 안 가리는 담대한 행위와 운명을 하늘에 맡긴 극단적인
> 행동으로 온 세상에 요란하게 알려지게 되었사옵니다.

---

28) Elliott, 260-65.

That I did love the Moor to live him,
My downright violence and storm of fortunes
May trumpet to the world. (2. 3. 244-46)

오셀로의 고백에는 데스데모나의 고백에 드러나 있는 완전하고 강렬한 성적 열망이 분명하게 나타나 있지 않다. 게다가 오셀로는 "저는 그분의 마음속에 있는 참모습을 보았으며. . ."라는 데스데모나의 성숙한 고백의 깊이를 깨닫지 못하고 있는 듯하다. 오셀로는 자신의 입으로 데스데모나가 자신의 전 세계임을 고백한 바 있다.

내 마음을 소중하게 간직해 둔 곳,
그곳에서 내가 살아야 하고, 또 죽기도 해야 하는 곳,

I have garner'd up my heart,
Whether either I must live or bear no life, (4. 2. 55-56)

그러면서도 그는 아내의 사랑을 완전히 이해하지 못하고 있음이 분명하다. 이아고의 사악함 못지않게 오셀로를 커다란 위험에 빠뜨리는 원인은 아내의 사랑에 대한 오셀로의 몰이해이다. 사실 오셀로가 아내의 정절을 완전히 신뢰만 했더라면 이아고의 교활함은 그 효과를 발휘하지 못했을 것이다.

부적합한 감수성을 가진 오셀로가 건널 수 없는 장벽은 다름 아닌 무어인과 베니스 출신의 아내 사이에 가로 놓인 심연이다. 그런데 처음에는 이 장벽이 눈에 띄지 않는다. 개막 장면에서는 공작과 원로원이, 마지막 장면에서는 로도비코Lodovico와 그라시아노Gratiano가 무어인을 온갖 찬

사의 말로 칭찬하면서 그 둘의 결혼을 나무랄 데 없는 것으로 치켜 올린다. 그러나 정작 브라반쇼는 예전에는 무어인을 자신의 집으로 초대해서 식사 대접을 했었음에도 불구하고 막상 자신의 딸이 무어인인 오셀로와 사랑의 도피행각을 벌인 시점에서는 화가 치민 나머지 무어인의 피부색을 이유로 저주를 퍼붓는다. 그리고 교활한 이아고가 행복한 결혼의 장애물로 내세운 것 역시 종족, 피부색, 그리고 신분적 차이인데 이아고는 이러한 차이들은 도저히 극복될 수 없는 것으로 치부한다.

그렇지만 이 모든 차이들 못지않게 두 사람에게 장애물이 되는 것은 감수성의 차이이다. 일단 화가 나면 "극단적으로 화를 내버리는" 오셀로의 격정을 데스데모나는 도저히 이해하지 못한다. 데스데모나의 이해 부족은 그녀가 세속적인 것을 모르기 때문이다. 만일 그녀가 세속의 본질을 좀 더 알았더라면 자꾸만 도를 더해가는 남편의 의심을 한 번쯤 검토해 볼 수도 있었을 터인데, 세상 물정을 모르고 순진하기만 한 데스데모나였기에 오히려 남편의 격정을 증폭시키기만 한다. 데스데모나는 오셀로가 의심하는 "교활한 베니스의 창녀"와는 거리가 멀어도 한참 멀다. 그녀는 여자가 남편을 배신할 수 있다는 그런 생각조차 이해하지 못하는 여자이다. 실제로 당황한 가운데서도 그녀는 "저는 '창녀'라는 그 단어를 입 밖에 낼 수 없어요."라고 외치는 그런 여자이다. 데스데모나는 악인이 될 소지가 있는 유혹을 물리쳐서가 아니라 악에 대해 알고 있는 것이라고는 오직 악이라는 그 이름뿐이기에 선한 인물이다. 과감히 관습에 도전하여 오셀로와 결혼하고 원로원들 앞에서는 아버지의 분노에 맞서서 남편을 두둔할 정도로 용감했던 데스데모나였지만, 그 후에 보여주는 그녀의 행동들은 오직 그녀를 몰락의 길로 내몰 뿐이다. 이 모든 것은 남편에 대한 그녀의 이해 부족 탓이다. 남편을 이해하지 못했기 때문에 그녀는 경솔하게 캐시오의 복직을 조르고 나중에는 남편의 분노를 누그러뜨리기 위해 손수

건을 잃어버린 사실까지 부인하고 만다. 마지막 숨을 몰아쉬면서도 그녀가 자신을 살해한 "친절한 주인님"을 구하기 위해 거짓말을 하는 것 또한 그녀의 성격으로 부를 수 있는 천성적 "상냥함" 때문이다. 데스데모나의 죽음은 아무런 죄도 없이 고통을 당하는 인간에 대한 파토스의 정서를 불러일으킨다.

격정으로 제 정신이 아닌 오셀로는 아내를 "교활한 창녀"라고 철저히 믿고 있다. 그는 "버림받은" 자신의 사랑을 만족시키고 자신을 사회의 웃음거리로 만들어버린 그 치욕에 복수하기 위해 개인적인 복수를 실행하겠다는 결심을 굳힌다.[29)]

세상의 조롱거리가 되어 한번 가리키면 요지부동인
세인의 손가락질을 받는 영원한 표적이 되었으니!

The fixed figure for the time of scorn
To point his slow and moving finger all! (4. 2. 53-54)

오셀로는 정의의 복수자로서의 임무를 위해 아내의 목을 조를 결심을 한다. 그는 자신이 고귀한 임무를 수행하고 있다고 믿는다. "이 여자를

29) 바우어스Bowers는 "불륜을 저지른 아내에 대한 르네상스 시대의 복수의 정신 속에는 다른 사람이 느낄 승리감을 없애버리고 싶은 마음과 대중 앞에서 앙갚음을 하고자 하는 열망에 비하면 성적인 질투심은－물론 이것이 더욱 폭넓게 설명될 수 있는 이유가 될 수도 있겠지만－그렇게 많이 개입되지 않았다. 아내의 불륜이 남편을 타인의 웃음거리로 만들었을 경우에 그가 살인을 저질러 그에 대한 앙갚음을 하였어도 그는 여론의 지지를 받았었고 법에 의해서도 용서를 받았다"고 주장한다.
Fredson Thayer Bowers, *Elizabethan Revenge Tragedy (1587-1642)*, Princeton: Princeton University Press, 1940, p. 49.

죽이지 않으면 살아서 더 많은 남자들을 배반할 것"이므로 데스데모나를 죽이는 것은 곧 세상에서 오염의 원인을 제거하는 성스러운 일이라고 생각한다. 한 때는 오셀로에게 순수 그 자체로 여겨졌던 데스데모나의 아름다움이 이제는 더러움의 근원으로만 느껴진다. 그래도 데스데모나의 영혼까지는 죽이고 싶지 않은 까닭에 오셀로는 자비를 베푸는 것 같은 어조로 그녀에게 죄들을 참회하라고 요구하며 자신의 임무를 향해 한발 한발 다가간다. 데스데모나가 자비를 베풀어 달라고 애원하지만 그녀의 애원은 죄를 부인하는 것 못지않게 오셀로의 분노를 자극한다.

> 내가 하고자 하는 일을 단순한 살인을 행하는 것으로 만들고 있구나.
> 나는 그것을 정의를 위한 희생으로 생각하고 있는데.

> . . . makes me call what I intend to do
> A murder, which I thought a sacrifice. (5. 2. 64-65)

자신을 신의 정의의 대행자로 간주하는 오셀로는 데스데모나에게 "단 한 번의 기도"를 올릴 시간적 여유를 주지 않고 그녀를 살해하는 것으로 분노를 폭발시킨다. 죽어가면서도 아내는 남편이 죄인이 되지 않도록 하려고 애를 쓰지만 남편인 오셀로는 아내의 이러한 자비조차 받아들이지 못한다.

> 저 여자는 거짓말쟁이니까 그에 걸맞게 지옥의 불 속으로 떨어진 거야.
> 저 여자를 죽인 것은 바로 나란 말이야.

> She's, like a liar, gone to burning hell.
> 'Twas I that kill'd her. (5. 2. 130-31)

에밀리아의 폭로는 이아고의 정체만을 폭로한 것이 아니다. 그녀로 인해 오셀로는 자신의 정체성을 발견한다. 그는 참회한다. 무고하게 죽은 아내의 주검을 보면서 그가 울부짖는다.

> 우리가 최후의 심판 날에 만나게 되면
> 그대의 이 창백한 얼굴이 내 영혼을 하늘나라에서 내던지게 될 것이고, 그러면 마귀들이 그것을 낚아채 가겠지.

> When we shall meet at compt,
> This look of thine will hurl my soul from heaven,
> And fiends will snatch at it. (5. 2. 271-73)

최후의 심판에 생각이 미치자 오셀로는 자신이 직접 스스로를 심판하리라 결심한다. 다시금 스스로를 다스릴 줄 알게 된 오셀로는 비로소 데스데모나의 사랑을 완전히 깨달을 뿐만 아니라 아울러 아내의 강한 정절을 파악하지 못한 까닭에 "너무나 사랑했지만 어리석게 사랑했던" 자신의 한계를 깨닫는다. 마지막 순간에 이르러서야 오셀로는 본래의 고귀함을 회복하고 데스데모나의 외적인 아름다움만이 아니라 가장 깊은 내면의 아름다움까지 인식하기에 이른다. 오셀로의 자살은 격정에 휩쓸려서 자신도 모르게 저지른 죄에 대한 대가에 다름 아니다.

소포클레스와 마찬가지로 셰익스피어도 결국 악이 궁극적인 승리를 거둘 수 없다고 생각했다. 『오셀로』에서 이아고는 "더 많이, 그리고 더 오랫동안 그를 따라다니며 괴롭힐" 벌을 받는다. "이 나라에서 소인은 그래도 얼마간의 공적이 있는 사람입니다."라면서 오셀로 자신이 인정하고 있는 그의 명예는 "그는 마음이 위대한 사람이었습니다."라는 캐시오의 최후의 발언을 통해 현세에서 다시금 회복된다. 이로써 정의가 궁극적으로 구현되었음이 암시된다.

『오이디푸스 왕』이나 『오셀로』의 결말은 인간과 신의 관계를 무슨 대단한 화해가 이루어진 것처럼 묘사했던 아이스킬로스 식[30]으로 끝나지 않는다. 오이디푸스나 오셀로는 둘 다 막강한 힘을 가진 환경보다 훨씬 우세한 성격을 드러내는 인물들인데, 아리스토텔레스적 의미로 볼 때 때로는 인간의 성격이 환경보다 우세할 수 있는 것이 삶의 불가해한 아이러니의 모습이다.

## 『콜로노스의 오이디푸스』와 『리어 왕』

### 1. 『콜로노스의 오이디푸스』

소포클레스가 『콜로노스의 오이디푸스』를 쓴 것은 아마도 오이디푸스의 성격을 변론하기 위한 것이 아니었나 생각된다. 왜냐하면 이 작품 속에서 오이디푸스는 사뭇 자신의 동기는 순수했고 자신은 아무 것도 모른 채 잘못을 저질렀음을 항변하는가 하면 극이 끝날 때까지 극의 실질적인 내용 또한 주로 오이디푸스의 이러한 간청들로 이루어져 있기 때문이다.

『오이디푸스 왕』의 막이 내린지 약 20년의 세월이 흐른 다음 우리는 눈 먼 거지가 되어 방랑하는 오이디푸스를 만나게 된다. 추방되어 나라도 없이 방랑하는 이 눈 먼 거지 노인은 "한 때는 오이디푸스라고 불렸던 자의 망령"이다. 그는 지금은 딸 안티고네의 보호에 몸을 의탁하고 있지만

---

30) Sedgewick, pp. 87-114.

실은 그 딸 자신조차 보호가 필요한 신세이다. 『콜로노스의 오이디푸스』에 산발적으로 언급되어 있는 소소한 내용들로 미루어 우리는 오이디푸스가 처음에는 자신의 뜻과는 반대로 테바이에 억류되어 있었음을 알게 된다. 그러나 시간이 흘러 오이디푸스에 대한 동정심이 가시자 테바이의 시민들은 그를 테바이에 은닉된 더러움으로 간주하고 그를 제명시키자고 주장한다. 크레온은 이러한 시민들의 요구에 굴복하고 만다. 그런데 오이디푸스를 추방하면서 추방의 명분으로 전혀 그 어떤 신탁도 거론되지 않았다는 사실에 주목할 필요가 있다. 오이디푸스는 전적으로 테바이의 시민들을 비난한다. 그의 두 아들과 크레온은 그의 제명을 한 번도 거론한 적이 없었기 때문이다. 오이디푸스의 두 딸들도 헌신적이다. 안티고네는 방랑길을 떠나는 오이디푸스와 동행하고 이스메네는 테바이에 남아 아버지를 위해서 사건의 추이를 지켜보기로 한다. 나중에 이스메네는 테바이에서 가장 최근에 있었던 신탁을 듣고 달려와 아버지에게 그 내용을 전해준다. 아폴론이 예언한 신탁의 내용은 언젠가는 테바이가 아테나이를 침공해 들어와 오이디푸스의 무덤 가까이에 있는 싸움터에서 격전을 벌이게 될 것인데 이 때 테바이는 아테나이의 유산이 된 오이디푸스의 무덤의 저주로 멸망하고 말 것이라는 내용이었다. 이러한 신탁의 내용을 전하면서 이스메네는 "한때 아버지를 실추시켰던 그 신이 다시금 아버지를 높이 추앙하였다."고 말한다.

『콜로노스의 오이디푸스』에 제시된 오이디푸스의 성격은 연로하고 그토록 많은 고통을 겪었음에도 당당하기 그지없다. 그럼에도 오이디푸스의 과거 그 불같던 성질은 아직도 연기를 내뿜고 있어서 언제라도 불길만 당겨지면 확 타오를 기세이다. 오이디푸스의 등장에 이어서 크레온이 등장한다. 크레온이 모종의 임무를 띠고 테바이로부터 온 까닭은 오이디푸스의 무덤이 승리를 가져올 것이라는 신탁 때문이다. 그 신탁에 의해 크레온은 오이디푸스의 몸뚱이를 확보해 두려는 것이었다. 협박과 무력으로 크레온이 무례하게 설득하려 들자, 오이디푸스의 분노에 불이 당겨진다. 분노의 고함소리를 들은 아테나이의 왕 테세우스Theseus가 현장으로 뛰어든다.

크레온은 오이디푸스가 분노를 터뜨려 자극하지만 않았더라도 자신은 단념했을 것이라고 오히려 테세우스를 설득하려 한다.

나도 그렇게까지는 하지 않았을 겁니다,
저 사람이 나와 나의 일족들에게 모진 악담을 퍼붓지만 않았더라면,
그 잘못에 대해 내 행동으로 보상을 해 드리는 것이 옳다고 생각해요.

I had refrained but for the curses dire
Wherewith he banned my kinsfolk and myself:
Such wrong, methought, had warrant for my act.

그러나 오이디푸스는 크레온의 표리부동함을 꿰뚫어보고 있다.

네가 날 데리러 온 것은 고국으로 날 데려가기 위해서도 아니고,
국경 가까이에다 두어서, 네 놈의 나라가
이 나라로부터 받게 될 봉변을 무사히 면하기 위해서야.

Thou art come to take me, not to take me home,
But plant me on thy border, that thy state
May so escape annoyance from this land.

『콜로노스의 오이디푸스』의 크레온은 『오이디푸스 왕』에서와는 사뭇 다르

게 악한으로 그려져 있다. 테세우스는 크레온의 이러한 태도 변화를 연로한 그의 나이 탓으로 돌린다.

너무 많은 세월이
자네를 늙고 분별없는 바보로 만들었구려.

Plentitude of yours
Have made of thee an old man and a fool.

자신이 추방한 오이디푸스를 이제 와서 다시 차지하려고 테세우스와 경쟁을 벌이는 크레온의 뻔뻔스러움은 "아티카의 영웅"의 관대함을 더욱 부각시킨다. 소포클레스의 비극에는 본성이 비열한 인간은 거의 나오지 않는데 이 극의 크레온은 예외적 인물이다.

오이디푸스의 장남인 폴리네이케스Polyneices가 오이디푸스의 도움을 요청할 때 오이디푸스의 불같은 성질이 다시금 터져 나온다. 폴리네이케스는 테바이의 왕이 되어 있던 동생 에테오클레스Eteocles로부터 왕위를 탈환하기 위해 군사를 일으켰었다. 폴리네이케스가 이처럼 오이디푸스에게 부탁하는 것 또한 오이디푸스와 제휴를 맺는 측이 승리할 것이라는 신탁 때문이다. 자신을 불쌍히 여겨 달라는 폴리네이케스의 호소에 오이디푸스는 다음과 같이 대답한다.

오, 이 고약한 놈아, 지금 네 아우가 쥐고 있는
테바이의 왕위와 왕권을 네 놈이 쥐고 있었을 때,
바로 네 놈이 제 아비를 강제로 나라 밖으로 내몰아,
나라를 잃은 추방자로 만들고, 이런 누더기 거지꼴로 만들지 않았느냐?

그러고서는 이제 와서 네 놈도 나와 똑같은 처지에 빠지니까,
이 옷을 보고 눈물을 흘리는구나.

O villain, when thou hadst the sovereignty
That now thy brother holdeth in thy stead,
Didst thou not drive me, thine own father, out,
An exile, cityless, and make me wear
This beggar's garb thou weepest to behold,
Now thou art come thyself to my sad plight?

아들의 간청에도 오이디푸스는 끝까지 굴복하지 않는다. 오히려 오이디푸스는 아들에게 아버지가 주는 최후의 유산으로 저주의 말을 퍼붓는데, 얼마 안 가서 그의 저주는 그대로 실현된다.

내 조국의 땅을 창칼로 쓰러뜨리지도 못하고,
계곡으로 둘러싸인 아르고스로 돌아가지도 못하며,
더구나 너와 같은 피를 나누어 가진 자의 손에 죽고
너를 쫓아냈던 그자를 네 손으로 죽이게 되리라.

Never to win by arms thy native land,
No, nor return to Argos in the Vale,
But by a kinsman's hand to die and slay
Him who expelled thee.

『콜로노스의 오이디푸스』의 플롯은 『오이디푸스 왕』의 플롯과는 정반대의 방향으로 진행된다. 『오이디푸스 왕』에서 오이디푸스는 최정상에 있는 극

히 탁월한 인간으로부터 까마득한 밑으로 전락하였다. 그러나 『콜로노스의 오이디푸스』에서 오이디푸스의 운명은 치욕의 상태로부터 환희의 순간으로 고양된다.[31] 신탁에 의해 오이디푸스는 아티카를 수호해 줄 영웅의 운명을 점지 받았기 때문에 그는 영광 속에서 죽음을 맞게 되리라. 이 영광에 비하면 테바이의 국왕이라는 오이디푸스의 과거 영광은 일개 껍질뿐인 영광에 지나지 않는다. 오이디푸스의 진짜 영광은 너무나 성스러워서 인간은 발조차 들여놓을 수 없는 무시무시한 에우메니데스의 숲에 오이디푸스의 입산이 허용되는 바로 그 순간이다. 아테나이의 영웅이자 지금은 그 나라의 왕인 테세우스가 오이디푸스를 기꺼이 환영하자 그는 이렇게 대답한다.

> 나는 피곤에 지친 이 몸을 자네에게 주겠네,
> 뒤치다꺼리에 그리 썩 유쾌하지만은 않은 선물일걸세,
> 허나 그 가치는 겉으로 보이는 것보다 훨씬 귀중한 것일세.

> I come to offer thee this woe-worn frame,
> A gift not fair to look on; yet, its worth
> More precious far than any outward show.

마지막 장면에서 격정을 가라앉힌 오이디푸스는 비로소 만족할 줄 아는 겸허한 인간이 된다. 자신에게 어떤 신비로운 힘이 스며들고 있음을 느낀 그는 자신이 용서받는 것도, 그리고 자신의 무덤까지도 신들의 의도대로 이루어질 것인즉, 그 목적의 수행 여부는 전적으로 신들의 소관임을 깨닫는다. 한때 오이디푸스를 거절했던 세상이 다시 오이디푸스를 우러러 받

31) Kitto, p. 401.

들어 모심으로써 안전을 구하려 하나 지금은 오히려 숭배 받는 인간 오이디푸스가 자신에게 안전을 제공했었던 아테나이를 구원할 차례이다.

> 그분은 번뇌도 없이 병고나 고통도 치르지 않고서
> 인간으로서는 가장 놀라운 마지막 순간을 보냈습니다.
>
> For without wailing or disease or pain
> He passed away—an end most marvellous

오이디푸스의 죽음을 지켜볼 수 있도록 허용 받는 사람은 단 한사람 테세우스뿐이다. 테세우스 외에는 아무도 오이디푸스의 임종을 지켜볼 수 없다는 사실이 이 극을 더욱 신비롭게 만든다. 오이디푸스가 죽음의 길로 떠나는 동안에 테세우스는 땅에 엎드려서 대지에 키스를 하더니 일어서서는 하늘을 향해 두 손을 활짝 뻗는다. 방금 본 광경이 어찌나 감동스러웠던지 그는 저절로 하늘과 대지의 두 세계의 신들을 향해 경배의 몸짓을 한 것이다.

『콜로노스의 오이디푸스』는 종교적이면서도 애국심을 고취시키는 신비극이다. 관객들은 오이디푸스의 비극적인 삶이 아무런 목적 없이 이루어진 것이 아니라는 것, 마지막 순간에 오이디푸스에게 다가온 그 찬란한 영광은 그가 지금까지 부당하게 겪어 왔던 고통에 대한 사후의 보상임을 느끼면서 극장 문을 나서게 된다. 극을 보는 동안에 자극되었던 감정들은 진정되고 불협화음이 조화로움으로 바뀌면서[32] 오이디푸스의 의지와 신의 의지가 서로 조화를 이루는 가운데 보다 강렬한 선율을 남기며 『콜로

---

32) 소포클레스의 비극과 셰익스피어 비극에서의 "화해"(reconciliation)에 관한 테마는 스톨Stoll의 *Shakespeare and Other Masters*의 59-84쪽과 399쪽을 참조할 것.

노스의 오이디푸스』는 막을 내린다.

## 2. 『리어 왕』

『콜로노스의 오이디푸스』와 『리어 왕』은 둘 다 환경에 굴하지 않는 성격 때문에 빚어진 고통을 고귀한 것으로 묘사한다. 테바이의 왕이었던 오이디푸스는 고국에서 추방되어 눈 먼 거지차림으로 아테나이 땅을 방황한다. 리어도 왕으로서의 소지품을 모두 벗어버리고 딸들에게 쫓겨나 황야의 비바람 속을 떠돈다. 고통을 이겨내려는 오이디푸스와 리어의 치열한 저항 때문에 단순히 노망 든 노인들에 대한 비애감에 불과했을 감정은 시적 아이러니로 승화된다.

이 두 비극이 다루는 소주제의 하나는 불효이다. 오이디푸스의 두 아들은 아버지가 추방을 당하는데도 아무런 조처를 취하지 않았고 리어의 딸들은 직접 아버지를 쫓아내버린 당사자들이다. 『리어 왕』에서는 글로스터를 주축으로 하는 부 플롯에서도 이 불효의 테마가 다루어지고 있다. 그러나 이 두 비극은 주로 배은망덕한 불효라는 테마에 의해 그 흐름이 주도되지만 불효와 함께 효의 테마도 동시에 제시되어 있다. 추방된 오이디푸스는 딸 안티고네와 이스메네의 따뜻한 보살핌을 받고 리어 또한 종국에 가서는 그 자신이 폐적해버린 막내딸 코딜리어Cordelia의 영접을 받는다.

『리어 왕』은 때로 『오이디푸스 왕』처럼 비개연적 사건에 토대를 두고 있다는 비판을 받아왔다. 오이디푸스의 부친살해나 근친상간이라는 불합리한 사건에 극의 토대를 두는 『오이디푸스 왕』처럼 『리어 왕』이 자식들의 고백을 듣고서 효심을 저울질하여 그것의 무게에 따라 왕국을 분할해버리는 식의 사건에 비극적 토대를 두는 것은 불합리하다는 것이다. 아리스토텔레스는 친족살해나 근친상간이 플롯의 액션 밖에서 이루어진 사건이라는 것을 근거로 『오이디푸스 왕』의 비개연성을 옹호한 바 있다. 『리어 왕』에 대해서도 아리스토텔레스는 어쩌면 콜리지와 마찬가지 입장을 취했을 것이다. 콜리지는 "『리어 왕』의 첫 장면을 없애버리고 그냥 한 어리석은 아버지가 아버지에 대한 사랑과 의무를 맹세하는 두 딸들의 거짓말에 속아서 이전에는 자신이 가장 귀여워했던 다른 한 명의 딸을 상속에서 배제해버리고 아버지로서 당연히 주어야 할 몫마저 주지 않았던 것으로 생각해 보자. 그러면 이 비극의 나머지 부분은 모두 흥미가 감소되어 버릴 것이고 완전히 지적이기만 비극이 될 것이다."라고 주장한다.[33] 이 두 비극의 비개연성을 이런 식으로 생각해버리면, 친족살해라던가 근친상간, 혹은 부모의 축출과 같은 행위들은 자연스럽게 성격에서 초래된 결과가 된다. 그리고 비개연적인 사건들은 우리가 어쩔 수 없이 받아들일 수밖에 없으면서도 왜 그럴 수밖에 없는가에 대한 적절한 이유를 찾을 수 없는 환경에 비유될 수밖에 없다.

아리스토텔레스의 이상적인 비극은 완벽하지는 않지만 탁월할 정도로 선한 성격을 가진 인물을 요구한다. 그런데 그리스 비극이나 셰익스피어 비극의 경우, 대다수 주동인물들의 성격에서 찾아볼 수 있는 불완전함은 성급한 판단력이라는 점에 주목해볼 필요가 있다. 코딜리어를 폐적시키고 켄트Kent를 추방하도록 리어를 몰아치는 것 역시 성급한 성질이다. 따라서 리어의 몰락을 초래하는 원인은 다름 아닌 리어의 성급한 성격이라 할 것이다. 비록 위선적이기는 하지만 자신의 친아들이 분명한 폴리네이케스에게 죽음의 저주를 퍼붓는 오이디푸스의 태도에 그의 격한 성격이 여실히 드러나 있듯이, 리어의 성급한 성격은 고너릴Goneril에게 불임의 저

33) S. T. Coleridge, *Coleridge's Shakespearean Criticism*, ed. Thomas Middleton Raysor (Cambridge: Harvard University Press, 1930), I, p. 59.

주를 퍼붓는 장면에서 가장 격렬하게 드러난다.

리어의 파멸은 부분적으로 리어 자신의 책임이라는 사실을 부인할 수 없다. 만일 막내딸을 내칠 때 리어가 좀 더 신중했더라면, 혹은 애초 목적했던 대로 리어가 코딜리어와 함께 살았더라면 아마도 리어의 비극은 일어나지 않았을 것이다. 그렇지만 자존심 강한 이 늙은 왕은 딸들이 자신을 사랑하고 있음을 공개적으로 고백케 함으로써 자존심을 만족시키려 했다. 봉건적인 왕이자 독재적인 아버지이기도 한 리어는 충절에 익숙해져 있었다. 코딜리어의 입장에서야 "아무 것도 없습니다."(Nothing)라는 말 외에는 대답을 할 수가 없는 질문이었지만 리어에게는 도전적으로 들리는 이 대답에 왕은 분노를 터뜨린다. 코딜리어를 가장 깊이 사랑했던 때문에 리어는 그녀의 퉁명스러운 대답에 몹시 기분이 상한 것이다. 만일 코딜리어가 아버지의 변덕스러움을 용납했더라면 그녀는 아버지의 성급한 판단을 피할 수 있었을 것이다. 그러나 중요한 것은 코딜리어가 아버지가 아닌 언니들의 위선에 몹시 반발심을 느끼고 있었다는 점이다. 코딜리어가 언니들의 "번지르르한 사탕발림의 잔꾀"를 비난했던 것은 아버지에 대한 염려 때문이다. 자신의 사랑 중에서 절반의 몫은 마땅히 남편에게 주어야 할 몫이므로 모든 사랑을 아버지에게 줄 수 없다고 주장하는 코딜리어의 태도는 남편에 대한 의무를 주장했던 데스데모나와 줄리엣Juliet을 연상시킨다.

아버지의 질문에 대한 코딜리어의 대답을 들은 프랑스의 왕은 그녀의 편을 들면서 지참금 한 푼 없는 그녀를 아내로 삼는다. 그러나 더욱 중요한 것은 리어의 충직한 신하인 켄트마저 코딜리어를 옹호하고 나섰다는 사실이다. 퉁명스러운, 그러나 정직한 늙은 켄트는 지금까지 그토록 충직하게 섬겨 왔던 왕의 권위에 맞서서 이렇게 주장한다.

> 제 목숨은 폐하의 적과 맞서는
> 일개 병졸에 지나지 않습니다.

> My life I never held but as a pawn
> To wage against thine enemies. (1. 1. 155-56)

이렇듯 직설적으로 말해버리는 우직함 때문에 리어에게 추방당한 켄트는 그 후에도 변장을 하고 돌아와서는 여전히 왕으로서의 "권위"를 내세우는 리어를 정중히 봉양한다.

"친절한 노왕"이 왕국을 딸들에게 나누어주자마자 두 딸들은 "예측불허의 변덕"을 부려서 충신인 켄트를 추방해버리는 아버지의 폭발적인 권위적 행동을 목격하고 앞으로 자신들도 아버지의 변덕 때문에 곤란을 겪을 것임을 알아챈다. 고너릴과 리건은 노망이 점점 심해지는 아버지의 독재를 결코 받아들이지 말자고 결의한다. 문제는 리어가 국사를 돌보아야 하는 왕의 무거운 책무는 벗어버리려 하면서도 여전히 "철두철미 왕"으로 남아 있으려 한다는 점이다. 고너릴과 리건의 반대에도 불구하고 리어는 술이나 마시고 떠들기만 하는 방탕한 수행원들을 수백 명씩 거느리려고 하는가 하면 "왕의 칭호와 왕의 모든 부속품들"을 그대로 보존하고 싶어 한다. 그래서 고너릴은 애초 약정된 기간만큼 자신의 궁에서 살기 위해 리어가 도착하기도 전에 아버지의 수행원의 숫자를 줄여버릴 준비를 한다. 그제야 리어는 효도심이 넘쳤던 고너릴의 고백이 무엇 때문이었는지를 알게 되고 고너릴의 위선에 비추어 코딜리어의 퉁명스러웠던 말투의 의미를 완전히 이해하고 이렇게 토로한다.

아 지극히 사소한 허물,
그것이 코딜리어의 모습에서는 어찌 그리 추악하게 보였을꼬!

O most small fault,
How ugly didst thou in Cordelia show! (1. 4. 266-67)

"뱀의 이빨보다 더 날카로운" 두 딸들의 배은망덕에 분노한 리어는 고너릴에게 저주를 퍼붓는다.

분노가 극에 달하자 리어는 울기 시작하는데 자신의 나약함 때문에 리어는 더욱 수치심을 느낀다. 극이 진행되는 동안에 리어는 여러 차례 분노와 눈물을 억제하려고 애를 쓴다. 그는 자신의 수행원의 숫자를 줄여버린 리건 앞에서는 분노 때문에 흘러나오려는 눈물을 가까스로 참아낸다. 정신이 혼미해진 리어가 일시적인 정신착란 상태에 빠진다. 혼미한 상태로 황야를 방황하기 직전에 리어는 자신을 굳게 다 잡기 위해서 "인내심"이라는 단어를 반복적으로 외쳐댄다. 극이 끝나갈 무렵에 코딜리어의 죽음을 알게 될 즈음에서야 리어는 다시 남자다움을 회복하고 눈물의 필요성을 초월할 수 있게 된다.

리어는 고통을 경험함으로써 인류에 대한 보다 폭넓은 연민의 감정을 갖게 된다. 폭풍이 부는 황야의 한복판에서 리어는 광대를 움막 안으로 보낸 다음에 이렇게 기도한다.

입을 옷도 없는 가엾은 사람들아, 너희가 어디 있든지 간에
이 무정한 폭풍우를 맞으면서 의지할 곳 하나 없이 견디고 있겠지.
머리에는 덮을 것도 없고, 먹을 것도 없어 굶주린 배를 움켜쥐고,
구멍투성이인 누더기를 걸치고서, 너희는 어떻게 견디려 하는가,

이러한 폭풍우의 밤을? 아, 나는 지금까지
너무도 이런 일에 관심을 두지 않았었구나.

Poor naked wretches, wheresoe'er you are,
That bide the pelting of this pitiless storm,
How shall your houseless heads and unfed sides,
Your loop'd and window'd raggedness, defend you
From seasons such as these? O, I have tak'en
Too little care of this! (3. 4. 28-33)

미치광이인 "거지 톰"으로 변장한 에드거Edgar를 만나자 리어는 더욱 애처로움을 느끼며 "인간이 겨우 이 정도란 말인가?"라고 토로한다. 이제 리어는 더 이상 인내할 수가 없다. 정신이 혼미해진 리어는 왕으로서의 특권을 표상하는 옷을 찢어버린다. 이로써 그는 왕의 책임만이 아니라 왕에게 주어지는 보호로부터도 완전히 해방된다. 비바람에 맨머리를 그대로 드러낸 리어는 스스로 아무런 보호도 받을 수 없는 무방비 상태에 처함으로써 이 세상에서 무고하게 고통 받는 사람들에 대한 연민의 정을 절실히 느낄 수 있게 된다.[34)]

리어가 되찾은 코딜리어는 리어의 최고의 기쁨인 동시에 "인내심"을 얻으려는 리어의 노력이 승리했음을 나타낸다. 그 오만했던 리어가 이제 허리 굽혀 코딜리어의 용서를 구할 수 있게 되었고 그녀와 함께 있는 것만으로도 만족할 수 있게 되었기 때문이다. 세상을 초연하게 대할 수 있

---

34) Robert B. Heilman, *The Great Stage: Image and Structure in King Lear* (Baton Rouge: Louisiana State University Press, 1948), pp. 70-79.
위 책에서 헤일먼은 "의상의 패턴을 통해서 리어의 왕국에서 발생한 지적, 도덕적 문제들에 대해 일관성 있는 논평을 할 수 있다"고 주장한다.

기에 리어는 이제 코딜리어와 함께라면 감옥 안에 있더라도 행복할 수 있을 것만 같다.

그러나 아이러니하게도 리어가 행복을 맛보는 것도 잠시, 코딜리어의 죽음으로 리어는 모든 것을 잃는다. 리어는 무대 위로 코딜리어의 시체를 들고 나오면서 자신의 딸이 아직도 살아 있을지도 모른다는 희망으로 코딜리어의 입술에 깃털 하나를 대어본다. 그리고 이렇게 중얼거린다.

만일 내 딸이 살아만 있다면,
내가 견디어 온 그 모든 슬픔들은
보상될 터인데.

If it be so,
It is a chance which does redeem all sorries
That ever I have felt. (5. 3. 260-68)

코딜리어의 죽음으로 인한 슬픔이 리어의 모든 기력을 쇠잔시켜버렸기 때문에 이 늙은 왕은 이제 정체를 밝힌 충신 켄트조차도 알아보지 못한다. 리어는 다음과 같은 켄트의 애도 속에 죽어간다.

아, 이대로 가시도록 하오! 폐하께서 원망하실 것이요.
이 냉혹한 현세의 고문대 위에
이 이상 폐하의 수족을 묶어두려는 사람을.

O, let him pass! He hates him
That would upon the rack of this tough world
Stretch him out longer. (5. 3. 314-16)

극의 마지막 장면에서 살아남는 사람들은 오직 선한 인물들뿐이다. 주 플롯의 리어와 코딜리어는 사라지지만 켄트와 올바니Albany가 남고 부플롯에서는 선한 인물인 글로스터Gluceter가 죽지만 에드가가 살아남아서 통치를 이어나가게 된다. 악한 인물들은 모두 파멸한다. 주 플롯에서는 고너릴과 리건Reagan, 콘웰Cornwell, 오스왈드Oswald가 그리고 종속 플롯에서는 사생아인 에드먼드Edmund가 파멸한다. 결국 질서는 회복되고 국가의 동맹협정이 성사된다. 정의는 인간의 힘으로 가능한 수준에서 실현되고, 그리하여 『콜로노스의 오이디푸스』와 마찬가지로 불협화음은 조화로운 화음으로 해결된다. 고통을 고귀하게 인내한 리어에게 에드가가 바치는 다음과 같은 최후의 헌사는 오이디푸스에게 바쳐도 어울릴 것이다.

> 가장 나이 많은 분들이 가장 많은 괴로움을 당했소. 젊은 우리는,
> 그토록 여러 가지 일을 볼 수도 없으려니와 그토록 오래 살지도 못하리다.
>
> The oldest hath borne most; we that are young
> Shall never see so much, nor live so long. (5. 3. 326-27)

## 『안티고네』와 『햄릿』

### 1. 『안티고네』

소포클레스의 『안티고네』(*Antigone*)는 오이디푸스와 관련된 다른 극들보다 앞서서 쓰인 작품이지만 안티고네의 이야기 역시 랍타코스Labdacus 가문에 얽힌 이야기로서 다만 세대가 다를 뿐이다. 안티고네가 테바이로

돌아온다. 돌아온 안티고네는 두 오빠가 모두 죽어버렸음을 알게 된다. 에테오클레스가 형인 폴리네이케스를 추방하자, 폴리네이케스는 아르고스의 동맹군과 함께 에테오클레스의 도시를 포위해버렸고 이 때 친족살해가 벌어져 안티고네의 오빠들이 모두 죽어버린 것이다. 아르고스 동맹국 가운데 7명의 적장들이 테바이의 정문에서 여러 명의 테바이의 족장들에게 살해되고 지도자를 잃은 아르고스 군대가 도망친다. 오이디푸스의 두 아들이 모두 살해되자 그들의 삼촌인 크레온이 테바이를 다스리게 된다. 비극 『안티고네』의 배경은 한 때는 오이디푸스의 궁전이었다가 지금은 크레온의 소유가 되어버린 궁전 앞뜰로 설정되어 있다. 크레온은 테바이의 애국자인 에테오클레스의 시신은 명예롭게 매장할 것이나 반역자 폴리네이케스의 시체는 도시 성벽 밖에 놓아 두어 들개들과 까마귀들이 쪼아 먹도록 내버려두라는 칙령을 선포한다.

이 작품에서 드러나는 안티고네의 성격은 『콜로노스의 오이디푸스』에서 보여주었던 안티고네의 성격과 일관성이 있다. 『콜로노스의 오이디푸스』에서 소포클레스는 안티고네를 고된 방랑과 치욕 속에서 늙고 눈 먼 아버지를 헌신적으로 돌보는 이타적인 희생정신과 서로 싸우는 두 오빠를 화해시켜서 아버지의 저주로부터 그들을 구하려고 노심초사하는 깊은 가족애를 가진 인물로 묘사했었다. 『콜로노스의 오이디푸스』에서 폴리네이케스는 자신을 향한 아버지의 저주가 실현될 것을 예감하면서 누이에게 다음과 같이 애걸한다.

> 아버지의 딸, 나의 누이여, 누이도 들었겠지
> 아버지의 냉혹한 악담을. 만약 아버지의 악담이
> 실현되어서 누이가 고국으로 돌아가게 된다면,
> 나를 욕되게 하지 말고, 누이에게 부탁하노니,

부디 나를 매장하여 장례를 치러 주시오.

My sisters, ye his daughters, ye have heard
The prayers of our stem father, if his curse
Should come to pass and ye someday return
To Thebes, O then disown me not, I pray,
But grant me buried and due funeral rites.

『안티고네』의 개막장면에서 오이디푸스의 저주가 실현된다. 안티고네는 폴리네이케스의 시신을 매장하지 말라는 크레온의 칙령에 몹시 분개한다. 그녀는 왕의 칙령을 거부하고 폴리네이케스를 매장하리라 결심한다. 시신의 매장을 금지하는 국왕의 명령에 복종하지 않겠다는 안티고네의 이 결의는 개인적 입장에서는 형제에 대한 의무감에서 비롯된 것이지만 동시에 죽음을 다스리는 지하의 신들에 대한 의무감 때문에 촉구된 것이기도 하다.

격정적인 안티코네의 성격을 부각시키는 "보조 인물"[35]인 이스메네는 저항하는 언니에게 이성이 명하는 바를 따르라고 권하면서 언니를 설득한다. 그러자 안티고네는 우유부단한 이스메네한테서는 아무런 도움도 받지 못할 것임을 알고서 죽음으로 그 대가를 치를 각오로 단독으로 행동을 개시하여 당당하게 크레온에게 도전한다. 안티고네는 폴리네이케스의 시신 위에 한줌의 흙을 뿌리고 제주를 부어 오빠를 위한 상징적인 장례 절차를 거행한다. 이렇게 해서 안티고네는 정당한 매장 절차를 치르지 않았을 경우에 폴리네이케스가 받았을 온갖 불명예로부터 오빠를 구원한다. 안티고네는 자신과 피를 나눈 폴리네이케스에 대한 사적 의무를 수행하는

35) *Ibid.*, pp. xxvii-xxix.

데 그치지 않고 지하 세계의 신들에게 인간이 지켜야 할 도리도 아울러 지킨다. 왜냐하면 죽은 사람을 매장해야 하는 의무는 살아 있는 친척들 가운데 가장 가까운 가족이 반드시 수행해야 하는 의무로 부과되어 있기 때문이다.[36] 그렇지만 안티고네의 이러한 행동은 나라의 칙령을 위반한 것이어서 크레온의 분노를 사고 만다.

크레온은 추호도 의심하지 않고 국가의 명령에 복종해야 하는 이유들을 설파한다. 그는 개인의 안전은 국가의 안전에 달려 있기 때문에 군주의 임무는 국민들로 하여금 강제로라도 국가에 복종하도록 만드는 것이라고 진실로 믿고 있다. 다음과 같은 그의 말을 미루어보건대 복종은 반드시 절대적이어야 한다는 것이 그의 신념이다.

누구든지 나라가 임명한 자에게는
작은 일이건 큰일이건, 또는 옳은 일이건 그른 일이건,
모든 일에 복종을 다해야만 한다.

Whome'er the State
Appoints, must be obeyed in everything
Both small and great, just and unjust alike.

크레온의 주장은, 만일 국민 개개인이 어떤 법에 따를 것인가를 마음대로 결정한다면 그러한 국가는 무정부 상태가 되고 만다는 것이다. 그래서 신들도 국가에 불충한 시민을 지지해 주지는 않을 것이라는 믿음으로 크레온은 벌을 내려서라도 복종하지 않는 자들을 제거해야 한다고 결론짓는다.

---

36) *Ibid.*, pp. xiv-xv.

테바이의 장로로 구성된 코러스도 이 문제에 관한한 칙령에 복종하지 않는 안티고네의 행동을 어리석다고 생각한다. 그들 역시 크레온의 법령이 잘못된 것이라고 생각하면서도 법은 지켜져야 한다고 믿기 때문이다.

그러나 정작 안티고네는 테바이의 시민들은 자신의 행위를 명예로운 행동으로 여길 것이라고 단언하며 이렇게 주장한다.

> 저는 인간인 임금이 만든 법령이
> 글로 쓰지는 않았으나 확고한 하늘의 법을
> 뛰어넘을 수 있을 만큼 강력한 힘을 가지고 있다고는 믿지 않습니다.

> Nor did I deem that thou, a mortal man,
> Could'st by a breath annul and override
> The immutable unwritten laws of Heaven.

안티고네와 결혼을 서약한 크레온의 아들 하이몬Haemon은 그녀의 주장을 지지한다. 처음에 하이몬은 침착한 태도로 다른 사람의 충고에 항상 귀를 기울이는 정의로운 왕이라는 평판을 얻고 있는 아버지의 명성에 대고 호소하면서 안티고네의 입장을 하소연한다. 그러나 자신이 절망적인 상황에 봉착해 있음을 알게 된 하이몬은 아버지의 혹독한 비난에 감정이 격해져서 점점 격렬하게 아버지를 비난하는가 하면, 만일 안티고네를 죽이면 자신도 죽어버리겠다는 위협을 서슴지 않는다. 그런데 여기서 주목해야 할 중요한 사실은 안티고네가 하이몬과 함께 등장하는 장면이 없다는 점이다. 소포클레스가 하이몬과 안티고네를 따로 떼어 등장시킨 것은 세속적인 행복을 바라는 하이몬과 성스러운 의무를 수행하려는 안티고네

의 차원 높은 목적을 대비시켜서 강조하기 위함이다.[37]

안티고네를 동정하는 또 다른 인물로는 그녀를 체포했던 경비병을 들 수 있다. 그러나 그 경비병이 안티고네를 동정하고 있었던 것은 사실이나 자신이 그녀를 체포하지 못했을 경우에 스스로에게 느끼게 될 동정심만큼은 되지 못했으리라.[38]

그러나 예언자 테이레시아스가 칙령을 강제로 집행하려는 크레온의 처사가 잘못된 것임을 원로들에게 확신시키고 이에 확신을 얻은 원로들이 마침내 크레온을 설득하고 나선다. 테이레시아스가 크레온에게 "그대는 그대의 것이 아닌 권력을 찬탈하누나."라고 말하는 것으로 미루어 테이레시아스는 독재자가 임의로 결정하여 내린 명령에 복종하지 않는다 해서 그것이 국가에 대한 불충이 될 수 없음을 꿰뚫어 보고 있다. 크레온의 의도가 아무리 선한 것이라 해도 그의 마음은 오직 법의 글자만을 보고 있다.[39] 그런데 크레온 역시 안티고네를 투옥시켜 놓고도 그러한 자신의 결정에 스스로도 의심을 품고 있음을 언급할 필요가 있다. 그의 불안은 특히 원로원들과 하이몬에게 분노를 이기지 못해 질책을 퍼붓는 장면에서, 그리고 왕 때문에 화가 난 예언자가 신의 처벌이 있을 것이라고 위협하자 예언자에게까지 비난을 퍼붓는 장면에서 분명하게 드러난다.[40] 마침내 크레온은 코러스의 조언에 굴복한다. 그는 바위로 된 무덤에서 안티고네를

---

37) *Ibid.*, p. xxx.
스톨Stoll은 *Shakespeare's Studies*, p. 110.에서 햄릿-오필리어와 안티고네-하이몬의 사랑의 테마를 비교 분석한 바 있다.

38) Philip Whaley Harsh, *A Handbook of Classical Drama*, Stanford: Stanford University Press (1944), p. 107: 경비병의 대사가 풍기는 유머의 본질을 관찰하고 있다.

39) Jebb, pp. xxxvi-xxxvii.

40) *Ibid.*, pp. xv-xvi.

풀어주려고 한다. 안티고네는 바위 무덤에 갇혀서 겨우 굶어 죽지 않을 정도의 음식만을 공급받고 있었던 것이다. 만일 그녀가 굶어 죽게 되면 나라에 불길한 액운이 몰아닥칠지도 모르기 때문이다.[41]

크레온의 마음이 누그러진다. 그렇지만 그는 안티고네에게 항복하지 않는다. 국가에 대한 의무와 신의 법을 수호해야 할 의무 중에서 한 가지를 선택하지 않으면 아니 되는 딜레마에서 안티고네는 주저 없이 보다 더 높은 쪽에 대한 신의를 선택하였다. 폴리네이케스의 시신을 매장한 행위에 대해 책임을 나누어지자는 이스메네의 신중한 제안마저 냉정하게 거절해버린 안티고네는 크레온에게 이스메네는 공범이 아니라는 사실을 밝히고는 진실만을 의지해 결코 굴하지 않는 태도로 당당하게 홀로 선다. 그녀는 남성들로 구성된 코러스의 연민을 기대해 보지만 그들은 조롱 섞인 위로를 건넬 뿐이다. 안티고네를 위로한답시고 죽은 다음의 명성을 거론한 것이다. 결혼도 해보지 못하고 자신의 몫으로 할당된 생을 다 살아보지도 못한 채 죽어야 하는 안티고네는 순간적으로 자신의 행동이 과연 지혜로운 것인가에 대해 의문을 품어 본다. 지금까지 그녀는 행동의 와중에서 잠시도 멈추어 생각해 본 적이 없었다.[42] 그녀는 옳은 일을 행함으로써 맞게 될 파멸의 결과를 분명하게 보고 있다. 성스러운 의무를 수행함으로써 안티고네는 죽을 수밖에 없는 운명에 처하게 된 것이다. 그녀에게 귀중한 것은 생명이었으나 아이러니하게도 그녀가 얻은 대가는 죽음이다.

마침내 크레온이 안티고네를 살려주라는 설득에 동의한다. 크레온이 마음을 바꾼 것을 기뻐하며 코러스가 "하이포캠"의 노래를 하고 있을 때 전령이 등장하여 하이몬과 안티고네의 자살 소식을 전달한다. 폴리네이케

41) *Ibid.*, p. xiii.

42) *Ibid.*, p. xxxii.

스의 장례의식을 거행하기 위해 크레온이 잠시 지체하는 바람에 묘지에 도착이 너무 늦어져 안티고네를 구할 수 없었는데,[43] 그 때문에 크레온의 아들인 하이몬마저 구할 수 없게 된다. 안티고네의 죽음에 대해 하이몬이 칼을 빼들고 아버지인 크레온에게 대들다가 잠시 후에 안티고네의 죽음을 자책하면서 자살을 해버린 것이다.

안티고네는 저 세상에서 자신의 한을 풀 수 있으리라는 희미한 희망을 품고 있다. 그리스 인들은 이승에서나 비극이 일어나는 것이지 저 세상에서는 비극이 발생하지 않는다고 믿었기 때문이다. 개인적 입장에서 보면 안티고네는 미덕이 지나쳐서 고통을 받았던 인물이다. 그녀의 죽음이 비록 도덕적 질서를 지키기 위한 것이지만 그녀가 겪는 고통에는 분명 시적 아이러니가 개재되어 있다.

크레온은 하이몬의 죽음이 자신의 책임임을 인정하고 자신이 저지른 오만의 죄 히브리스를 통감한다. 보다 겸손해진 크레온에게 전령은 크레온의 아내인 에우리디케가 아들의 죽음을 슬퍼한 나머지 자살을 해버렸다는 소식을 전한다. 전령은 에우리디케가 아들과 자신을 죽음으로 몰아넣은 남편을 저주하면서 죽었노라는 소식을 덧붙인다. 그러자 코러스는 고통으로 상심해 있는 왕에게 신의 의지에 도전하는 것은 위험하다는 것, 그러나 지혜는 고통을 통해서 얻어진다는 점을 상기시킨다.

---

43) *Ibid.*, pp. xviii-xx.

스톨Stoll은 *Shakespeare and Other Masters*, p. 72에서 안티고네를 구하기 위해 크레온이 너무 늦게 도착한 것을 리어가 너무 늦게 오는 바람에 코딜리어를 구할 수 없었던 상황과 비교한다. 스톨은 이러한 지연이 이 두 비극의 반절정anti-climax을 바꾸어 놓았다고 주장한다.

## 2. 『햄릿』

지금은 온통 꼬이고 휘어진 세상, 오 저주받은 운명이여,
하필 이런 세상을 바로잡기 위해 내가 태어나다니!

The time is out of joint, — O cursed spite,
That ever I was born to set it right! (1. 5. 189-90)

위 대사는 자신에게 부과된 임무를 알고 난 후의 햄릿의 절규이다. 안티고네 또한 햄릿의 이러한 생각을 그대로 맞받아 소리치고 싶은 심정이었으리라. 말하자면 셰익스피어와 소포클레스의 비극은 둘 다 경악스러운 악의 세계로 인해서 억지로 떠맡게 된 의무 때문에 고뇌하는 두 젊은 이상주의자의 한탄으로 개막되는 셈이다. 햄릿에게 사악한 세계는 삼촌인 클로디어스Claudius로 대변되는 세계이며, 안티고네에게 악은 그녀의 삼촌 크레온에 의해 구현된다. 살해된 아버지의 복수를 그대로 방치해 둘 수 없기 때문에 햄릿은 어쩔 수 없이 행동을 해야 하는 처지이다. 안티고네도 자신의 오빠를 매장하지 않은 상태로 놓아둘 수는 없다. 이 두 비극에서 관심을 끄는 것은 주로 주동인물의 성격인 바, 각 비극의 특색을 이루는 것 또한 그들 주동인물의 고귀한 본성이다. 그러나 그들이 영웅이 되는 대신 치러야 하는 대가는 궁극적으로 환멸감과 죽음이다.

『햄릿』(*Hamlet*)의 막이 열리면 지극히 예민한 청년인 덴마크의 왕자가 숭배해마지 않던 아버지의 죽음과 아버지가 서거한 지 "두 달도 채 안 되어" 치러진 어머니의 성급한 결혼 때문에 절망감에 사로잡힌 모습으로 소개된다. 특히 햄릿은 어머니의 "근친상간"의 결혼에 몹시 상심해 있다. 지극히 섬세한 마음의 소유자인 햄릿에게 어머니의 결혼은 곧 아버지로 구현된 이상적 세계에 대한 불충으로 여겨졌기 때문이다. 깊은 절망감에

허덕이는 햄릿의 심정은 죽음에 대한 소망을 피력하는 다음과 같은 독백을 통해 여실히 드러난다.

> 아, 너무도 추하고 추한 더러운 이 몸뚱이,
> 녹고, 녹아서 차라리 이슬이 되어버렸으면!
> 자살을 금하는 신의 율법만 없었던들! 오, 신이시어, 신이시어!
> 아 얼마나 멋없고 진부하고 무익한가!
> 세상의 모든 것들이 내게는
> 따분하고 부질없기만 하누나!

> O, that this too, too solid flesh would melt,
> Thaw, and resolve itself into a dew!
> Or that the Everlasting had not fix'd
> His canon 'gainst self-slaughter! O God! God!
> How weary, stale, flat, and unprofitable
> Seem to me all the uses of this world! (1. 2. 129-34)

이렇게 환멸과 절망에 빠져 있는 햄릿에게 아버지의 혼령은 "사악하고 가장 반자연적인 살인에 복수하라"는 명령을 내린다. 그렇지만 햄릿은 혼령에 대한 믿음조차 확실치 않다. 혼령의 확실성에 대한 햄릿의 의구심은 극중극 『쥐덫』의 장면을 보고 클로디우스 왕이 새파랗게 질린 얼굴로 뛰쳐나가자 비로소 해소된다. 그러나 모든 면에서 회의적인 햄릿임에도 불구하고 살인의 도덕성 여부에 관해서만은 의심을 표명한 적이 없다. 암살자를 살해하는 것은 신이 부과한 의무로 생각하기 때문이다.

복수의 의무라는 문제에 있어서 우리는 아이스킬로스가 『오레스테스』 삼부작을 쓰던 시대에 이미 복수를 위해 행해진 살인은 도덕적으로 용납되지 않는 행위로 표명되었는데도 그 이후의 극작가들이 계속해서 복수라는 모티프를 비극의 근거로 이용해 왔음을 간과할 수 없다. 예컨대 그리스의 극작가들로부터 다루어지기 시작해서 세네카의 비극에서 더욱 중요한 모티프로 다루어진 복수는 세네카를 거쳐서 엘리자베스 시대의 비극으로까지 이어진 것이다.

햄릿은 혼령이라는 초자연의 명령을 수행해가면서 계속적으로 이어지는 수많은 살인들이 자신에게 강제로 부여된 것들이라고 느끼고 있는 듯하다. 우연히 폴로니우스Polnius를 칼로 찔러 살해한 것을 후회하면서도 햄릿은 스스로에게 다음과 같이 변명한다.

> 내가 큰 실수를 했구나, 그러나 하늘은 이렇게 된 것에 도리어 만족할 터,
> 신은 이 사건으로 나를 벌하실 것이고 나를 도구로 삼아 이 노인을 벌하
> 　　신 바,
> 나는 신의 처벌의 도구이자 심부름꾼에 틀림없을 것이로고.

> I do repent; but Heaven hath pleas'd it so,
> To punish me with this and this with me,
> That I must be their scourge and minister. (3. 4. 173-75)

『안티고네』에서 전제적인 크레온이 그랬듯이 『햄릿』에서는 클로디우스가 주요한 적대자의 역할을 맡는다. 그런데 클로디어스는 흔히 있는 평범한 악인이 아니다. 세련되고 외교에도 능한 새로운 국왕은 자청해서 조카인 햄릿과 사이좋게 지내자고 화해의 몸짓을 보이는가 하면 기꺼이 조카를 자신의 아들이자 후계자라고 떠받들기까지 한다. 게다가 클로디어스는 형제를 살해한 자신의 행동을 참회한다면서 용서의 기도를 올리기도 한다.

그러면서도 그는 자신이 훔친 왕위에 딸린 모든 부속품들, 이를테면 왕관이며 왕비, 그리고 자신의 야망까지도 그대로 간직하고 있으므로 자신의 참회가 진실이 될 수 없다는 것까지 알고 있다.

왕이 기도하는 동안에 햄릿은 충분히 그를 죽일 수 있는 기회가 생긴다. 그러나 복수비극의 공식에 의할 것 같으면, 일격에 해치우는 것이 속은 후련할지는 몰라도 천천히 상처를 입히는 것이 일격에 해치우는 것보다 낫다.[44] 클로디어스가 햄릿 선왕을 죽인 때는 "덴마크의 용상"으로 칭해지던 선왕의 머리 위에 생전의 모든 죄들이 그대로 놓여 있을 때이다. 때문에 햄릿은 만일 자신이 클로디어스가 기도로써 영혼을 정화하고 있는 동안에 그를 처치한다면 그것은 복수가 아니라고 생각한다. 그는 클로디어스의 육신과 영혼을 모두 죽이는 것이 진정한 복수라고 느끼는 것이다.[45] 그래서 햄릿은 무릎을 꿇고 있는 왕을 발견하고도 그를 살려두지만 아이러니한 것은 그 때 왕은 기도를 올리면서도 사실은 영혼을 정화할 수 없는 상황에 있었다는 사실이다.

햄릿은 마침내 왕을 칼로 찔러서 복수를 완수하게 된다. 햄릿을 지지하는 사람들은 그 외의 다른 것을 원치 않았을 것이다. 극 전체를 통해서 햄릿은 안티고네 못지않게 국민들의 사랑을 받는다. 안티고네의 명분은 "국민의 소리"(*vox populi*)를 대변하는 하이몬과 신의 보복을 경고했던 테이레시아스, 그리고 마지막에는 양보하도록 크레온을 설득했던 원로들의 코러스에 이르기까지 많은 사람들의 지지를 받았었다. 클로디어스가 공개적으로 햄릿을 없애지 못하는 것도 "국민들이 그에게 품고 있는 지대한 사랑" 때문이다. 물론 클로디어스는 내심으로는 햄릿 왕자가 "관대하

---

44) E. E. Stoll, "Hamlet: A Historical and Comparative Study," *Research Publications of the University of Minnesota,* VIII (1919), p. 44.

45) E. E. Stoll, *Art and Artifice in Shakespeare*, p. 102.

고 술수를 모르는" 성격이기 때문에 얼마든지 비밀스럽게 그를 없애버릴 수 있다고 생각하고 있지만 말이다. 오필리어는 일찍이 햄릿의 왕자다운 덕목을 이렇게 요약한 바 있다.

> 귀인의 수려함, 기사의 검, 석학의 교양을 갖추었건만,
> 이 아름다운 나라의 희망이요 꽃이었건만. . . .

> The courtier's, sokdier's, scholar's, eye, tongue, sword;
> The expectancy and rose of the fair state. . . . (3. 1. 151-52)

게다가 왕비는 아들인 햄릿을 너무 사랑한 나머지 그의 신뢰를 배반하지 못하며 호레이쇼Horatio는 왕자와 함께 죽으려고 독이 든 술을 마시려고까지 한다. 포틴브라스Fortinbras는 햄릿을 가리켜 용사였던 아버지의 뒤를 이어 훌륭한 통치자가 되었을 것임을 확신하며 그를 위해 "군인에 걸맞은" 장례식을 거행해 준다.

그러나 햄릿과 안티고네가 이렇게 많은 사람들로부터 인간적인 동정심을 얻고 있음에도 불구하고 각자의 목적을 실현시키는 일에 있어서만은 이상하게도 그들은 동료들로부터 고립되어 있다. 이 두 비극에서 사랑의 모티프는 부수적인 것에 불과하다. 비록 하이몬이 자살로써 자신의 약혼녀인 안티고네와의 결합을 시도하고 햄릿은 "의문투성이"로 죽은 오필리어의 무덤에 뛰어들어 순간적이나마 그녀와 결합한다. 그러나 하이몬은 오직 죽어서야 바위를 쪼아 만든 안티고네의 감옥에 함께 있을 수 있고, 오필리어 또한 미친 다음에야 겨우 햄릿의 양광의 세계 속으로 들어갈 수 있게 된다. 아무리 재미있는 친구라도 햄릿과 안티고네에게 큰 위로가 되지 못한다. 일찌감치 이스메네는 안티고네로부터 거절을 당했고, 이성의

목소리를 대변하는 호레이쇼는 극 전체를 통해서 유일하게 주인공을 이해하는 보조인물이면서도 정작 클로디어스를 살해하는 일에서는 그의 동반자가 되지 못한다. 마지막에 가서야 그는 겨우 죽은 햄릿의 전령 구실을 할 수 있을 뿐이다.

햄릿이 마지막에 주로 관심을 두는 것은 자신의 명예를 깨끗하게 정화하는 일이다. 그러자면 햄릿이 왜 삼촌인 왕을 죽여야 했는지를 덴마크 국민이 알아야 한다. 호레이쇼는 덴마크 국민에게 알려지지 않은 이야기들, 즉 햄릿 선왕의 암살과 복수하라는 혼령의 명령 등에 관한 이야기를 전해 주어야 할 사람이다. 아이러니하게도 왕의 승리를 자축하는 축연을 알리던 축포가 이번에는 햄릿의 장례식을 알리는 축포가 된다.[46] 왕은 조카의 술잔을 치켜들고 아주 시기도 적절하게 자신의 최후를 위한 건배를 올린 셈이고, 그리하여 햄릿은 죽음 가운데서 승리를 쟁취하는 아이러니를 보여준다.

『안티고네』와 『햄릿』에서는 인간의 능력과 존엄성을 강조하는 대사가 자주 눈에 띈다. 그에 비하면 능력의 오용에 관한 대사는 그리 많지 않다. 『안티고네』에 나오는 다음과 같은 아름다운 합창곡에는 그래도 인간의 무한한 능력을 찬양하는 동시에 그 재능을 함부로 사용하는 데 대한 염려가 뒤섞여 있다.

> 세상에 경이로운 것이 많지만, 인간보다
> 더 경이로운 것은 없도다.
>
> Many wonders there be, but naught more
> wonderous than man:

---

46) *Ibid.*, pp. 128-29.

마음대로 나르는 생각은 교묘하고 능하여
때로는 사람을 빛으로 이끌고, 때로는 악으로 유혹해 가기도 하누나.

Passing the wildest flight of thought are the cunning and skill,
That guide man now to the light, but now to counsels of ill.

『햄릿』에도 인간의 무한한 능력을 찬미하는 대사들이 많지만 그 중에서도 다음의 대사는 인간이 이룩한 높고도 깊은 업적에 대해 잘 표현하고 있다.

인간은 참으로 조화의 걸작이라, 이성은 얼마나 고귀한가!
그 능력은 또 얼마나 무한하며, 그 자태와 거동은 말할 수 없이
훌륭하지 않은가. 그 행동은 천사와 같이 아름답고, 지혜는 천사에 필적하지!
온 누리의 아름다움의 극치요, 만물의 영장이라. 그런데도 내겐
그 인간이 한낱 먼지로밖에 보이지 않는 건 어인 일인가?

What a piece of work is a man! How noble in reason!
How infinite in faculty, in form and moving! How express
and admirable in action! How like an angel in apprehension!
How like a god! The beauty of the world! The paragon of animal!
And yet, to me, what is this quintessence of dust? (2. 2. 303-09)

하지만 이후에 무덤 파는 장면에서 햄릿은 왕의 어릿광대였던 요릭의 해골을 손에 들고서 우리 모두는 왕이건 광대이건 알렉산드로스 대왕이건 요릭이건 "이 모양"이 되고 만다는 회상에 잠긴다.

이 두 비극은 모두 나라에서 정의가 회복되면서 대단원의 막이 내린다. 모든 것을 잃어버린 후 한 인간으로서의 상실감을 체득한 크레온은 그동안 자신이 임의로 누렸던 통치권을 기꺼이 포기할 마음의 자세가 되어 있다. 크레온은 죽음을 갈망한다. 덴마크에서는 선왕의 왕위를 찬탈했던 동생의 뒤를 이어서 포틴브라스가 왕위를 계승할 것이다. 그런데 이 새로운 왕위 계승자는 햄릿 왕자가 죽어가면서 남긴 유언을 통해 선택된 지도자이다.

그렇다면 개인에게 정의란 무엇인가? 어떤 면에서 보면 햄릿과 안티고네의 파멸은 이 세상을 탁월함이 오히려 없어져야 할 쓰레기처럼 여기게 만든다. 그러한 세상에서는 선한 의도를 가지고 행한 행위가 도리어 죽음을 초래하는데, 이러한 아이러니한 진실이 이 두 비극이 보여주고자 한 것이다.[47] 안티고네와 햄릿은 둘 다 그들로서는 국법보다 더 높다고 여겨지는 천상의 법을 지키기 위해 목숨을 잃은 사람들이다. 안티고네는 저승에서 과연 자신의 행위가 옹호될 수 있을 것인지에 대한 확신이 없었지만 적어도 현세의 정의에 관한 한 자신이 옳다고 확신한다. 안티고네는 죽은 가족에게 예우를 갖추어야 하는 가족으로서의 의무를 간단명료하게 설명한 후에 "반역자"로 낙인찍힌 오빠의 이름을 소리쳐서 부른다.

> 결국, 나의 오라버니 폴리네이케스여, 내가 오라비의 시체에
> 적절한 의식을 베풀었다 해서, 나는 이런 처벌을 받습니다!
> 그렇다 해도 지혜로운 눈을 가진 사람들은 있겠지요.
>
> And last, my Polyneices, onto thee
> I paid due rites, and this my recompense!

47) Greene, *Moira*, p. 101.

Yet am I justified in wisdom's eyes.

햄릿도 이제 더 이상 이승에서 "사느냐, 죽느냐"로 고심하지 않는다. 마침내 햄릿은 "참새 한 마리가 떨어지는데도 신의 섭리가 존재한다."는 결론에 도달한 것이다. 저 멀리 떨어져 있는 빛, 신의 계획 안에서 햄릿은 마음의 위안을 발견한 것이리라.

> 우리의 목적에 모양을 부여해 주는 것은 모두 신의 섭리라네,
> 우리 인간들이 아무리 분별없이 처신한다 하더라도 말일세.

> There's a divinity that shapes our ends,
> Rough-hew them how we will. (5. 2. 10-11)

그러니까 햄릿은 지금까지 치렀던 고통에 대한 대가로 "각오만 있으면 된다."(the readiness is all)는 깨달음을 얻은 셈이다. 이에 관해서 그린Greene의 다음과 같은 논평은 시사하는 바가 크다.

> 고통에 대한 최상의 보상은 그 고통이 주는 교육적 힘이다. 고통을 통해 인간은 먼저 자신이 인내심이라는 예상 밖의 피동적 힘을 가지고 있음을 깨닫게 된다. . . . 그 다음에 인간은 자신이 자유의지를 가진 존재라는 사실을 깨닫는다. 환경이 그 어떠한 파멸을 몰아오든지 인간은 여전히 자신의 순수한 동기를 변질시키지 않고 간직할 수 있기 때문이다. . . . 끝으로 고통을 통해 인간은 영웅들이 개인적인 행동 강령으로 추구하는 명예심 혹은 아레테arete가 유전적으로 타고나는 고귀한 본성이라는 잠재적 자질보다 훨씬 우월하며 혹독한 훈련을 통해 얻을 수 있는 것들 가운데 가장 우위에 있다는 것을 알게 된다. 명예심 혹은 아레테는 그것을

지키기 위해 수반되는 엄격한 요구들 때문에 점점 더 강해지고, 강하게 다져진 명예심은 보다 하찮은 충성들과 타협할 줄 모른다. 심지어 운명에 대한 복종을 요구하더라도 강한 명예심은 운명의 요구에 타협하지 않는다.[48]

이에 대해 아리스토텔레스도 역시 "그렇지만 가혹한 불행이 제 아무리 반복된다 하더라도 인간이 그 불행을 인내로써 견디면 역경 속에서조차 고귀함의 빛은 뿜어져 나오리라. 인내심은 무감각해서가 아니라 포용력과 위대함을 지닌 영혼에서 우러나는 것이기 때문이다."[49]라고 말한 바 있다.

---

48) Greene, *Moira*, pp. 141-42.

J. A. Moore, *Sophocles and Arete*, Cambridge: Harvard University Press (1938): 여기서 무어는 소포클레스와 에우리피데스와 관련된 아레테에 대해 논의하고 있다.

49) *Nicomachean Ethics*, 1100b 30-33.

4장

# 파토스

*Pathos*

아리스토텔레스는 소포클레스에 대한 최고의 찬사를 삼가면서도 에우리피데스에 대해서는 "시인들 중 가장 비극적"1)이라는 칭찬을 아끼지 않는다. 이는 아마도 변덕스러운 신들의 손아귀에서 고통을 당하는 인간에 대한 파토스의 정서를 강조한 에우리피데스 비극의 특성 때문이 아닌가 한다. 그래선지 에우리피데스의 극들이 비극이라고 부르기에 가장 적합한 것 같다.2)

그리스 어의 "파토스"(*pathos*)는 본래 사랑이나 증오 같은 인간의 정서 자체를 의미하지만 이 책에서는 행동보다는 고상한 감정에 더 근거를 두고 있는 "에토스"의 한 가지 유형으로 사용할 것이다. 어떤 면에서 파토스는 아이러니의 일종으로 간주될 수도 있다. 하지만 파토스는 주동인

---

1) *Poetics*, 1453a 30.

2) Greene, *Moira*, p. 101.

물의 성격이나 주인공의 도덕적 선택의 중요성보다는 악의적인 환경을 더욱 강조한다. 에우리피데스의 『히폴리토스』(*Hyppolytus*)나 셰익스피어의 『로미오와 줄리엣』(*Romeo & Juliet*)이 보여주는 것처럼, 파토스는 덕망 있는 사람들이 그들 자신이 책임져야 할 일도 아니면서 그들의 힘으로는 도저히 이겨낼 수 없는 적대적인 환경에 놓여 있어서 어쩔 수 없이 겪어야 하는 부당한 고통에 의해 일어난다.

에우리피데스의 비극은 고귀한 성품을 가졌으면서도 파멸 당하는 사람들의 억울한 고통의 부당성을 다룬다. 소포클레스도 자연의 무자비한 힘에 대해서는 에우리피데스 못지않은 관심을 갖고 있었다. 그러나 소포클레스는 역경이 전적으로 부당한 것만은 아니라는 것과 역경을 겪은 인간의 불완전하지만 고귀한 본성을 강조한다. 에우리피데스의 『히폴리토스』는 연민의 정서가 지배적이다. 그러나 이 극이 과연 공포라는 요소까지 충분히 자극시킬 수 있을 것인지 그리고 너무나 선한 주동인물에게 관객은 과연 일체감을 느낄 수 있을 것인지에 대해서는 의문이 들지 않을 수 없다. 부처Butcher의 주장은 이렇다.

> 아리스토텔레스는 "연민"과 "공포"의 정서를 요구한다. 아리스토텔레스도 어떤 비극은 분명 극의 분위기를 압도하는 제1의 느낌이 공포감인 경우가 있을 것이고 어떤 비극은 연민의 감정을 가장 주요한 지배적 정서로 삼고 있음을 인정할 것이다. 이를 좀 더 비약시켜 말하자면, 아리스토텔레스는 일반적으로 비극적인 것으로 불리는 그 두 개의 정서 중에서 오직 한 가지 정서만을 불러일으키는 비극은 열등한 비극으로 간주했을 것이다. 어쨌든 비극의 완전한 효과는 그 두 가지 정서의 결합을 요구한다. 그렇지 않으면 "카타르시스"(*katharsis*) 같은 비극의 독특한 기능은 발휘될 수 없을 것이다.[3)]

에우리피데스는 극의 사건을 불운을 극복하지 못하는 인간에게 돌려 놓음으로써 영웅의 고통에 대한 관객들의 연민의 감정을 유도해 내는 것이 어렵다는 것을 보여주었다.

"당연히 그렇게 되어야 할 인간" 즉 이상적인 인간상을 제시하는 데 주력한 소포클레스가 "있는 그대로의 인간"을 묘사하는 에우리피데스의 사실적인 묘사보다 당시 아테나이의 관중들에게는 훨씬 더 호소력이 있었다.[4] 에우리피데스는 살아 있는 동안 당시 아테나이의 젊은이들 사이에서 가장 인기가 높았었고 사후에는 월계관을 수여받기도 했지만 페리클레스 시대의 아테나이 사람들이 극작 경연대회에서 에우리피데스보다 소포클레스에게 훨씬 더 많은 상을 수여했다는 사실은 당시의 아테나이 청중들의 판단에 대해 시사하는 바가 크다.

## 『히폴리토스』와 『로미오와 줄리엣』

### 1. 『히폴리토스』

기원전 458년에 나온 아이스킬로스의 『오레스테스』와 기원전 428년의 에우리피데스의 『히폴리토스』 사이에는 30년이라는 세월이 가로 놓여 있다. 30년의 세월이 흐르는 동안 외부의 힘과 싸우는 인간에 대한 비극의 개념이 눈에 띄게 달라졌다. 이미 앞에서 지적한 바와 같이 아이스킬로스의 전성기 작품들에서는 대체로 우주를 신의 힘이 인간 각자의 공과에 따라서 공평하게 보상과 처벌을 내려주는 세계로 간주하였다. 반면에

3) Butcher, *Aristotle's Theory of Poetry and Fine Art*, pp. 264-65.

4) *Poetics*, 1460b 34.

소포클레스는 극복할 수 없는 역경에 맞서 싸우는 인간의 고귀한 본성을 강조한다. 때문에 소포클레스는 인간의 공적과 고통 사이의 아이러니한 모순을 비극으로 간주하였고, 따라서 인간이 겪는 부당한 불운을 정당화하는 것이 아니라 다만 그것을 설명하는 데 그쳤다. 이에 비해 에우리피데스는 『히폴리토스』와 『바쿠스의 여인들』(*Bacchae*)에서 대항할 수 없는 힘들에 의해 부당하게 파괴되는 인간의 본성을 재현하는 것으로 자신의 비극적 인생관을 드러낸다.

에우리피데스의 비극에 따르면 인간은 이성을 사용할 수 있는 존재이면서도 궁극적으로는 불합리한 힘의 제물이 되고 마는 존재이기도 하다. 『히폴리토스』에서 이러한 불합리한 힘은 아프로디테 여신으로 대변된다. 아프로디테는 히폴리토스를 몰락시키기 위해 페드라Phaedra와 테세우스라는 인간 대리자들을 통해 그 힘을 발휘한다. 『바쿠스의 여인들』에서는 합리성의 상징인 펜테우스Pentheus가 주신인 디오니소스Dionysus로 구현된 감정적 힘에 의해 굴복 당한다. 그럼에도 에우리피데스는 아프로디테와 디오니소스로 구현된 감정적 힘을 비난하지 않고 있음이 분명하다.

소포클레스와 에우리피데스는 둘 다 디오니소스의 도시인 테바이에서 극작 활동을 했던 경쟁자들이었다. 그들은 모두 극적 테마를 오래된 신화에서 취했지만은 소포클레스가 주로 신의 법의 성스러움을 강조한 반면에 에우리피데스는 관중들에게 전통 종교의 모순점들에 대한 의문을 품도록 가르쳤다. 『콜로노스의 오이디푸스』와 『히폴리토스』의 결말은 소포클레스와 에우리피데스 사이의 이러한 종교적 차이를 단적으로 보여준다.

에우리피데스가 정작 추구했던 것은 아이스킬로스가 그랬던 것처럼 올림포스의 신전 자체를 개혁하는 것이었다. 물론 에우리피데스가 활동할 즈음에 그리스의 종교는 이미 회의주의로 기울어져 가고 있었다. 하지만 에우리피데스는 극의 목적을 위해 오래된 신화를 그대로 받아들이되, 그것을 인간을 다스리는 신의 정의를 공격하는 데 한결 적극적으로 이용하였다.

그렇지만 에우리피데스는 신들을 부단히 비난하면서도 한편으로는 여전히 그 신들을 힘의 주체로 내세웠기 때문에 그의 비극에서 엿볼 수 있는 그의 신에 대한 개념은 모호할 수밖에 없다. 에우리피데스는 어떤 경우에는 신들을 "당연히 있어야 하는 존재"로 또 어떤 경우에는 "있는 것처럼 보일 뿐인 존재"로 제시한다. 그러면서도 에우리피데스는 이 문제에 대해 아무런 해결책도 제시해준 적이 없다. 해서 그린은 아래와 같이 단언한 바 있다.

> 믿음과 회의의 양극단 사이를 중재하는 것이 종교가 해야 할 일이다. 그러나 에우리피데스는 우주법과 도덕률 사이를 조정하려고 한 적이 없었다. 그는 다만 극의 목적을 위해 신과 신화를 받아들였을 뿐이다. 이를테면 우리의 도덕의식을 불쾌하게 만드는 스토리에 경건한 결말을 부여하기 위해 이따금 마지막 장면에 신을 등장시키는 정도에 불과했다.[5)]

『히폴리토스』에서 에우리피데스는 불행한 인간에 대한 파토스를 조성하는 힘의 정체를 신들로 간주한다. 『히폴리토스』의 시종은 신들이 인간들보다 현명해야 한다고 말하고 있지만 실상 이 극에 나오는 아프로디테와 아르테미스 여신은 그렇지 못하다. 프롤로그에서 아프로디테는 히폴리토스가 자신을 경배하지 않는다는 이유로 젊은 히폴리토스를 향한 위험한 열정을 페드라에게 불어넣겠다고 결심한다. 아프로디테는 겉으로는 자신보다 아르테미스를 더 숭배한다고 해서 히폴리토스를 미워하는 것이 아니라고 말하지만 내심으로는 "감히 내게 도전한 그 놈에게 보복을 하고

5) Greene, *Moira*, p. 217.

말리라."고 다짐한다. 조만간 페드라는 죽게 될 것이고 그녀의 죽음으로 인해 히폴리토스 또한 파멸할 것이므로 아프로디테는 복수를 할 수 있으리라.

아프로디테는 사랑의 본능적 힘을 상징한다. 그런데 사랑이라는 본능은 선이 될 수도 악이 될 수도 있는 본질적인 힘으로서 적절하게 발휘되었을 경우에만 인간에게 이로운 힘이다. 그렇지만 사랑의 힘은 만일 그것이 없다면 인간의 삶 자체가 불가능해져버리는 생명 창조의 힘이기도 하다. 아프로디테가 상징하는 이러한 힘에 대해 유모는 페드라에게 이렇게 설명한다.

> . . . 모든 것이 그녀[=아프로디테]에게서 출생한 것.
> 사랑의 씨를 뿌리고 거기로부터 성장하여
> 지상에 거주하는 모든 것이 자라나오는 것은 바로 그녀.

> . . . all things have their birth of her.
> 'Tis she that sows love, gives increase thereof,
> Whereof all we that dwell on earth are sprung.

아프로디테는 그 자체는 도덕적이지도 비도덕적이지도 않은 인간의 본능, 그러나 결코 정복될 수 없는 본성의 힘을 나타낸다.[6] 처음에 페드라는 결혼생활을 유지시켜 달라고 아프로디테의 힘에 애원한다. 그러다가 약 100행 후에는 기회주의적인 유모도 아프로디테에게 호소를 한다. 유모는 페드라의 목숨을 구하기 위해 페드라와 히폴리토스를 묶어주려는 부도덕한

---

6) L. E. Matthaei, *Studies in Greek Tragedy*, Cambridge: Cambridge University Press (1918), p. 80.

계획을 세우고 그 계획이 성사되도록 도와달라고 아프로디테 여신에게 기도를 했던 것이다.

『히폴리토스』는 "열정"을 상징하는 아프로디테와 "정절"을 상징하는 아르테미스에 대한 두 가지 극단적인 태도 사이에서의 인간적 갈등을 제시한 비극이다. 그런데 열정과 정절은 실은 둘 다 존중되어야 할 상호보충적인 힘으로 그 두 힘 중 어느 한쪽 힘만을 전적으로 거부하면 반드시 재난이 따르기 마련이다. 사냥을 하기 위해 숲속을 찾아다니는 히폴리토스는 아프로디테를 거부하고 아르테미스만을 경배한다. 따라서 『히폴리토스』는 선과 악 사이의 갈등이 아니라 편향적인 두 가지 선 사이의 갈등을 보여주는 비극이다.

『히폴리토스』의 무대가 열리면 의붓아들인 히폴리토스로 향하는 자신의 열정과 싸우다가 급기야 자신을 통제할 수 없는 지경이 된 페드라의 모습을 보게 되는데 사실 그녀는 본질적으로 정숙한 여자임에 분명하다. 갈등은 거의 끝난 것처럼 보인다. 사흘 동안 식음을 전폐했던 페드라가 이제 불명예를 감수하느니 차라리 조용히 죽음을 맞이하리라 결심한다. 자신을 완전히 다스릴 수 있는 힘을 얻기 전에 격정적인 본성을 지닌 페드라가 불현듯 연민의 정이 필요했던지 지금껏 억눌러 왔던 고뇌가 절절하게 담긴 몇 줄의 대사를 통해 고민의 원인을 유모에게 털어놓기에 이른다. 그러나 페드라 자신의 입으로 히폴리토스의 이름을 거론하지는 않음으로써 그것을 밝히는 일은 유모의 몫으로 남겨지는데 이는 참으로 훌륭한 극적 처리방식이 아닐 수 없다.[7] 상투적인 훈계조의 긴 대사로 유모는 결혼한 여자라고 해서 다른 남자를 사랑하는 것이 반드시 잘못된 것만은 아니라며 페드라를 설득하려고 애쓴다. 설득에 실패하자 유모는 히폴리토스에게서 물건이나 구애의 말 같은 사랑의 징표라도 얻어서 거기에 마술

---

7) Matthaei, *Ibid.*, p. 89.

을 불어 넣어 페드라의 열정을 잠 재워 주겠노라고 약속한다. 페드라는 행여 유모가 히폴리토스에게 털어놓지 않을까를 의심해보지만 자신과의 투쟁과 단식에 지쳐버린지라 유모를 저지하지 않는다.

여기서 우리는 에우리피데스가 보다 훌륭한 판단력을 갖추고 있음에도 불구하고 쉽게 욕망에 휩쓸려 행동하는 그러한 인물상을 묘사하고 있음을 지적할 필요가 있다. 그 대표적인 예가 바로 페드라인 바, 그녀는 자신의 잘못을 알면서도 어쩔 수 없이 궤도에서 이탈하고 마는 인물이다.

적어도 분별력이란 것이 있지요.
많은 사람들에게는, – 그러나 여기서 믿지 않으면 안 될 것이 있으니,
우리는 선악의 판단은 올바르게 가늠할 수 있지만,
그렇다고 반드시 그러한 교훈을 실천할 수 있는 것은 아니지요.

. . . discretion dwells at least
With many, – but we thus must look hereon:
That which is good we learn and recognize,
Yet practice not the lesson.

한편 히폴리토스는 유모에게 비밀을 폭로하지 않겠다고 맹세를 했음에도 불구하고 유모의 치욕스러운 의도를 알고 난 후 일순간 분노의 화염에 휩싸여 서약한 것을 후회하면서 "나의 혀가 맹세를 한 것이지, 그 어떤 서약도 내 영혼에 걸고 한 것은 아니야"라고 말한다. 분개한 히폴리토스가 여성을 모두 싸잡아서 공공연히 비난하고 이것을 들은 페드라가 언젠가는 히폴리토스가 남편인 테세우스에게 페드라 자신이 품었던 욕망을

폭로하지 않을 것이라는 보장이 없음을 알게 된다. 해서 페드라는 히폴리토스를 파멸시켜서 자신의 명예를 깨끗하게 지켜줄 편지를 쓰기로 결심한다. 마침내 운명의 시간이 다가왔고 아버지 테세우스에게서 불충하다는 비난을 받은 히폴리토스는 이러저러한 항변들을 시도하다가 결국 자신의 목숨을 바쳐서라도 무죄를 증명해 보이고자 한다. 그렇다 할지라도 히폴리토스의 이러한 태도는 정직함을 증명하기 위한 것으로는 너무나 터무니없는 처사이다.

페드라의 자살은 닥쳐올 테세우스의 분노를 직면할 수가 없었기 때문이다. 중요한 점은 페드라가 불명예와 죽음의 선택의 기로에서 소포클레스의 이오카스테가 그랬던 것처럼 죽음을 선택했다는 사실이다. 히폴리토스에게 부당한 적대감을 드러냈음에도 불구하고 페드라의 죽음에 대해서는 비난보다는 연민의 감정이 우러나온다. 그녀가 성급히 자살해버림으로써 히폴리토스와 테세우스에게 느껴지는 만큼의 동정심을 그녀에게 느낄 겨를이 없긴 했으나 어찌되었건 그녀의 명예가 구제되는 것만은 분명하다.[8)]

프롤로그에서 불운한 페드라가 복수라는 게임의 볼모가 되어서 죽게 될 것임을 예견했던 아프로디테는 히폴리토스의 죽음도 예견한 바 있다.

그는 하데스의 문이 그를 향해 활짝 열려 있음을 몰랐네,
그리고 이 날의 빛이 그의 두 눈이 보게 될 마지막 빛이라는 것도.

He knows not Hades' gates wide flung for him,
And this day's light the last his eyes shall see.

---

8) Greene, *Moira*, pp. 181 & 183.

히폴리토스는 사냥개들을 불러 모아서 말들과 경주를 벌이고 꽃을 엮어서 아르테미스에게 헌정하고 숲에서 아르테미스 여신과 교통하기를 즐기는 젊은이였다. 그는 격렬한 성품의 소유자였으나 하인은 그의 성급함을 젊은이다운 특징으로 무마한다. 히폴리토스가 아프로디테에게 도전하자 하인은 "젊음의 격렬한 심장을 가진 인간이라서 어리석은 말을 하는 것뿐"이라고 아프로디테 여신의 용서를 구했던 적이 있다. 그렇지만 아프로디테는 이를 용서치 않는다.

아내인 페드라가 죽은 후에 생각조차 못한 번민에 빠진 테세우스가 무절제의 죄를 아들의 젊음 탓으로 돌리기도 한다.

나는 젊은 놈들을 잘 알고 있어.
그 녀석들은 키프리스가 그들의 젊은 마음을 흔들어 놓기만 하면
여자들보다 더 믿기가 곤란하던 걸.
남자라는 명분은 변명하기엔 십상이지.

Youths, I have proved,
Are no whit more than women continent,
When Cypris stirs a heart in flush of youth:
Yet all the strength of manhood helpth them.

히폴리토스는 아버지에게 자신의 입장을 이렇게 간단히 말한다.

이 하늘과 땅을 보십시오.
가령 아버지가 그렇지 않다 하시더라도 이곳에는
나보다 순결한 사람은 없습니다.

see’st thou yon sun
And earth?—within their compass is no man
Though thou deny it—chaster—souled than I.

아프로디테는 히폴리토스의 행위를 비난하지만 사실 지금까지 히폴리토스는 항상 신들에 대해 경건한 태도를 취해 왔었고 인간들을 공정하게 대해 온 사람이다.

어쨌든 나는 첫 번째로는 신들을 존경하고,
그 다음으로는 나쁜 짓이라고는 하지 않는 친구들을 사귀어 왔습니다.

For I have learnt, first, to revere the Gods,
Then, to have friends which seek to do no wrong.

히폴리토스는 아버지를 떠올린다. 트로이아 여인들로 구성된 코러스는 히폴리토스의 주장을 믿지만 테세우스는 그렇지 않다.

히폴리토스는 자신을 중상하는 페드라의 편지에서 페드라가 품고 있었던 선의를 비로소 깨닫는다. 그녀가 편지에서 히폴리토스의 고결한 성품에 대해 넌지시 암시를 해 놓았기 때문이다. 그 편지로 인해 저주를 퍼붓는 아버지에게 히폴리토스는 이렇게 설명한다.

그분은 불명예로써 자신의 명예를 지키고,
저는 이렇게 갈기갈기 찢기는 고통 가운데서 명예를 지키게 되는군요.

Her honour by dishonour did she guard:
I, in a sore strait, cleave to honour still.

히폴리토스가 자신의 아이러니한 상황을 완전히 인식하는 것은 아니지만 어쨌든 히폴리토스도 자신의 순결이 최선이 아니었음을 감지한다. 이제야 히폴리토스는 페드라가 욕망보다 명예를 더욱 소중히 여겼음을 알게 된다. 그렇지만 그는 페드라를 거부한 자신 또한 옳았다고 믿는다. 히폴리토스는 관객들 앞에서 자신의 무죄를 설명하지만 테세우스는 아들의 무고함을 깨닫지 못한다. 아르테미스가 전모를 이야기해 줄 때 비로소 아들의 무고함을 알게 되나 그 때는 이미 너무 늦은 후였다. 이러한 의미에서 테세우스 또한 비극의 희생자이다.

에우리피데스는 당시의 대중들이 믿고 있던 종교에서 그 자신이 발견한 도덕적 모순들을 밝혀내고자 아르테미스로 하여금 다음과 같이 단언하도록 한다.

사악한 자여, 우리는 너를 파괴하고 말지니,
너희의 자식들과 가정 모두를 파괴하고 말리라.

The wicked, and withal
Their children and their homes, do we destroy.

그러나 히폴리토스와 마찬가지로 테세우스 역시 그 자신이 사악해서 고통을 겪는 것은 아니다. 결말에 이르면 아르테미스는 히폴리토스가 모르고 저지른 실수라는 이유를 들어서 그를 변호한다. 다른 비극의 주인공들과 마찬가지로 테세우스도 성급한 판단 때문에 실수를 저지르고 말지만 그 역시 선한 의도에도 불구하고 고통을 당하는 인물이다. 이처럼 에우리피데스의 비극에서는 자주 무고한 자가 고통을 겪는다. 그렇지만 소포클레스와는 달리 에우리피데스는 무고한 고통일지라도 그 무고함을 참작하지 않는다.

페드라와 히폴리토스의 죽음이 있기까지는 극 전체가 아프로디테가 짜놓은 비극의 틀 안에서 조망된다. 그러나 내부의 비극이 전부 드러나자 그것을 완결하여 마무리하는 것은 아르테미스 여신이다. 갈기갈기 상처 입은 히폴리토스가 간신히 등장하여 자신의 무죄를 항변하면서 신들이 인간을 저주하는 것처럼 인간도 신들을 저주라도 할 수 있으면 얼마나 좋겠느냐고 토로하자 아르테미스는 자신의 신성성으로 언젠가는 아프로디테의 악의에 복수를 해 줄 것이라고 장담한다. 그런 다음 아르테미스는 히폴리토스에게 죽은 다음에 영원한 명예를 내려줄 것을 약속한다. 그런데 아르테미스 여신은 히폴리토스가 무대에 다시 등장하기 바로 직전에 이미 테세우스에게 모든 계략의 전모를 설명해 줌으로써 히폴리토스와 페드라 두 사람의 명예를 모두 회복시켜 준다.

> 나는 정당한 명예 속에 죽어가게 될 네 아들의 정당함과,
> 열병의 화염에 싸인 네 아내, 그렇지만 어느 면에서든
> 고귀했던 네 아내에 관해 알려주기 위해 왔노라.
> 네 아내가 네 아들에 대한 사랑에 빠진 것은,
> 우리가 두려워하는 모든 신들 중에서
> 정절만을 숭상하는 신의 바늘에 찔렸기 때문이다.
> 그녀의 이성은 격정과 싸웠지만,
> 네 아내가 개입하지 않은 계략 때문에 그녀는 죽고 말았다.
> 그녀의 유모가 서약으로 봉해진 맹세를 믿고 너의 아들에게
> 그녀의 고통을 털어놓았기 때문이지.
> 언제나 올곧은 너의 아들은 유혹에 넘어가지 않았지.
> 그렇지만 네가 귀찮아했기에 그는 이제 쏟아진 말을 부인하지
> 않았던 거다. 그만큼 경건했었지.

그런데 페드라는 배신당하지 않을까 염려해서 엉터리 거짓편지를 써 놓고, 너는 네 아들을 죽인 것이야. 페드라가 완전히 너를 설득시킨 셈이지.

But I am come to show the righteousness
Of thy son, that in fair fame he may die,
And thy wife's fever-flame, — yet in some sort
Her nobleness. She, stung by goads of her
Whom we, who joy in purity, abhor
Most of all Gods, was lovesick for thy son.
Her reason fought her passion, and she died
Through schemes wherein she had no part: her nurse
Told under oath-seal to thy son her pangs:
He, even as was righteous, would not heed
The tempting; no, nor when sore-wronged of thee
Broke he the oath's pledge, for he feared the Gods.
But she, adread to be of sin convict,
Wrote that false writing, and by treachery so
Destroyed thy son: — and thou believedst her!

아울러 정숙한 아르테미스 여신은 테세우스의 잘못까지도 덜어주려고 다음과 같이 말한다.

그를 살해한 것은 그대의 의지도 아니었고,
그리고 신들이 몰아칠 때 인간들이 탈선하는 것은 당연한 일이지.

Not of thy will thou slewest him, and well

May men transgress when Gods are thrusting on

아르테미스 여신의 이 대사는 세속적인 유모가 굴하지 않는 열정을 지닌 페드라에게 늘어놓았던 다음과 같은 대사들을 반향하고 있다.[9)]

만약 아씨의 마음속에 악보다 선이 더 가득하다면,
한낱 인간에 지나지 않는 아씨로서는, 더욱 만족하셔야지요.
아씨, 끔찍스러운 생각일랑 거두세요.
그런 억측, 빗나간 억측일랑 거두세요.
그것은 신보다 더 강해지기를 소망하는 것이니까요.

Tush－if more good than evil is in thee,
Who art but human, thou shalt do full well.
Nay, darling, from thy deadly thought refrain,
And from presumption-sheer presumption this,
That one should wish to be more strong than Gods.

『히폴리토스』의 비극에서 받는 가장 주된 인상은 변덕스러운 신들의 자비에 의존해야만 하는 인간의 삶에 대한 파토스이다. 히폴리토스가 "나는 신을 헛되이 경배했도다. 그리고 쓸데없이 나는 인간을 정당하게만 대해 왔노라."고 소리치면서 자신의 무죄와 운명의 부당성을 항의하자 "너의 고귀한 마음이 너를 멸망케 한 것이니라."는 아이러니한 대답을 하는 것은 다름 아닌 히폴리토스의 무죄를 변호해 주어야 할 아르테미스이다. 히폴리토스는 아르테미스의 의지에 따라서 경건함의 미덕을 지켜왔던 것

9) Metthaei, p. 113.

인데, 이것 때문에 그는 결국 파멸하고 만다. 히폴리토스의 파멸은 신의 정의를 총체적인 개념으로 파악하고 있다는 점에서 복수심에 찬 아폴론의 의지에 따랐다는 이유로 오레스테스를 구원한 아이스킬로스의 비극을 상기시킨다.

히폴리토스는 자신의 죄에 비해 너무 과중한 고통을 겪은 인물이다. 히폴리토스가 고통을 통해 얻는 것이라곤 실수한 자신의 아버지를 용서하는 것 뿐, 그 아버지는 "비극적 깨달음" 속에서 살아가지 않으면 아니 된다. 자신의 비극적 시각에 맞추기 위해 에우리피데스는 극적 사건을 아들이 아버지를 용서하는 것으로 조절하였고 그로 인해 죽어가는 히폴리토스에 대한 파토스를 강조한 것이다.

## 2. 『로미오와 줄리엣』

『히폴리토스』와 마찬가지로 비극 『로미오와 줄리엣』(*Romeo and Juliet*)에서도 운명은 프롤로그에서부터 주동인물들의 운명에 개입하여 결국 그들을 죽음으로까지 몰아넣는다. 이 두 비극의 재난은 모두 인간이 초인적 힘에 저항함으로써 야기된다. 『로미오와 줄리엣』에서는 몬태규 Montague 가문과 캐퓰릿Capulet 가문 사이의 원한을 통해 작용하는 운명에 대한 저항이, 그리고 『히폴리토스』에서는 격정적인 페드라를 통해 그 의지를 관철시키는 운명 못지않은 무자비한 아프로디테에 대한 인간의 저항이 비극을 몰고 온다. 로미오와 줄리엣, 그리고 히폴리토스는 어리석게도 자신들의 인생행로에 놓인 장애물들을 무시함으로써 불길한 운명의 멍에를 털어내려 하였다. 그럼에도 불구하고 초월적 힘에 격렬하게 항거하는 그들의 저항이 그들에 대한 신뢰감을 높여주는 요인임에 주목할 필요가 있다. 로미오와 줄리엣의 경우, 운명에 대한 그들의 저항은 곧 그들의 사랑의 강도를 나타내는 표식이며 히폴리토스의 경우에는 아프로디테에 대한 저항이 히폴리토스의 순결함을 반영하는 척도이다. 그리고 이 두 비극에서 주시해야 할 또 하나의 요소는 주인공의 행위보다 그들의 고귀한 감정이 더욱 강조되고 있다는 점이다. 이는 파토스를 강조하는 비극에서는 주인공이 중요한 도덕적 선택을 할 만한 기회를 거의 가질 수 없기 때문일 것이다. 주인공의 내적인 결함 때문에 잘못된 선택을 하게 되었을 때만 그 주인공은 스스로의 운명을 만든 인간으로 고려될 수 있다.[10)]

『로미오와 줄리엣』은 서문에서부터 "불운한 운명"(star-cross'd)이 두 연인들의 인생에 작용하게 될 운명을 예고하고 있다. 이러한 운명의 테마는 계속해서 행운이나 "불운한 운명"에 관한 언급으로, 그리고 임박한 고난에 대한 불길한 예감이나 특히 꿈의 형태를 빌어서 여러 차례 반복된다. 『로미오와 줄리엣』에서 운명은 두 연인이 떳떳이 결혼하는 것을 가로막는 장애물인 두 가문 사이의 불화라는 배경 속에 내재되어 있기 때문에 로미오와 줄리엣의 사실상의 숙적은 운명이다. "해묵은 원한"이 개막장면에서 폭발한다. 사실 그 원한은 처음에는 두 집안의 가문과 가문 사이의 원한이었던 것이 두 집안의 가족 간의 원한으로, 그리고 종국에는 몬태규 백작과 캐퓰릿 백작의 개인적 원한으로 비화된 것이다. 티볼트Tybalt의 손에 머큐쇼Mercutio가 죽임을 당하는 사건, 그리고 머큐쇼의 죽음에 대한 복수자가 되기를 자청한 로미오의 손에 티볼트가 죽는 사건 등은 모두 이 두 가문의 불화에서 비롯된다. 티볼트가 죽은 후 로미오는 성급함 때문에 스스로 휩쓸려 들어간 환경의 그물에서 빠져나오려고 애를 쓰지만 그러한 시도는 아무 소용이 없게 된다. 로미오가 추방되고 그 후에 로미오의 사랑의 행로는 프롤로그에서 선언되었던 것처럼 같이 "죽음의 표적"이 된

---

10) E. E. Stoll, *Shakespeare's Young Lovers*, New York: Oxford University Press (1937), p. 40.

다.

두 연인들이 젊다는 사실은 이 비극의 파토스를 한결 배가시킨다. 극의 초반부에서는 로미오와 줄리엣의 미숙함이 뚜렷하게 드러나는데 사랑이 그들의 모습을 갑작스럽게 성장시킨다. 처음에 로미오는 로잘린을 사랑한다고 생각하지만 그는 곧 그 사랑이 먼 거리에서 홀린 것, 어둠 속에서 비치는 달이요 알맹이 없는 피상적인 시문으로 표현된 욕망에 불과한 것이었음을 깨닫는다. 마찬가지로 줄리엣도 처음에는 사랑보다 부모에 대한 효성스러운 복종을 우선시하는, 그리하여 결혼에 관해서도 기꺼이 부모의 소망을 따르려고 하는 한갓 소녀에 불과하다.

로미오는 로잘린이 세상에서 가장 아름다운 여인이라는 자신의 생각을 증명해 보이기 위해 무도회에 참석하는데 거기서 우연히 줄리엣을 보고 그만 넋을 잃고 그녀의 아름다움에 대한 찬사를 늘어놓는다. 진정한 사랑에 빠진 로미오는 이제 사랑의 감정에 도취되어 멍하니 시간을 보내지도 않고 사랑에 대한 자신의 능력을 과장해서 떠벌리지도 않는다. 무대의 전통적인 유모상이 그러하듯 세속적인 할망구인 안젤리카Angelica조차[11] 줄리엣이 결혼한 사실을 알면서도 패리스Paris와 결혼하라고 종용하는 마당에 정작 줄리엣은 로미오와 비밀결혼을 올린 후에는 자신의 남편감으로 패리스를 선택한 부모의 결정을 더 이상 받아들이지 않는다.

『로미오와 줄리엣』은 두 젊은 연인들의 급작스러운 애정을 서정적인 아름다움으로 솔직하게 묘사한 비극이다. 젊은 연인들의 사랑은 몰이해로 가득한 세상에서 어쩔 수 없이 연인들이 헤어지게 됨으로써 더욱 애절한

---

11) 무대 위에서의 유모의 모습에 관해서는 아래의 저서를 참조할 것.
Kitto, *Greek Tragedy*, pp. 85-86; H. B. Charlton, "*Romeo and Juliet* as an Experimental Tragedy," *Proceedings of the British Academy,* xxv, London: Oxford University Press, (1939), p. 149.

것이 되고, 청춘의 열정이 제자리를 찾지 못하는 공간 속에서 연인들은 떠돈다.

로미오가 그렇게도 빈번하게 찬양해 마지않는 줄리엣의 아름다운 외모에서 우러나오는 따뜻함이 비극적 분위기를 더욱 효과적으로 고조시킨다. 줄리엣을 아내로 맞은 지 몇 시간 만에 추방당했던 로미오가 돌아와 무덤 속에서 아내의 위장된 주검을 발견하고는 그녀의 사랑과 아름다움에 마지막 찬사를 바친다.

오 내 사랑, 내 아내여!
당신의 꿀 같은 숨결을 빨아 마신 죽음도
당신의 아름다움 앞에서는 오금을 펴지 못하는구려.

O my love! my wife!
Death, that hath suck'd the honey of thy breath,
Hath had no power yet upon thy beauty. (5. 3. 91-93)

그렇지만 가장 큰 비극적 효과를 얻으려면 우리의 정의감을 충족시킬 수 있도록 주인공 측에 어느 정도의 죄를 부과하여야 한다. 그런데 로미오는 비난을 받을 만한 아무런 잘못도 저지르지 않았고 그의 실수 또한 적대적인 환경 때문에 야기된 것이었다. 프라이어 신부의 편지를 받지 못하고 줄리엣이 깨어나기 전에 자살을 해버리는 등, 로미오는 사실상 운명의 노리개이다. 만일 그가 프라이어 신부의 편지를 받았더라면, 그래서 줄리엣의 수면제에 대한 계획을 알았더라면 로미오와 줄리엣의 비극은 발생하지 않았을 것이다.

에우리피데스의 『히폴리토스』와 마찬가지로 『로미오와 줄리엣』의 비극 또한 아무런 결함이 없는, 그러나 오히려 결함이 없기 때문에 파멸을 겪으면서도 흔들림 없이 이상을 고수하는 젊음에 대한 파토스를 강조한다. 젊은 연인들의 죽음은 싸움을 일삼던 두 가문의 사람들을 화해시킨다. 히폴리토스가 잘못을 저지른 자신의 아버지를 용서했던 것처럼 아버지들의 죄가 사면된다. 그리고 때 이른 죽음을 맞이한 히폴리토스에게 아르테미스가 사후의 영원한 경의를 약속했던 것처럼 몬태규 백작과 캐퓰릿 백작도 부당한 죽음에 대한 비애감을 상징하는 조각상을 세울 것이다.

5장

# 낭만적 아이러니

*Romantic Irony*

"낭만적 아이러니"(romantic irony)는 그동안 쉴레겔Schelegel이나 티크Tieck 등 여러 비평가들에 의해 다양하게 정의되어져 왔으나[1]) 아직까지도 그 개념이 명확하지가 않다. 세지윅은 "낭만주의자들이 아이러니를 가지고 온갖 요술을 부리다보니 아이러니 자체의 의미는 없어져버리고 그 의미가 불명확해지자 이번에는 자신들의 기질과 기지에 따라서 제멋대로 아이러니에 대한 의미를 갖다 붙이는 것 같다."[2])고 말한다. 아이러니에 대해 그런대로 알기 쉽게 설명해 준 비평가는 쉬발리에Chevalier인데 이 책에서 사용되는 낭만적 아이러니는 그의 정의에 따른 것이다. 아이러니의 의미에 대해 쉬발리에는 "우리의 실지 경험에 비추어 설명하자면 아이러니는 서로 상반된 어떤 두 가지 것 중에서 한 가지만을 선택해야 하는 어

---

1) Thompson, *The Dry Mock*, pp. 63-64./ Worcester, *The Art of Satire*, pp. 125-26.
2) Sedgewick, *Of Irony*, p. 15.

떤 사람이 두 가지를 모두 선택했을 때의 태도의 특성을 아이러니하다고 표현한다. 상반된 두 가지를 모두 취한다는 것은 아무 것도 취하지 않았다는 것을 달리 표현한 것에 불과하기 때문이다."[3]고 설명한다. 이러한 쉬발리에의 정의에 의거하여 이 책에서는 극적행위가 확실치 않게 제시된 경우나 혹은 극적 해결이 모호하게 처리된 경우를 낭만적 아이러니[4]라고 부를 것이다.

아이스킬로스와 소포클레스의 비극 속에는 작가의 일관된 윤리관이 반영되어 있다는 것이 비평가들의 일치된 견해인 듯하다. 그렇지만 에우리피데스는 아이스킬로스와 소포클레스보다 훨씬 더 많은 작품을 남겼음에도 불구하고—에우리피데스의 작품은 총 90편이 넘는 것으로 알려져 있는데 그 중에서 현존하는 작품은 19편이다.—그의 작품에 대한 해석은 의견이 분분하여 비평가들마다 그 견해가 다르다. 그 가운데 톰슨은 에우리피데스의 『바쿠스의 여인들』을 "모든 그리스 극작품들 중에서 윤리적으로 가장 모호한 극"[5]으로 칭한다.

아리스토텔레스에 따르면 어떤 인물의 에토스는 인물의 선택에 의해 결정되는데, 가장 바람직한 형태의 에토스는 선을 선택한 인물에 의해 구현된다. 그러나 이런 행위에 대한 판단기준은 주관적인 것이라서 판단이 확실치 않은 경우 즉 낭만적 아이러니에 해당하는 행위에 관해서는 그 선택을 간단히 선과 악으로 구분지어 말할 수 없다. 선의 여부가 확실하지 않은 선택을 한 인물은 자신의 행동에 책임질 수가 없다. 이런 경우 관객

3) Haakon M. Chevalier, *The Ironic Temper: Anatole France and His Time*, New York: Oxford University Press (1932), p. 79.

4) 극작가가 예술적 환상을 조성하다가 갑자기 극중의 행위나 상황을 만들어내고 조종하는 것은 예술가인 극작가 자신임을 밝혀서 그 환상을 깨뜨렸을 때의 효과 역시 낭만적 아이러니로 볼 수 있다.

5) Thompson, p. 173.

은 본성을 알 수 없는 등장인물과 스스로를 일치시키기가 어려울뿐더러 본성이 모호한 그 사람의 고통에 대해 "연민과 공포"의 감정을 느낄 수 없다. 왜냐하면 "연민과 공포"의 정서 자체가 일차적으로 "선한" 인물이 고통을 당하는 경우에 느껴지는 감정이기 때문이다. 『바쿠스의 여인들』에서 우리는 과연 극 속의 어떤 인물에게 일체감을 느낄 수 있을 것인가? 혹은 『안토니와 클레오파트라』에서 누가 과연 관객들로부터 동질감을 불러일으킬 수 있을까? 아리스토텔레스의 "에토스" 이론으로는 이러한 낭만적인 관점을 전부 설명하기가 어렵다.

## 『바쿠스의 여인들』과 『안토니와 클레오파트라』

### 1. 『바쿠스의 여인들』

에우리피데스의 『히폴리토스』와 『바쿠스의 여인들』(*The Bacchae*) 사이에는 지금까지 알려진 것[6]보다 훨씬 더 많은 유사점들이 존재한다. 그 중에서도 가장 분명한 공통점을 들라면 아마도 극의 초점이 서로 대립적이면서도 상호보충적인 두 세력 간의 갈등에 있다는 점일 것이다. 『히

---

6) A. R. Bellinger, "*The Bacchae and Hippolytus*," *Yale Classical Studies*, vol. vi, New Haven: Yale University Press(1939), pp. 25-27: 여기서 베링거는 "모순성에 대한 기술적 설명의 예를 밝히기 위해서" 『바쿠스의 여인들』과 『히폴리토스』를 비교 분석하였다. 베링거가 제시한 두 작품의 유사점으로는 (1) 히폴리토스와 펜테우스라는 인물 사이의 유사점 (2) 아프로디테와 디오니소스라는 두 신들 사이의 유사점 (3) 주역 인물에 대한 관객들의 공감의 변화 (4) 히폴리토스와 펜테우스의 죽음에 있어서의 태도 (5) 모르는 가운데 자신의 자식을 죽이고 분노한 신들을 향해 자신이 저지른 죄를 인정해야만 했던 테세우스와 아가베의 고통 등을 열거하고 있다.

폴리토스』의 아프로디테와 아르테미스, 그리고 『바쿠스의 여인들』의 디오니소스와 펜테우스 사이의 갈등이 바로 그것이다. 그러나 이러한 유사점에도 불구하고 그 갈등의 해결에 있어서는 두 비극이 현저한 차이를 보이고 있음을 지적하지 않을 수가 없다.

『히폴리토스』에서 주동인물들과 연관된 투쟁은 초인적 대리자들에 의해 해결된다. 결과적으로 페드라는 히폴리토스를 파멸시키기 위한 아프로디테의 손에 쥐어진 도구이다. 게다가 히폴리토스는 거의 아무런 저항도 해보지 않은 채 아프로디테 여신의 힘에 무릎을 꿇는다. 비극의 결말에서 에우리피데스는 자신의 인물들에 대해 추호도 의심의 여지가 없는 분명한 태도를 취한다. 히폴리토스는 자신의 무죄를 주장하면서 죽고, 극 안에서 대립적 힘의 주체인 아르테미스 여신이 그의 명예를 옹호하고 나선다. 히폴리토스는 정절을 경배하는, 그것도 너무나 열렬히 정절을 숭배하는 편향적인 인물이다. 그러나 에우리피데스는 그 어디에서고 히폴리토스가 페드라에게 굴복해야 한다고, 그리하여 아프로디테의 음란한 힘에 굴복해야 한다고 암시한 적이 없다. 에우리피데스는 오히려 아르테미스가 궁극적으로 히폴리토스의 명예를 옹호하는 것으로 묘사한다. 결국 히폴리토스는 자신이 감당하기에 너무나 벅찬 신의 힘에 의해 아무 잘못도 없으면서 파멸 당하는 인간이 된다.

『바쿠스의 여인들』에서는 투쟁의 당사자가 신이 아닌 인간의 차원으로 바뀐다. 즉 극적 중심이 인간인 펜테우스와 인간으로 위장한 주신 디오니소스 사이의 투쟁으로 바뀐 것이다. 자신을 신으로 경배하지 않는 테바이의 왕 펜테우스를 응징하기 위해 주신인 디오니소스가 인간의 모습을 하고 등장한다는 사실이 플롯을 더욱 복잡하게 만든다.[7] 그러나 디오니소

7) W. B. Sedgewick, "Again *the Bacchae*," *Classical Review,* XLIV (Friday, 1930), p. 6-8: 여기서 세지윅은 펜테우스를 전형적인 아리스토텔레스적 영웅 즉 "비극적

스가 인간의 모습으로 등장한다는 사실은 디오니소스가 애매모호하게 보이는 것에 비하면 그리 복잡한 것도 아니다.

비극의 어떤 인물에게 관객이 공감하는지, 그 비극의 주인공이 누구인지를 결정하는 것은 그리 어려운 문제가 아니다. 그런데 『바쿠스의 여인들』에서 우리의 공감은 전반부에서는 디오니소스에게 그리고 후반부에서는 펜테우스에게 쏠리게 된다. 정의의 구현이라는 취지에서 보면 디오니소스는 은혜로운 신인 동시에 복수심에 가득한 신이라는 이중적 역할을 맡고 있다. 그래서 디오니소스를 주인공으로 볼 경우에 펜테우스가 악인이 되면서 『바쿠스의 여인들』은 시적 정의에 관해 평이하게 기술한 단순한 비극이라는 결론에 도달할 수밖에 없다. 그런데 만일 펜테우스를 비극의 주인공으로 본다면 그는 정의의 힘에 의해 쓰러지는 인간이 아니라 한결 강한 무력 앞에 몰락하는 인간이 된다. 신이 인간에게 불공평한 것인가? 아니면 인간이 신에 대해 정의롭지 못한 것인가? 누가 압제자이고 누가 핍박받는 자인가?[8] 『바쿠스의 여인들』의 문제점은 바로 이러한 모호

---

결함"인 히브리스를 가진 전통적인 행위로 인해 몰락하는 선한 인물로 간주한다. 그런데 에우리피데스가 인간을 대리자로 내세우지 않고 신 스스로가 직접 응징하러 온다는 사실로 인해 해석상의 많은 문제들이 야기된다. 나아가서 세지윅은 그 신화 자체를 디오니소스를 추앙하기 위한 의도의 이야기인데 에우리피데스 자신은 그 신화의 줄거리, 즉 원래대로의 플롯을 따르면서도 그 속에 내재된 애매함을 배제하고 그 신화를 설명하였다고 주장한다.

8) 베링거Bellinger는 "문제의 핵심은 바로 디오니소스에 대한 에우리피데스의 태도를 결정하기가 어렵다는 점이다. 이 극의 주인공이 디오니소스인가? 디오니소스가 주인공인 경우, 펜테우스가 악인이 되고 따라서 그의 파멸은 수모를 당한 신의 정당한 승리가 됨으로써 이 극은 철저히 신의 정통성을 다룬 극이 된다. 아니면 그 반대로 펜테우스가 주인공인가? 그렇다면 펜테우스는 우세한 어떤 힘, 그렇지만 올바르게 우월한 것이 아닌 초월적인 힘에 쓰러진 인간이 되고 디오니소스는 악의를 가진 신이 됨으로써 이 극은 우상파괴를 묘사한 극이 된다."(pp. 17 & 24)고 말하였다.

성에 있다.

극의 시작부분에서 펜테우스는 디오니소스와 그를 숭배하는 테바이 사람들을 핍박하는 편파적이고 완고한 인물로 등장한다.[9] 반면에 디오니소스는 처음에는 자비로운 신으로 묘사된다. 그는 제우스와 세멜레Semele의 아들인 자신의 신성한 태생[10] 즉 신의 아들이라는 자신의 신적 지위를 주장한다. 나아가 그는 친족들의 중상모략에서 어머니의 명예를 회복하고자 아시아에서 고향인 테바이로 돌아온다. 디오니소스가 테바이에서 자신을 신으로 숭배해 줄 것을 요구하기 위해 귀환한 것이다. 그런데 펜테우스는 세멜레와 관련된 전설은 모두 카드모스Cadmus가 딸의 명예를 지키려고 불경스럽게 조작한 사기에 불과하다고 주장하면서 디오니소스의 신성성을 부정하는 한편 그를 신으로 경배하는 행위를 탄압한다. 펜테우스의 탄압에 대한 보복으로 디오니소스는 펜테우스의 어머니인 아가베Agave와 그의 누이들, 그리고 그 밖의 테바이의 여인들을 언덕으로 불러들여 바쿠스의 주연에 참가하도록 만든다. 펜테우스는 바쿠스의 광기란 방탕을 위한 핑계일 뿐이라고 주장한다. 펜테우스는 디오니소스를 가면으로 위장한 아프로디테로 폄훼하면서 디오니소스의 추종자들을 욕정에 휘

9) Greene, *Moira*, p. 212.

10) A. W. Verrall, *The Bacchants of Euripides and Other Essays*, Cambridge: Cambridge University Press (1910), p. 2: "신학의 개념으로 볼 때 디오니소스 종교는 신과 인간을 인척 관계로 연결시켜서 신과 인간의 본성의 결합 가능성을 주장한 종교이다. 디오니소스는 이 두 가지 본성을 모두 가진 존재로서 두 번의 탄생을 통해 최고신(=제우스)으로부터 태어난 후손이다. 디오니소스는 처음에는 인간 여자의 몸에서 인간으로 태어났다가 두 번째는 신인 제우스의 신체를 통해 신으로 다시 태어난다. 디오니소스와 관련된 행사와 의식은 그것이 본질적이고 고유하게 이루어질 경우에 한해서 자발적인 황홀경을 이끌어냄으로써 전적으로 인간에게 내재된 신적인 요소를 개발하고 자극하는 것으로 이루어져야 한다."고 기술되어 있다.

몰리고 술에 취해 부도덕한 종교를 퍼뜨리는 이국의 협잡꾼의 뒤를 쫓아 다니는 무리들로 간주한다.

디오니소스의 변호를 위해 주장할 수 있는 것은 이때까지만 해도 디오니소스가 자신에 대한 숭배를 고집하기 위해 무력을 사용할 의도가 전혀 없었다는 점이다. 프롤로그에서 디오니소스는 이렇게 선언한다.

만일 분노한 테바이인들이
무기를 들어 바쿠스의 여신도들을 언덕에서 내친다면,
나는 나의 메이나드들을 이끌고 돌진하여 투쟁하리라.

If Thebes in wrath
Take arms to chase her Bacchants from the hills,
Leading my Maenads I will clash in fight.

아시아에서부터 디오니소스를 따라온 바쿠스의 신도로 구성된 코러스는 디오니소스의 신으로서의 지위를 지지하면서 황홀한 태도로 다음과 같은 노래로써 디오니소스를 신으로 경배하지 않는 자들에 대해 경고한다.

축복이 내려진 그대에게 행복 있으라
하늘로부터 신비교를 전파하도록 가르침 받은 그대에게,
생명은 순수하나, 그대의 영혼을 통해 결코 잠들지 않는
광란의 주연이 휩쓸게 될 그대에게!

O happy to whom is the blessedness given
To be taught in the Mysteries sent from heaven,

Who is pure in his life, through whose soul the unsleeping
Revel goes sweeping!

펜테우스의 조부인 카드모스는 결국 디오니소스를 신으로 인정하게 된다. 펜테우스는 "나는, 그래, 인간에 불과한 나는 그 신을 경멸치 못하리!"라면서 디오니소스의 신성성을 인정하고 나선다. 카드모스가 디오니소스를 신으로 승인했던 것은 어쩔 수 없는 임시방편에 불과했던 것이 사실이나 아무튼 그는 자신이 왕위를 물려준 손자에게 다음과 같이 경고한다.

네 말마따나, 설사 그가 신이 아니라 해도,
너는 네 입으로 그가 신이라는 거짓말이라도 해야만 한다.
세멜레에게 신의 어머니라는 명예를 안겨 주려무나.
그것이 우리 가문에도 명예스러운 것 아니겠느냐.

For, though this God were no God, — as thou sayest, —
God be he called ou thee: in glorious fraud
Be Semele famed as mother of a God:
So upon all our house shall honour rest.

테이레시아스는 디오니소스를 인정하되 그것을 믿음의 문제로 간주한다. 그는 인간의 믿음은 이성의 지지가 필요한 것이 아니라는 논리에 기대어 "신을 접함에 있어서 우리는 이성으로 추론하는 것이 아니다"라고 주장한다. 테이레시아스는 인간에게 가장 많은 은혜를 베푸는 위대한 신으로서 식량을 제공하는 데메테르Demeter와 술을 가져다주는 디오니소스를 연결시킨다. 그는 디오니소스를 인간들에게 술을 선사하여 노고와 불면으로부터 인간을 해방시키고 동시에게 신들에게는 제주를 바칠 수 있게 해 준 신으로 간주한다. 부도덕의 죄목으로 디오니소스를 몰아붙이는 펜테우스에게 테이레시아스는 이렇게 응수한다.

> 디오니소스가 어떻게 여인들로 하여금 억지로
> 정숙함을 내몰았겠습니까. 그 여인들 자신 안에
> 그러한 유혹이 간직되어 있던 것이지요.
> 바쿠스의 잔치에서는 어느 누구의
> 깨끗한 마음도 더러워지는 것이 절대 아닙니다.

> Dionysus upon women will not thrust
> Chastity: in true womanhood inborn
> Dwells temperance touching all things evermore.
> This must thou heed; for in his Bacchic rites
> The virtuous-hearted shall not be undone.

이어서 디오니소스는 자신의 입으로 종교의 순수성을 진술하는데, 이 진술을 테이레시아스와 코러스 그리고 목자들과 전령들의 여러 증언들, 이를테면 "그의 종교의식은 신성을 발휘하지 못하는 자를 혐오한다."와 같은 증언을 통해 제창된다. 이에 비해서 디오니소스 종교의 순수성을 부정하는 주장에 대한 증거는 제시되지 않는다.

흔히 디오니소스 숭배의식의 아름다움과 황홀경이 자주 거론되지만 디오니소스 종교의 순수성에도 불구하고 그 의식에 수반되는 끔찍한 면면들을 부정할 수는 없다.[11] 테이레시아스와 카드모스는 유일하게 자발적으

11) Bellinger, p. 21 & p. 25.

로 디오니소스를 숭배하는 지지자들인데 노인인 그들 두 사람이 맨 몸뚱이에 사슴 가죽을 두른 채 넝쿨나무로 만든 화관을 머리에 쓴 모습으로 춤을 추는 광경은 디오니소스 종교에 대한 편견을 가지고 있는 펜테우스에게는 물론이고 그들 자신의 눈에도 우스꽝스럽기 짝이 없다. 디오니소스를 경배하기 위해 두 사람은 길을 나서는데 테이레시아스가 동료인 카드모스에게 이렇게 말한다.

> 손에 담쟁이 넝쿨 지팡이를 들고, 나는 그대를,
> 그대는 나를 서로서로 길을 안내하여 가십시다.
> 길에 넘어지면 다칠 것이니까요!

> Come with me, ivy-wand in hand,
> Essay to upbear my frame, as I do thine.
> Shame if two greybeards fell!

이들 두 사람의 경건함은 존경받을 가치가 있겠으나 그들의 행동은 과연 존경받을 만한가? 코러스는 순수하고 열렬한 디오니소스 숭배의식의 일부로 피비린내 진동하는 야만적 의식을 행하고 있음을 솔직하게 시인한다. 즉 디오니소스 제식은 젖과 꿀이 흐르는 기적만이 아니라 야생동물을 찢어발기는 야만적 모습도 동시에 가지고 있는 것이다. 디오니소스 종교의 기이한 양상은 목자들에 의해 강조된다. 그들은 바쿠스의 추종자들이 소떼를 어떻게 찢어발겼는지, 그리고 디오니소스의 성스러운 지팡이를 가지고 무장한 두 마을을 어떻게 노략질했는가를 설명한다.

인간에게 은혜를 베푸는 신이면서 동시에 복수를 자행하는 무자비한 면도 가진 이중적 특성을 가진 디오니소스는 실제로 테이레시아스가 팬테우스에게 경고한 것 이상으로 강한 힘을 가진 신이다. 그럼에도 불구하고 고집쟁이 펜테우스는 벌써 디오니소스의 추종자들을 찾아내어 모조리 투옥하라는 명령까지 내린다. 그의 명령을 받고서 하인들이 결국 디오니소스를 붙잡아온다. 황송해서 어쩔 줄 모르는 하인의 손에 이끌려서 이윽고 디오니소스가 무대에 등장한다. 디오니소스를 데리고 나온 하인은 투옥되어 있던 바쿠스의 신도들이 어떻게 기적적으로 탈출했는가에 대해 소상히 고한다. "대화시"(stichomythia)로 된 긴 대사로 디오니소스와 펜테우스가 언쟁을 벌인다. 펜테우스는 디오니소스에게 어린아이들까지 모조리 끌어들인 바쿠스의 신비교에 대해 죄다 털어놓지 않으면 엄중한 벌을 내리겠노라고 위협한다. 이러한 협박에 디오니소스는 펜테우스의 어리석음과 불경함에 신의 처벌이 내릴 것이라고 대꾸한다. 그러자 펜테우스는 오만하기 짝이 없는 행동거지를 보이면서 디오니소스의 머리칼을 쥐어뜯는가 하면 디오니소스의 신성성을 상징하는 지팡이를 그의 손아귀에서 빼앗아버리기까지 한다.[12] 마침내 격노한 디오니소스가 펜테우스의 히브리스에 네메시스의 복수가 따를 것이라고 위협한다.[13]

---

12) Kitto, *Greek Tragedy*, pp. 374-86.
이 책에서 키토는 이 장면에 상징적으로 묘사된 펜테우스의 무엄함을 아이스킬로스의 아가멤논의 무엄함과 자주색 카펫의 상징적 의미에 비유하여 설명한다. 그리고 키토는 프롤로그의 신과 극의 나머지 부분의 성자를 다른 두 인물로 보는 베롤Verrall과 노우드Norwood의 주장에 대해서도 논한다. 베롤의 주장에 의하면 디오니소스는 진심으로 궁정이 완전히 파괴될 것이라고 말했다. 그런데 베롤은 나중에 펜테우스와 그의 적이 키타이론으로 떠나기 앞서 그 궁정 안으로 들어오는 것으로 보아 궁은 파괴되지 않은 점을 미루어 디오니소스는 신이 아니라 협잡꾼에 불과하다고 주장한다.

13) Greene, *Moira*, p. 176.

그대에게 디오니소스가 보복할 것이니라,
이 수모들을 — 그의 존재에 대해 그대가 부정한 바로 그가 말이다.

On thee Dionysus shall requite
These insult — he whose being, thou hast denied.

그런 다음에 디오니소스는 마구간에 투옥되고 만다.

네메시스의 복수는 그리 오래 지체되지 않는다. 곧바로 디오니소스는 감금상태를 풀고 나와서 펜테우스에게 광기가 몰아닥칠 것임을 예고한다. 펜테우스의 광기는 황소를 자신의 죄수인 디오니소스로 생각하고서 그 소를 마구간에 묶어두는 것으로부터 시작된다. 마구간에 불이 나자 자신의 죄수가 탈출한 것으로 생각한 펜테우스는 피어오르는 연기를 마구 공격해대는 과대망상 증세를 보인다. 거부당한 신 디오니소스로 인해서 서서히 미쳐버린 펜테우스는 마침내 이제까지 자신이 그토록 파멸시키려고 애썼던 디오니소스를 따라가는 데 동의한다.

여자 옷을 입은 펜테우스가 자신이 어떻게 보일까를 걱정하는 여자의 차림새를 하고 적들을 감시하기 위해 동료 한 사람을 대동하고 등장한다. 펜테우스는 자신의 동료를 황소로 잘못 본다. 손에 디오니소스의 지팡이를 들고 있는 펜테우스의 모습은 사슴 가죽을 걸치고 등장했던 테이레시아스와 카드모스만큼이나 우스꽝스러워 보인다. 펜테우스는 이런 우스꽝스러운 모습으로 결국 자신의 어머니의 손에 죽임을 당하고, 이로써 펜테우스에 대한 디오니소스의 다음과 같은 예언이 결국 실현된다.

이제 그는 제우스의 아들인
디오니소스를 알게 되리라, 마침내 신으로 우뚝 선

가장 두려운, 그러나 인간에게는 가장 친절한 그 신을.

And he shall know Zeus' son
Dionysus, who hath risen at last a God
Most terrible, yet kindest unto men.

이때까지만 해도 디오니소스의 행위는 자기방어를 위한 것이었다고 말할 수 있다.

그렇지만 펜테우스의 죽음 직전에 디오니소스의 과도할 정도의 끔찍스러운 일면이 드러난다. 바쿠스와의 직접 대면을 통해 펜테우스는 광기에서 해방된다. 그렇지만 펜테우스는 가장 잔인한 방법으로 끔찍한 파멸을 맞음으로써 마침내 디오니소스의 신성성을 인정하기에 이른다. 펜테우스가 울부짖으며 어머니 아가베에게 자비를 호소한다. 그러나 아들인 펜테우스를 새끼사자로 오인한 어머니는 그에게 제일 먼저 달려들어 펜테우스의 사지를 찢어놓는다. "오, 행복한 아가베여!" 디오니소스 주연의 황홀경에 빠진 아가베는 아들의 머리를 들고 집으로 돌아와 코러스의 환대를 받는다. 이때까지만 해도 코러스는 불의에 복수하는 디오니소스에게 동정적이었다. 카드모스가 펜테우스의 나머지 시체들을 운구차에 싣고 등장하고, 이 순간 아가베는 비로소 서서히 광기에서 깨어나 자신이 저지른 참혹한 사실을 발견한다. 테바이 가문의 유일한 후계자요 보호자였던 펜테우스에 대한 카드모스의 애도가 이어진다.[14] 지금까지는 수모를 당하는

---

14) G. M. A. Grobe, "Dionysus in *the Bacchae*," *Transactions and Preceedings of the American Philological Association*, LXVI (1935), pp. 37-54.
여기서 그로베는 디오니소스의 역할을 논하면서 에우리피데스가 펜테우스를 "슬며시 호도" 하도록 한 것이 대조적인 효과를 가져와 디오니소스에 대한 관객의 동정심을 감소시키는 결과를 낳았다고 주장한다. "자신의 손자이며 유일한 후계자

디오니소스 신에게 동정심을 느끼고 있던 관객들의 동정심이 여기서부터 무자비한 신에게 패배하여 미쳐버린 펜테우스에게로 옮겨진다.

결국 카드모스의 가문 전체가 응보의 고통을 당한다. 테바이의 유구한 가문이었던 카드모스 가의 그 어떤 사람도 고향인 테바이에 남지 못한다. 펜테우스의 죽음을 당연하다고 주장하는 코러스조차 카드모스에게 내려진 처벌이 너무 과중한 것임을 인정하지 않을 수 없다.[15] 아가베도 자신의 죄를 인정하는 한편으로는 디오니소스의 복수가 지나쳤음을 비난한다. "신이 인간처럼 분노에 휩싸인다는 것은 신으로서 온당치 못하다."는 아가베의 비난에 디오니소스는 그 벌은 이미 오래 전에 예정된 것이었다고 대답한다. 그렇지만 디오니소스의 이 대답은 신의 대답이라고 하기에는 그리 만족스럽지 못한 변명으로 들린다.

펜테우스와 히폴리토스는 모두 신의 분노 때문에 자신들이 무슨 짓을 하고 있는지도 모르는 부모의 손에 파멸된 인간들이다. 그나마 히폴리토스는 분노한 신과 겨루는 또 다른 신에 의해서 그의 무죄가 만천하에 공표되지만 펜테우스는 온전히 동정조차 받지 못한다. 물론 펜테우스에게 전적으로 죄가 없다고 장담할 수는 없지만 어쨌든 그는 자신의 죗값 이상

---

에 대한 카드모스의 애도는 부수적으로 지금까지 오직 치솟는 분노의 심정으로만 바라보았던 펜테우스를 보다 인간적인 관점에서 바라볼 수 있게 만들어 그가 모든 침입자로부터 노인을 보호하였으며 비록 왕으로서의 모든 권력을 가지고 있지만 자신의 그 권한이 어디로부터 왔는지를 잊지 않고 있는 인물로 보이게 한다. 악한에 대한 호도는 그것이 비록 사후에 이루어지는 것이기는 해도 에우리피데스의 극적기교의 흔한 수법의 하나이다. 권위자들의 주장에 의하면 악한에 대한 호도는 지금은 손실되고 없는 아가베의 애도에서도 계속되어 디오니소스가 상실해 버린 우리들 관객들의 동정심을 그녀의 죽은 아들의 편으로 돌리는 역할을 한다." 라고 기술하고 있다.

15) Bellinger, *Ibid*., pp. 23-24: 여기서 베링거는 이 극에서 바로 이 부분이 소실되었을 가능성이 있음을 주장한다.

의 고통을 치르고서도 극의 초반부에서 거의 악한에 가까운 인물로 묘사되기 때문에 동정을 받을 수가 없었던 것이다. 펜테우스만이 아니라 초반부에서 펜테우스에게 갖은 수모를 겪은 디오니소스도 후반부에 가서 복수를 너무나 무자비하게 자행하기 때문에 그 역시 관객들로부터 복수에 대한 정당한 공감을 얻지 못한다. 『바쿠스의 여인들』에서의 낭만적 아이러니는 이러한 양가적 감정ambivalence의 병존에 근거를 둔다.

## 2. 『안토니와 클레오파트라』

『바쿠스의 여인들』과 『안토니와 클레오파트라』(*Anthony and Cleopatra*)의 모호한 해결부분에는 낭만적 아이러니가 내재되어 있다. 낭만적 아이러니는 부분적으로는 작가가 등장인물에 대해 명확하지 않은 태도를 취하는 데서 비롯된다. 『바쿠스의 여인들』에서 에우리피데스는 "신들의 임무"를 신답지 않게 행하는 디오니소스를 비난하지 않는다. 셰익스피어 또한 『안토니와 클레오파트라』에서 주인공들이 벌이는 불륜의 사랑을 미화하지도, 그렇다고 비난하는 태도를 취하지도 않는다. 간음을 곧 악으로 간주했던 『히폴리토스』와는 달리 셰익스피어의 극에서 간음은 악으로 취급되지 않는다. 안토니와 클레오파트라는 그들 자신이 곧 법이다. 안토니는 이렇게 선언한다.

. . . 인생의 존귀함은
이렇게 하는 데 있다. 서로 뜨겁게 사랑하는 한 쌍의 연인이
이렇게 얼싸안을 수 있으니.

. . . the nobleness of life
Is to do thus, when such a mutual pair
and such a twain can do't.

그런 다음 안토니는 자신들이야말로 이 세상에 "둘도 없는" 고귀한 인간임을 세상 사람들이 인정해 주어야 한다고 호소한다.

이러한 아이러니는 부분적으로는 『바쿠스의 여인들』의 주동인물인 디오니소스와 『안토니와 클레오파트라』의 클레오파트라에 대한 극작가의 해석이 모호한 데서 비롯되지만 또 다른 원인은 작가가 태도를 명확하게 밝힌 인물이 그렇지 못한 인물에게 패배 당하기 때문이기도 하다. 에우리피데스의 디오니소스는 동양에서 온 "모략꾼"으로 묘사된다. 마찬가지로 셰익스피어의 클레오파트라는 동양의 "유혹녀"로 그려진다. 그리고 안토니는 자신이 클레오파트라에게 홀려서 분별력을 잃고 있다는 사실을 잘 알고 있다. 그는 로마의 부름도 잃어버린 채 이집트에서 느긋한 생활을 하는 것으로 줄리어스 시저Julius Caesar가 몰락한 때부터 필리파이 전투에서 승리할 때까지 고군분투해 왔던 자신의 업적을 보상받고자 한다.

로마가 티베리스 강물에 먹히어도 좋다
세계를 버티고 서 있는 로마제국의 광대한 아치도 허물어져 버려라.
이곳이 나의 영역이다. 왕국은 한줌의 흙덩이에 불과하다.
이 더러운 대지도 사람이든 짐승이든 다 같이 먹여 길러주지 않는가.

Let Rome in Tiber melt, and the wide arch
Of the rang'd empire fall! Here is my space.
Kingdoms are clay; our dungy earth alike
Feeds beast as man. (1. 1. 33-36)

만일 『안토니와 클레오파트라』의 주인공을 안토니로 가정하고 『바쿠스의 여인들』의 주인공으로 간주될 수 있는 펜테우스와 그를 비교해 본다면 그 두 사람은 극단적인 감정과 극단적인 이성이라는 두 개의 강력한 힘 사이에 끼어서 안정된 위치를 확보하지 못하는 인간의 전형이 된다. 안토니는 클레오파트라의 열정에 너무 가까이 다가감으로써 파멸의 길에 들어선 반면에 펜테우스는 디오니소스에 대한 숭배를 너무 멀리함으로써 안토니처럼 재난의 길에 들어선 인물이다. 요컨대 중도에서 이탈한 길에 파멸이 자리하고 있었던 것이다.

안토니의 파멸은 개막장면에서 그의 친구인 파일로가 "우리 장군님이 요새 사랑에 빠져 정신을 못 차리시는 거 같은데 그 모습이 너무 지나치단 말이야."라고 말할 때부터 이미 예고된 것이었다. 그렇지만 안토니는 자신이 위험에 빠져들고 있다는 것을 스스로 인식하고 있다는 점에서 펜테우스와는 다르다. 클레오파트라에게 흠뻑 빠져서 아무런 부끄러움도 느끼지 못하고 마냥 즐거워하면서도 안토니는 순간적으로 죽은 아내 펄비아 Fulvia와 로마에 대한 자신의 책무16)를 떠올리며 "내 마음을 홀리는 요부 같은 여왕과는 손을 끊어야 해."라고 중얼거려보기도 한다. 하지만 그는 분명히 자신은 이집트를 떠나기도 전에 "남자의 생각을 앞서는 교활한" 클레오파트라에 사로잡혀서 곧바로 "나일의 뱀"에게로 되돌아 올 것임을 너무나 잘 알고 있다.

나는 지금부터
당신의 병사로, 그리고 당신의 종복으로 나아갈 것이요,
당신이 *의도하신 대로* 평화 협정도 맺을 것이고 전쟁도 치를 것이오.

---

16) M. W. MacCallum, *Shakespeare's Roman Plays*, London: Macmillan & Co., Ltd., (1925), pp. 397-99.

I go from hence
Thy soldier, servant; making peace or war
As thou *affect'st*. (1. 3. 69-71)

『안토니와 클레오파트라』의 1막이 주로 안토니와 클레오파트라의 사생활에 할애되었다면 2막은 공적인 운명에 관한 것이다. 폼페이Pompey가 안토니와 시저 두 사람에게 위협을 가해오자 안토니는 옥타비우스 시저Octavius Caesar와의 갈라진 틈을 다시 공고히 다지기 위해서 그 젊은 통치자의 누이인 옥타비아Octavia와 결혼한다. 안토니가 일시적으로 결혼한 옥타비아는 "지성과 교양이 그 어느 누구도 따를 수 없는" 여자이다. 그러나 그 결혼은 임시방편에 불과하다. 이를 너무나 잘 알고 있는 안토니는 "화목을 위해서 이 결혼을 받아들였지만, 내 기쁨은 동방에 있도다."라고 중얼거린다.

이노바버스Enobarbus도 안토니가 클레오파트라의 유혹을 그리 오래 거부하지 못할 것임을 잘 알고 있다. 그래서 이노바버스는 다음과 같은 랩소디rhapsody로 클레오파트라에 대한 애매한 찬사를 늘어놓는다.

나이를 먹었어도 시들지 않고 사귀면 사귈수록 익힌 재주가
무궁무진하여 그녀는 항상 새로운 변화를 보이는걸.
다른 여자들은 남자에게 만족을 주고 염증을 느끼기 마련인데,
여왕은 가장 포식했을 때 더더욱 욕구를 느끼게 하는 거지.

Age cannot wither her, nor custom stale
Her infinite variety. Other women cloy
The appetities they feed, but she makes hungry
Where most she satisfies; (2. 2. 234-37)

여기서 이노바버스는 셰익스피어 비극의 코러스라는 점을 염두에 두어야 할 것이다.[17] 안토니와 클레오파트라에 대한 셰익스피어의 해석은 주로 플루타르크Plutarch에서 차용된 것이지만 이노바버스의 성격은 전적으로 셰익스피어 자신의 창작이다. 셰익스피어는 버림받고 환멸감에 차서 죽는 이노바버스를 냉소적이면서도 부드러운 마음의 소유자로 만들었다.

3막에 이르면 공적인 운명과 사적 운명이 결합되어 전쟁과 사랑이라는 테마로 제시된다. 클레오파트라는 "안토니에게 손짓을 하여 그를 자신의 편으로 끌어들이는 데 성공하고," 이에 안토니는 여러 왕국을 클레오파트라와의 음탕한 관계에서 생겨난 "사생아"들에게 날려버리기 시작한다. 옥타비우스 시저는 지중해 세계에서 로마의 이득을 지키기 위해 안토니와 악티움 전투를 치를 채비를 한다. 그런데 클레오파트라가 그 싸움에 끼어드는 중대한 실수를 저지른다. 이노바버스의 충고를 거절하면서 클레오파트라는 "뒤로 물러나지 않을 것"이라고 단언한다. 그녀는 해상전투에서 도주하는데 안토니는 도망가는 그녀의 뒤를 좇아가다가 그 역시 실패를 자초한다. 이노바버스는 보다 나은 방향을 명령하는 스스로의 판단력까지 어기면서 한참 동안을 이미 기울어버린 자신의 상관의 "상처투성이 운명"을 따라 간다. 자신의 상관과 운명을 같이 하는 동안 이노바버스는 머리칼이 희끗거리는 장군의 모습에서 예언자가 말했던 수호의 정령을 떠올린다.

시저의 곁에 없으면,
훌륭하고 용감하고 숭고하고, 아무도 맞설 수 없는 장군님의 수호신이. . .

---

17) Harley Granville-Barker, *Prefaces to Shakespeare*, London: Sidgewick and Jackson, Ltd., (1935), pp. 224-27.

Noble, courageous, high, unmatchable,
Where Caesar's is not. . . (2. 3. 21-22)

그렇지만 폼페이가 "다른 두 사람의 군인정신을 합친 것보다 두 배나 되는 군인정신"을 갖춘 "삼각기둥"이라고 칭했던 안토니는 지금까지 자신은 "사랑 때문에 무디어진 칼자루"를 쥐고 있었다는 것, 그리고 자신을 패배시킨 진짜 정복자는 시저보다 더 강한 클레오파트라였다는 사실을 비로소 깨닫는다.

"이것이 안토니의 잘못이냐, 아니면 과인의 잘못이냐?"고 묻는 클레오파트라의 물음에 대해 "자신의 의지로써 이성을 지배할 수 있는 사람은 안토니 뿐"이라는 이노바버스의 대답은 그녀의 해상 도주의 실책을 변명해 주기 위한 것임에 틀림없다.

펜테우스가 디오니소스의 최면적 힘에 쓰러졌던 것처럼 안토니는 클레오파트라의 기만적인 영향력 앞에 서서히 무릎을 꿇고 만다. 그러나 안토니가 펜테우스와 다른 점은 그 자신이 클레오파트라가 위험한 존재라는 사실을 잘 알고 있었고, 그래서 한 때는 그녀로부터 마음을 거두어 드릴 결심을 했었던 순간도 있었다는 점이다. 그러나 안토니가 이러한 결심을 했던 때는 이미 그의 운명은 이집트의 클레오파트라의 운명과 뗄 수 없을 정도로 얽혀 있었기 때문에 로마로 되돌아갈 수 없는 상황이었다. 시저의 전령이 클레오파트라의 손에 의례적인 키스를 하자 질투심에 사로잡힌 안토니는 갑자기 합법적 권리를 가진 자신의 아내 옥타비아를 회상한다.[18)]

18) E. E. Stoll, *Poets and Playwrights*, Minneapolis: University of Minnesota Press (1930), p. 26.

로마에 있는 나의 침상을 비워 두어서,
법적으로 떳떳한 후손을 얻는 일을 참아야 했던 것이,
여자들의 보석이라는 계집에게, 그러니까
하인 놈들에게까지 추파를 던지는 계집에게 속기 위해서였더란 말인가?

Have I my pillow left unpress'd in Rome,
Forborne the getting of a lawful race,
And by a gem of women, to be abus'd
By one that looks on feeders? (3. 13. 106-09)

안토니는 앞뒤를 분간치 못하고 맹목적으로 잘못된 길을 좇아 왔던 스스로를 비난한다.

사람이란 악덕으로 굳어버리면. . . .
아, 참으로 서글픈 일이로고! ─ 현명하신 신들은 우리의 눈을 가리고
명석한 판단력을 쓰레기통에 쏟아 넣고 과오를 찬양하고
파멸의 길을 거드럭대며 가는 우리들을
바라보고 조소하는 법이야.

And when we in our viciousness grow hard ─
O misery on't! ─ the wise gods seel our eyes;
In our own filth drop our clear judgements; make us
Adore our errors; laugh at 's while we strut
To our confusion. (3. 13. 111-15)

뿐만 아니라 나이도 더 많고 지금까지 승승장구하던 안토니가 시저의 군

사적 성과에 대해서마저 원색적인 질투심을 드러내는 상황이 되어버린다.

그자가 나를 노하게 했다. 그자는 내 과거를 잘 알면서도
시덥지 않게 무시해버리고 지금의 내 신세만 생각하고
오만불손한 태도로 나오니까 말이야.

He makes me angry with him; for he seems
Proud and disdainful, harping on what I am,
Not what he knew I was. (3. 13. 141-43)

이노바버스가 지적한 것처럼 분노로 인해 두려움도 잊어버린 안토니는 결연히 앞으로 나설 결심을 하는데 결장에 나서는 안토니를 위해 클레오파트라는 마지막으로 그의 갑옷의 죔쇠를 채워준다. 안토니가 이끄는 군대는 육지에서 잠깐 승리하더니 해전에서 최후로 패배함으로써 결국 그의 함대는 시저에게 굴복하고 만다. 패배감에 어쩔 줄 모르던 안토니는 성급하게도 "이 사악한 이집트 계집이 나를 배신했구나."고 속단한다.

안토니의 기운을 북돋아 주기 위해 클레오파트라는 자신이 안토니의 이름을 부르며 죽었다는 거짓 보고를 그에게 전달케 한다. 그런데 그녀의 이러한 책략이 도리어 안토니의 죽음을 초래하는 결과를 낳는다.[19] 안토

19) MacCallum, *Ibid.*, p. 342.
맥컬룸은 이 책에서 셰익스피어의 3개의 비극 속 사랑의 테마를 아래와 같이 비교하고 있다. "『로미오와 줄리엣』에서 셰익스피어는 황홀함과 경이로움, 그리고 인생의 가혹한 현실들과 마찰을 일으키다가 쓰러지는 사랑의 절망을 묘사함으로써 젊은 연인들의 사랑을 이상화한다. 『트로일러스와 크레시다』(*Troilus and Cressida*)에서는 사랑이 무가치하게 바쳐졌을 때 경외감과 고귀함이 결여됨으로써 겪는 사랑의 내적인 소멸을 그린다. 『안토니와 클레오파트라』에서의 사랑은 첫째로 어떤 계시도 아니고 둘째로 환상도 아니며 단지 정신을 홀리는 것에 지나지

니의 죽음은 금욕적인 강인함으로 "스스로를 극복했었던" 브루투스의 태도에는 못 미친다 하더라도 어느 정도는 브루투스의 죽음과 상통하는 면이 있다. 브루투스처럼 안토니가 자결을 결심하게 된 동기 중의 하나는 자신을 죽이고 나서 의기양양해 할 적들의 승리감을 애초에 빼앗아버리자는 것이었다. 안토니는 친구인 이로스Eros에게 "자네는 나를 치는 것이 아니고, 바로 시저를 패배시키는 것일세."라고 말하면서 자신을 죽여달라고 애원한다. 그렇지만 이로스는 자신의 손으로 상관을 죽일 수가 없어서 칼끝을 자신에게 돌려버린다. 스스로 목숨을 버리는 이로스에게서 안토니는 죽음을 "가볍게" 받아들이는 고귀한 인간의 모습을 발견한다. 그래서 안토니는 한편에서는 시저의 개선행진을 지켜보아야 하는 수모를 피하고 싶은 마음과 죽음을 통해서나마 다시 클레오파트라와 결합하여 그녀의 "신랑"이 되고 싶은 보다 더 중요한 이유로 인해 사랑에 취한 듯, 스스로 칼 위에 쓰러지고 만다. 그러나 칼 위에 스스로 몸을 던진 직후에 안토니는 자신의 신부는 아직 죽음의 길로 떠나지 않았다는 사실을 알게 된다. 그럼에도 불구하고 마지막 숨을 몰아쉬면서 안토니가 걱정하는 것은 대부분 클레오파트라의 안전에 대한 배려였다. "로마인다운" 죽음을 택해야 자신의 명예가 회복될 것이라는 생각이 잠시 안토니의 머릿속을 스치지만 자신이 죽은 후 애도의 무덤에 갇혀 있을 클레오파트라를 생각하고는 시저에게 애걸을 해서라도 그녀의 안전과 명예를 구해 주라는 당부를 한다.

안토니가 없는 세상은 클레오파트라에게 "어른 아이의 구별조차 없는" 텅 빈 세상에 불과하다.[20] 비로소 한결 겸손해진 클레오파트라는 이

않는다. 그러한 사랑에는 우상화되거나 아니면 미숙함과 같은 젊은이다운 것이라고는 찾아보기 어렵다. 그것은 세속적으로 나이를 먹은 남자와 술책에 닳고 닳은 여자를 사로잡는 그러한 사랑이며, 따라서 이들은 극중에 드러나 있듯이 서로를 감언이설로 유혹하여 두 사람을 모두 파멸시켜버린다."

20) *Ibid.*, pp. 450-51.

렇게 울부짖는다.

> 나는 이제 여왕도 아니고,
> 소젖이나 짜고 막일하는 농군의 딸이나 진배없는
> 감정을 가진 여자일 뿐이다.
>
> No more but [e'en] a woman, and commanded
> By such poor passion as the maid that milks
> And does the meanest chores. (4. 15. 73-75)

나중에는 그 오만했던 클레오파트라가 "영광의 몰락이 오히려 나를 더 나은 삶으로 이끌어 주는구나."라고 말할 정도까지 된다. 안토니가 그랬던 것처럼 전쟁에서 승리함으로써 "영원히" 시저의 것이 되어버린 로마에서 살아야 하는 수모를 피하기 위해 그녀 또한 자결을 결심한다.

> 로마의 고상한 양식에 따라 처신하여,
> 죽음의 신이 우리를 데려가게 해야지.

---

위 책에서 맥컬룸은 클레오파트라에 대해 이렇게 논평한다. "그녀의 사랑 역시 비록 변덕스럽기도 하고 그러면서도 한편으로는 몹시 놀라운 일이기는 하지만 어쨌든 시련에 의해서 깊어지고 진지해진다. 악티움에서의 전투가 있은 후에 그녀의 사랑은 거짓과 변덕스러움이 없어진다. 악티움 전투가 있기 전에 안토니의 태만을 조롱하는 그녀의 말이 관객이 듣는 조롱과 변덕이 섞인 마지막 대사이다. 이때부터 그녀가 자신의 신의를 주장하거나 안토니에게 도피하라고 재촉하거나 아니면 다시 돌아온 안토니를 반겨 맞을 때나 그녀의 대사는 모두 새로운 진지함과 무게가 담겨 있다."

. . . after the 'high Roman fashion,
And make Death proud to take us. (4. 15. 87-88)

그러나 왕관을 손질하면서 하녀에게 하는 그녀의 말을 미루어 짐작컨대, 클레오파트라가 자결을 결심하는 더욱 중요한 동기는 안주인의 미움을 받고 그 슬픔 때문에 죽은 이라스Iras가 그녀보다 먼저 "곱슬머리 안토니"를 만나 "천국"과도 같은 안토니의 키스를 받기 전에 한시라도 빨리 서둘러서 "시드너스"로 달려가 안토니를 만나서 자신이 먼저 "꺼지지 않는 욕망"을 충족하려는 것이다. 이집트의 코브라 뱀에 물려서 죽는 자신의 모습을 상상하면서 클레오파트라는 뱀에 물리는 고통을 "연인에게 꼬집히는 것처럼 아프면서도 즐거운" 것이 되리라 여긴다. "죽은 척 잘하기로 명성이 자자한," 그래서 이노바버스가 "스무 번은 죽은" 척하는 것을 보았다던 이중적인 클레오파트라가 마침내 "대리석처럼 견고하게" 자결의 결심을 굳힌다. 그녀는 스스로를 로마인의 아내라는 이름을 받을 자격이 있다고 생각한다.[21]

나의 남편이여, 이제 나는 당신에게로 가나니!
나의 용기여, 그분의 아내답게 부끄럽지 않게 해다오!

Husband, I come!
Now to that name my courage prove my title! (5. 2. 287-88)

영민한 시저는 관례에 따라서 안토니와 클레오파트라의 시신을 매장할 것

21) *Ibid*., p. 451.
"무엇보다 클레오파트라가 스스로를 안토니의 아내로 대접받을 권리가 있다고 생각하는 것으로 처리한 점이 가장 놀랍다."

을 명하면서 자신의 승리의 영광이 감소될 우려가 있음에도 불구하고 로마식의 과장된 수식어를 총동원하여 고인을 찬양하는 마지막 헌시를 낭송한다.

이러한 비참한 사건은
그 사건을 일으킨 자에게 큰 감동을 주는 법, 그리고 그들의 이야기는
비극을 빚어낸 승리자의 영광이기도 하겠으나
온 세상의 영원한 동정을 불러일으킬 것이다.

High events as these
Strike those that make them; and their story is
No less in pity than his glory which
Brought them to be lamented. (5. 2. 360-63)

그렇지만 시저 역시 비록 안토니가 자결해버림으로써 한결 승리의 수위가 감소되긴 했으되 안토니가 가엾게 여겨질수록 "자신의 영광"에 대해 우쭐한 기분이 드는 것은 어쩔 수 없다.

안토니의 죽음과 함께 비극이 마무리되면서 "3월 15일을 경계하라"로 시작된 공적인 운명의 장도 마무리된다. 공적 운명에 대해서는 시저의 다음과 같은 말 속에 적절하게 드러나 있다.

안토니의 죽음은
한 개인의 운명에 그치는 것이 아니다. 그의 이름에는
세계의 절반이 걸려 있느니라.

The death of Anthony

Is not a single doom; in the name lay
A moity of the world. (5. 1. 17-19)

그러나 셰익스피어의 비극적 관점은 연인들의 사랑이 죽음으로 마무리된다는 점이다.22) 플루타르크나 드라이든Dryden과는 달리 셰익스피어는 사랑하는 연인들의 비극에 그 어떤 도덕적 요소도 개입시키려 하지 않기 때문이다.23) 옳고 그름이 팽팽한 중립을 이루는 세상에서 클레오파트라는 디오니소스와 마찬가지로 하나의 원칙을 대변한다. 비록 극 중에서는 그 원칙이 파괴되어 있지만 낭만적 아이러니의 모호함을 보여주기 위해서는 여전히 각광받고 있는 원칙이기도 하다.

---

22) *Ibid.*, p. 341.
"그[셰익스피어]에게 클레오파트라에 대한 안토니의 헌신은 그의 경력상 중요한 사건이다. 왜냐면 그것은 그의 옹졸함만이 아니라 위대함을 드러내어 그를 파멸시키는 동시에 그의 이상을 드러내 보여주는 사건이기 때문이다."

23) Dryden, *Dramatic Works*, ed. Montague Summers, London: Nonesuch Press (1932), IV, 180-81: 여기서 드라이든은 『사랑만을 위해』(*All for Love*)라는 책의 서문에서 아래와 같이 논평한 바 있다.
"합리적인 많은 사람들이 결론을 내려놓은 지 이미 오래이다. 즉 시의 주인공은 완벽한 미덕의 인물이어서는 안 된다. 왜냐하면 아무런 불의도 없이 한 인간을 불행하게 만들 수는 없기 때문이다. 또한 완전히 사악해서도 안 된다. 왜냐하면 그런 경우에는 연민의 정을 불러일으킬 수가 없기 때문이다. 그래서 나는 그 중간단계로 방향을 잡고서 안토니라는 인물을 플루타르크, 아피아노스Appian, 디온 카시우스Dion Cassius 등이 우리에게 남겨놓은 것처럼 대부분 우호적으로 묘사되어 왔는데 내가 클레오파트라에게서 관찰한 바도 이와 같다. 그토록 높은 신분의 고귀한 인물에게 연민의 정을 느끼기 어렵다는 주장 또한 나에게는 그 스토리를 보아서 그리 타당한 주장이 아닌 듯하다. 왜냐하면 그 두 사람이 범하는 사랑의 죄가 그 어떤 필연성에 의한 것도, 그렇다고 운명적인 것이라서 몰라서 저지른 것도 아닌, 순전히 자발적으로 이루어진 것이기 때문이다. 우리의 열정은 우리들 자신의 힘 안에 있는 것이고, 또한 그래야만 하는 것이므로."

6장

# 금욕주의

*Stoicism*

본래 금욕주의Stoicism 철학은 그 분파가 많고 이론 또한 다양하였다. 그럼에도 금욕주의 철학에 공통적으로 적용될만한 몇 가지 보편적 원칙들은 있다. 소크라테스Socrates의 가르침에서 생겨나 플라톤Plato과 아리스토텔레스를 통해 퍼져나갔던 금욕주의 철학은 그 분파에 상관없이 올바른 행동을 유도하는 이성의 우월성을 강조하였다. 또한 그들은 행동의 실수가 고통을 초래할 수 있다고 믿었다. 그렇지만 소크라테스와 동시대인이었던 아이스킬로스나 소포클레스의 여러 비극들에서 볼 수 있는 바와 같이 금욕주의자들은 고통이 성격을 단련시킨다고 믿었다. 지혜는 고통으로부터 얻어진다는 것이었다.

그런데 이러한 소크라테스의 가르침을 바탕으로 했던 금욕주의가 갑자기 그 노선을 바꾸었다. 금욕주의자들은 이성을 중시하되 올바른 행동보다는 “올바른 동기”를 유도하는 이성을 강조하는 경향으로 흐르게 되었으며 그 결과 행위보다는 의지의 중요성을 강조하게 되었던 것이다. 그리하여 이제 "에토스"는 주인공의 "올바른 의도"와 그 어떠한 대가를 치르더라도, 이를테면 가족이나 국가에 대한 의무나 심지어 생명까지 희생시키는 한이 있더라고 기필코 덕을 실천하고자 하는 주인공의 의지에 초점이 맞추어진다.

아이스킬로스와 소포클레스는 "폴리스"(*polis*) 즉 도시국가를 떠난 도덕적 존재는 생각할 수가 없었다. 이들 극작가들의 인물들은 아무리 잘못된 질서라 할지라도 사회질서 안에 거주하는 존재들이다. 그런데 금욕주의자들은 대체로 국가에 대한 충성심을 지키려 노력은 하지만, 만일에 국가에 대한 충성심이 자신이 달성하고자 하는 이상과 마찰을 일으키게 되면 국가에 대한 충성심까지도 포기할 수 있어야 한다고 믿는다. 그래서 금욕주의자들은 때로 세상으로부터 자신의 행위가 사악하다고 매도되는 시련을 감수해야만 하는 경우도 있다. 그렇지만 고귀한 목적을 위한 행동이었다면 그것은 결코 금욕주의자 당사자에게는 악이 되지 않는다.1) 로마의 황제 네로Nero 제국의 견디기 힘든 정치상황 아래서 충성스러운 존재로 살아간다는 것이 얼마나 어려운가를 절실하게 느꼈던 세네카Seneca는 금욕주의 철학에서 그 도피처를 찾았다. 세네카는 자신의 바람직한 동기로 인해 닥쳐올지도 모를 고통을 금욕주의 철학이 잊게 해 주기를 원했으며, 심지어 죽음의 공포까지도 금욕주의 철학이 망각시켜줄 수 있기를 소망했다.

금욕주의는 사실 아리스토텔레스의 에토스의 개념과 공통되는 점이 거의 없다. 왜냐하면 이상적인 금욕주의 영웅은 자신의 올바른 의도를 지켜나가기만 하면 결코 잘못을 저지르는 일이 없을 것이며, 따라서 그런

---

1) Willard Farnham, *The Medieval Heritage of Elizabethan Tragedy*, Berkeley: University of California Press, (1936), pp. 419-20.

주인공에 대해서 관객은 아무런 공포심도 느낄 수 없을 것이다. 게다가 금욕주의의 영웅이 성취한 강인함은 소위 세속적인 고통을 초연히 받아들일 수 있는 무심한 사람으로 만들어주고, 그리하여 관객은 아무런 고통도 느끼지 않는 사람에게 하등의 연민의 감정도 느낄 수 없을 것이기 때문이다.

세네카의 『헤라클레스』(*Hercules Oetaeus*)는 금욕주의 영웅의 개념을 다룬 극이다. 이 극의 주인공 헤라클레스는 셰익스피어의 『줄리어스 시저』(*Julius Caesar*)의 브루투스Brutus에 비견될만한 인물로서 그들은 둘 다 강인한 금욕주의적 목적으로 인해 죽음을 맞지만 완벽에 가까운 그들의 강인함은 그 죽음까지도 이겨낸다.

## 『헤라클레스』와 『줄리어스 시저』

### 1. 『헤라클레스』

그리스 비극은 항상 인간이 통제할 수 없는 힘들의 존재를 인정하면서도 인간의 자유 또한 어느 정도까지는 인정하였다. 아이스킬로스나 소포클레스의 비극은 선의 달성은 외부적 힘의 개입보다는 인간 자신의 활동에 의해 이루어진다고 보았다. 인간의 탁월함이 무엇인가를 탐색하는 과정에서 이 두 그리스 극작가들은 소위 "아레테"라고 일컬어지는 탁월함을 성취하기 위해 모든 사람이 투쟁해야 한다는 점을 역설하였다.[2)]

고귀한 인품의 정수인 지혜는 고통을 통해 얻어진다는 격언을 최초

---

2) Greene, *Moira*, p. 142: 그리스어로 "아레테"(*arete*)는 라틴어 "덕"(*virtus*)의 의미를 내포한다.

로 비극으로 풀어낸 극작가는 아이스킬로스이다. 그러나 "아레테"의 중요성을 아이스킬로스보다 더욱 강조했던 극작가는 소포클레스였다. 소포클레스의 비극에서 인간이 고난을 겪는 것은 주로 도덕률을 위반했기 때문이다. 모르고 저지른 일이거나 아니면 보다 더 높은 명령에 복종한 때문이라는 이유를 들어 소포클레스의 주인공은 죄의 부분적인 책임만 지고서 결국에 가서는 콜로노스의 오이디푸스처럼 용서를 받는다.

윤리적 문제를 가장 탁월하게 다루었던 에우리피데스의 극은 그 강조하는 바가 분명히 다르다. 그의 극은 주로 적대적인 역경에 맞서 싸우는 인간의 강인함을 주장하기보다는 외부적 힘과 마주한 인간의 나약성을 부각시킨다. 에우리피데스의 결론은 역경이란 인간이 대항하기에는 너무나 강력한 것이어서 인간이 아레테를 성취한다는 것은 거의 불가능에 가깝다는 것이었다. 우주를 관장하는 힘의 주체가 무엇이건 인간의 삶은 바로 그 힘이 베푸는 자비 여부에 달려 있다. 에우리피데스와 세네카의 극에서 인간이 고통을 겪는 것은 초자연적인 힘의 변덕 때문이다. 이 두 극작가의 극에서 고통을 겪는 당사자의 도덕적 과오 여부는 처벌과 아무런 상관이 없다. 이들의 작품에서 구태여 도덕적 죄과를 논하고 아레테의 개념의 근거가 되는 이분법적 요소인 덕과 악에 대해 논할 수 있으려면 아레테의 성취에는 자유가 존재한다는 가정이 있어야 한다.

금욕주의자들에게는 아레테의 성취가 탁월함이라는 미덕과 동일한 의미로 간주되었으며 금욕주의 철학의 주요 관심사는 아레테의 성취가 되어버렸다. 이는 세네카나 그 밖의 다른 금욕주의 철학자들의 저서들을 살펴보면 금방 확인할 수 있다. "자연에 따라서" 산다는 금언이야말로 금욕주의 윤리의 이상을 대변한다.[3] 금욕주의자는 자연이란 근본적으로 합리적이고 선한 것이므로 자연에 자신의 의지를 일치시키면 덕을 이룰 수 있

3) *Ibid.*, p. 341.

고, 이렇게 달성한 덕은 인간에게 모든 행복을 가져다준다고 믿는다. 올바른 이성에 따라 자연에 복종하는 것은 적대적 환경 속에서의 단련과도 관계가 있는 바, 바로 이것이 금욕주의 철학의 학문적 근거였다. 그래서 금욕주의자는 자신의 이성이 명하는 것이 곧 자연의 의도라고 믿고서 내면의 삶을 단련시키고자 한다. 그들은 비록 인간이 자연을 변화시킬 수는 없지만 스스로를 바꿀 수는 있다고 생각했던 것이다.[4)]

자연에 따르는 훈련에서 의지나 동기는 행위 그 자체보다 더욱 중요시 되었고,[5)] 광기로 인해 무엇이 선인가를 판단할 수 있는 이성을 잃어버린 경우를 제외하고는 선한 의지는 성취 가능한 것으로 믿어졌다.[6)] 자연에 완벽하게 복종하는 것을 배우는 일은 불운의 영향을 받지 않는 미덕이었다.

"시인들 가운데서도 가장 비극적"이라고 일컬어지는 에우리피데스의 극들에서 세네카가 자신의 취향에 맞는 소재를 찾아냈다는 사실은 그리 놀라운 일이 아니다. 흔히 파멸의 고통을 겪는 사람에 대한 파토스의 정서가 절정에 이르렀을 때 끝나는 에우리피데스의 불행한 결말에 세네카는 적대적인 세계로부터 금욕주의 철학의 승리라는 도피처를 제공하였다. 『헤라클레스』의 주인공 헤라클레스는 세네카 비극의 금욕주의 철학, 즉 역경은 인간에게 미덕을 발휘할 수 있는 기회를 제공한다는 원칙을 탁월하게 구현한 인물이다. 다시 말해서 『헤라클레스』의 영웅은 고통을 과감하게 인내함으로써 불멸성을 획득한 인물인 것이다.[7)]

---

4) *Ibid.*, p. 342.

5) *Ibid.*, p. 161.

6) Farnham, p. 18.

7) Hardin Craig, "The Shackling of Accidents: A Study of Elizabethan Tragedy," *Philological Quarterly,* XIX (1940), 1-19 passim: 여기서 크레이그는 세네카의 헤라클레스와 관련된 금욕주의적 강인함에 대한 보편적 개념을 논하고 있다.

헤라클레스는 강인한 인간이다. 더욱이 그는 자신이 가진 인간 이상의 힘을 대부분 인류를 위한 봉사에 사용하였다. 헤라클레스는 세계를 정복하고 지상의 곳곳에 평화를 이룩해 왔다. 뿐만 아니라 그는 플루토Pluto[8]의 구역인 지하세계까지 정복하여 세계의 모든 땅이 헤라클레스의 업적을 찬양하기에 이르렀다. 세네카의 극에서는 바로 이 헤라클레스가 프롤로그에 등장하여 호언장담을 한다. 그는 오이칼리아Oechalia를 정복한 자신의 가장 최근의 위업을 언급하는 것으로 프롤로그를 마무리한다. 그런데 헤라클레스의 아내인 디아니라Dianira는 헤라클레스가 호언했던 바로 그 최근의 위업을 잊을 수가 없다. 헤라클레스가 오이칼리아와 그 나라의 왕을 파멸시켰던 것은 다름 아닌 왕의 딸인 이올레Iole를 포로로 잡아오기 위함이었기 때문이다. 결국 디아니라의 질투심이 영웅 헤라클레스의 죽음을 초래하게 되는데 이것이 바로 『헤라클레스』의 테마가 된다.

아버지의 가문과 그녀를 치장해 주었던 장신구들이 없어져버린 지금 헤라클레스는 더욱 더 포로가 된 이올레를 사랑하고, 그 때문에 디아니라는 이 아름다운 젊은 포로 여인에게 극심한 질투심을 품는다. 디아니라는 "아마도 남편은 연민의 정 때문에 그녀의 바로 그 슬픔을 사랑하는 것인지도 몰라."라고 생각하면서 자신을 달래보기도 한다. 유모가 디아니라를 위로하려고 애를 쓰지만 그녀는 상념을 떨쳐버릴 수가 없다. 사념에 젖은 그녀는 "얼마 전까지만 해도 내 마음을 충족시켜 주었던 것들이 모두 사라져버렸거나 나와 함께 추락하고 있다. 늙음은 그 발길을 재촉하며 자꾸 자꾸 세월을 낚아채고, 그것은 나에게서 어머니다움마저 강탈해 간다."고 말한다.

지금까지 유피테르Jupiter/Jove[9] 신의 며느리이며 헤라클레스의 아내

---

8) 플루토Pluto: 명부의 신 하데스Hades의 로마식 이름.

9) 유피테르Jove: 제우스Zeus의 로마식 이름.

라는 위치에 자긍심을 느껴왔던 디아니라는 남편인 헤라클레스를 사랑에 빠진 보잘것없는 인간, 호색한, 세상을 기만한 인간 말종으로 서슴없이 경멸하면서 "유노Juno[10]가 반드시 그의 죄에 응답해 주리라."고 믿어 의심치 않는다. 몹시 화가 난 그녀는 이렇게 결론을 내린다. "이제부터 여러분은 이 도시에서 저 도시를 황갈색 사자의 전리품을 등에 업고 돌아다니면서 비천한 사람들에게는 왕국을 제공해 주고 오만한 자에게서는 왕국을 빼앗는가 하면 무시무시한 손에는 거대한 곤봉을 들고 저 먼 이국의 싸이렌Sirens[11]이 그의 공적을 노래하고 누가 사는 세상에서건 그를 모르는 자가 없는 사람이라고 명성이 자자한 인간을 만나게 되리라. 하지만 그는 극히 보잘 것 없는 인간으로 그를 자극시키는 것은 그 어떤 영광에 대한 매력이 아니다. 그가 세상 이곳저곳을 방랑하고 다니는 것은 유피테르 신과 경쟁하기 위해서도 아니고, 그리스 도시들에 유명을 떨치고 싶어서도 아니다. 그가 쫓는 것은 오직 사랑을 나눌 여자이며 그의 모험의 목적지는 다름 아닌 여인네들의 규방이다. 누군가 그를 거부하면 그는 여자를 강탈해버리고 그 여자의 나라에 분노를 폭발시켜서 잿더미 가운데서 신부를 찾아낸다. 이렇게 절제되지 못한 과도함을 우리는 영웅적이라고 일컫는다."

처음에 헤라클레스에 대한 복수를 계획하면서 디아니라는 한편으로는 스스로 잘못을 범하고 있음을 인정하면서도 격정을 구실로 자기변명을 늘어놓는다. "내가 지금 끔찍한 죄악을 저지르고 있음을 나도 솔직히 인정하는 바이다. 그렇지만 격정이 나에게 행할 것을 명령한다."고 나중에

10) 유노Juno: 헤라Hera의 로마식 이름.

11) 싸이렌Siren: 새의 발톱과 날개가 날린, 또는 여자의 머리와 목소리를 가진 새로 묘사되는 신화 속의 괴녀이다. 노래로 선원을 유혹하여 파멸시키는 새인 동시에 여자로 묘사된다.

자신의 입으로 선언하는 것처럼 디아니라는 남편인 헤라클레스를 사랑하고 있음이 분명하다. 그러나 애정을 빼앗겨버린 수치심이 그녀를 왜곡시킨다. 복수를 위해 그녀는 기꺼이 죽음까지도 감수하려고 한다. 디아니라는 격렬하게 울부짖는다. "오! 헤라클레스의 신부가 되어 그의 그늘 아래 머물러 있을 때는 달콤하겠지. 그렇지만 나의 복수를 벗어나지는 못하리라. 만일 이올레가 헤라클레스의 아이를 임신한다면 나의 두 손으로 때가 되기도 전에 그 배를 갈라놓으리라. 그리고 그녀의 결혼식에서 타오르는 횃불의 화염을 그 창녀의 얼굴에 쏘아 주리라. 분노에 휩싸인 헤라클레스로 하여금 바로 그의 결혼식 날의 제물로 이 몸을 살육케 하는 거야. 그렇게 되면 나는 이올레의 시체 위에 쓰러지겠지. 증오하는 인간들을 짓이기며 그는 만족해 하리라."

남편의 사랑을 되찾으려면 마술이라도 써보라는 유모의 제안에 디아니라는 문득 괴물 네소스Nessus[12]의 피를 발라두었던 옷가지를 생각해 낸다. 켄타우로스 네소스가 언젠가 남편이 배신했을 때 자신의 피를 바른 옷을 입히면 남편의 사랑이 되돌아올 것이라는 약속과 함께 자신의 피를 디아니라에게 주었던 것이다. 디아니라는 그 치명적인 선물을 헤라클레스에게 보낸다.

그 후 헤라클레스의 아들 힐로스Hyllus가 뛰어 들어와 어머니가 보낸 옷을 입은 헤라클레스가 어떤 고통 속에서 죽어갔는지를 설명해 주자 그제야 디아니라는 참회의 눈물을 흘리며 자신도 즉시 자결할 결심을 한다. 이를 눈치 챈 힐로스와 유모가 그녀의 결심을 단념시키기 위해서 헤라클

---

12) 켄테우로스 네소스Nessus: 반인반마의 켄타우로스 족으로 헤라클레스의 아내였던 디아니라를 등에 태워 건네주는 척하면서 그녀를 겁탈하려다가 헤라클레스의 화살에 맞아 죽는다. 죽어가던 네소스가 디아니라에게 자신의 피가 묻은 옷가지를 건네주면서 헤라클레스가 변심했을 때 그 옷을 입히면 사랑을 되찾아 줄 것이라고 말한다.

레스의 죽음에 관한 디아니라의 책임을 덜어주기 위한 설득을 편다. "죄를 범할 의도가 없이 죄를 지은 자는 죄인이 아니다." "살면서 행위 그 자체를 용서하지는 않아도 판단의 실수 때문에 죄를 지은 당사자를 용서하는 일들이 얼마나 많은가"라고 힐로스는 간청하고 또 간청한다. 힐로스는 어머니에게 헤라클레스 자신도 광기가 발작하여 자신의 아내였던 메가라와 친아들을 둘씩이나 살해했었음을 상기시키면서 "세 사람이나 살육한 살인자라는 엄연한 사실이 변치 않았음에도 아버지는 광기라는 그 행위 자체를 용서한 것은 아니지만 자신은 용서했었다." "아버지는 자신의 죄는 정화되었고, 그래서 죄를 범한 두 손도 깨끗이 씻겼노라."고 말한다. 히폴리토스가 자신의 아버지 테세우스를 용서했듯이 동기가 선하면 행위는 용서받을 수 있는 것이다. 이것이 바로 에우리피데스의 『히폴리토스』가 의미하는 바이다.

디아니라는 헤라클레스를 잃은 상실감으로 인해 삶을 하찮게 여기게 된다. 자살은 자포자기의 최후의 행위일 것이다. 그러나 자살은 다른 한편으로는 용서로 가는 길이기도 하다.13) 디아니라는 "오, 무적의 남편이여, 비록 나의 이 두 손은 죄에 물들었어도 나의 영혼만은 무죄합니다."라고 울부짖는다. 디아니라는 "때로 죽음이 징벌인 경우도 있지만, 그러나 그것이 오히려 은혜인 때가 많으며 많은 사람들에게 용서를 입증하는 방법이었다."는 것을 깨닫는다. 그녀는 사면권이 지하세계의 신들의 손에 있음을 예감한다. 에우리피데스의 페드라와 마찬가지로 디아니라 역시 자신의 손으로 죽음을 실행함으로써 자신의 무죄를 입증하고자 한다. 그녀는 "나의

---

13) Bowers, *Elizabethan Revenge Tragedy*, p. 264.
여기서 바우어스는 "세네카의 3명의 대표적인 복수자인 아트레우스와 아이기스토스, 메디아는 모두 악인들이지만 『헤라클레스』의 디아니라는 실수로 복수자가 된 것이므로 자살이라는 속죄행위로써 그녀의 죄는 정화될 수 있다."고 주장한 바 있다.

죄는 사랑의 죄였다."면서 자신의 무죄를 강변하며 자책의 광기 속에서 자살을 감행한다. 그녀의 죄에 대한 사면은 나중에 힐로스의 해명을 들은 헤라클레스가 그녀의 무죄를 인정한 다음에나 가능하리라. 그러나 헤라클레스가 후일 금욕주의적 강인함으로 동정심을 받을 수 있었던 것과는 달리 디아니라가 감행한 자살은 동정을 불러일으키지 못한다.

자신에게 죽음이 다가오고 있음을 깨달았을 때 헤라클레스를 회한에 빠지도록 만든 것은 그토록 많은 괴물들과 사람들을 죽인 자신이 이제 와서 유노 여신의 손에 의해서도 아니고 심지어 아마존의 여전사도 아닌 "한 아녀자의 손에" 불명예스럽게 패배하고 말았다는 그것이었다. 자신의 몸속의 중추기관들을 태우고 있을 병균들을 찾아내고자 헤라클레스는 입고 있던 옷을 모조리 찢어버리고 맨 몸뚱이가 된다. 고통이 가라앉자 눈물이 나기 시작한다. 그러나 소포클레스의 오이디푸스처럼 헤라클레스는 자신이 눈물을 흘리고 있다는 사실에 수치심을 느끼며 "강인한 의지로 흘러내리는 눈물을 들이 삼킨다."

힐로스로부터 자신이 입고 있던 그 옷이 켄타우로스의 핏속에 담근 것이라는 말을 들은 후에야 비로소 헤라클레스는 자신의 운명과 타협한다. 자신의 죽음을 예언했던 신탁을 기억해 낸 헤라클레스는 "나의 운명이 그 실체를 드러내는구나."라고 외치며 비로소 불평을 멈춘다. 이제 그는 죽음을 어떻게 맞이할 것인가를 생각하면서 "영광스럽고 명예스러우며 빛나는, 그리고 나 자신의 가치로 충만한 죽음이 되게 하자"고 마음먹고, 어머니인 알크메네Alcmene를 오히려 위로한다.

헤라클레스를 화장하려고 오이타 산꼭대기 위에 쌓아올린 장작더미에 횃불을 당기라고 헤라클레스가 명령을 내리고 필로테데스Philoctetes가 그 명령을 집행한다. 필로테데스는 나중에 죽음에 맞섰던 헤라클레스의 금욕주의적 태도에 관해 이렇게 전한다. "그 어떤 승리자가 죽음의 전차에 그처럼 당당한 자세로, 추호의 망설임도 없이 기꺼이 오른 적이 있었던가? 어떤 왕이 그토록 침착한 표정으로 국민에게 법의 집행을 손수 보여준 적이 있었던가? 그는 얼마나 침착하게 운명을 견디었던가? 우리의 눈물조차 멈추어버리고, 슬픔의 충격은 가라앉아 그 어느 누구도 그가 사라져가야만 한다는 사실을 서글퍼하지 않았다. 그 자리에서 운다는 일이 수치스럽게 느껴졌고 알크메네조차 여자라는 성이 슬픔을 강요함에도 불구하고 마른 두 뺨을 하고 그 자리에 서 있었다. 가히 그 아들에 그 어머니였다." 필로테데스는 헤라클레스가 정신적인 고통은 물론이고 육체적 고통에 대해서까지도 초연했었다고 말한다. "코카소스Caucasus나 핀두스Pindus 또는 아토스Athos 산이 화염에 싸여 있는 것을 상상해 보라. 그럼에도 헤라클레스의 화형식에서는 오히려 불길이 신음하는 듯한 소리를 내는 것 외에는 그 어떤 비명소리도 터져 나오지 않았다."

나중에 알크메네는 헤라클레스의 유골이 담긴 유골항아리를 들고 등장하면서 "오 태양이여, 이처럼 위대한 태산이 무로 사라지다니!"하고 애도해마지 않는다. 그렇지만 그녀는 "오, 아들아. 너의 위대함에 걸맞은 그 어떤 성물, 그 어떤 무덤이 있겠느냐? 이 드넓은 세계가 모두 너의 무덤이요, 명성이 곧 너의 묘비명이 될 것이니라."고 자랑스럽게 외친다.

지상에서 겪었던 모험에 대한 대가로 별이 되고 싶어 했던 헤라클레스는 아버지 유피테르 신으로부터 그 소망을 인정받는다. 신이 된 헤라클레스는 "나의 용기가 나를 별이 되게 해 주었고 신들의 세계로 나를 인도하였노라."고 하늘에서 말한다. 코러스는 "용감한 자여 영원하라."는 짧은 몇 마디 노랫말로 인류에게 은혜를 베풀었던 헤라클레스에 대한 최후의 찬사를 보낸다.

헤라클레스는 자신의 잘못을 인정하고 그 잘못이 파멸을 불러왔음을 인식하는 소포클레스의 영웅 타입은 아니다. 세네카의 헤라클레스가 가지고 있을 법한 비극적 결함에 대해서 암시된 바는 없다. 그렇지만 아리스토텔레스는 비극의 영웅은 살아 있는 사람처럼 아무리 영웅이라고 해도 약간의 약점은 가진 인물로 묘사될 때 비로소 관객의 깊은 공감을 불러일으킬 수 있다고 보았다. 그런데 헤라클레스는 아무런 잘못도 저지르지 않고, 따라서 그 자신이 죄의식을 느끼는 일도 없다. 그 결과 디아니라가 아무런 잘못도 없는 영웅을 몰락시키는 운명의 대리자가 되어버린다. 헤라클레스의 간음조차 그의 인격에는 아무런 흠집도 내지 않으면서 단지 디아니라의 질투심을 자극하기 위한 인간적 동기에 그치고 만다. 헤라클레스는 살아 있을 때보다 죽어서 더욱 금욕주의적 영웅으로 숭앙받는다. 이는 죽음에 임해서 헤라클레스의 굴하지 않는 강인한 의지가 그 힘을 발휘할 더 큰 기회를 잡았던 때문이다.

『섭리』(*De Providentia*)에서 세네카는 그린이 설명한 바와 같이 "신은 도덕적 악으로부터 선한 인간을 보호해 주시기도 하지만 때로는 선한 사람에게 고난을 내리기도 한다. 이는 신이 더 이상의 행운이 필요 없을 정도로 모든 종류의 행운을 다 포함한 최고의 혜택"[14)]인 "자기포기"를 그에게 내려주기 위함이라고 주장한 바 있다. 그렇다면 인간의 성장은 하나의 패러독스로 끝나기 마련이다. 금욕주의적 이상을 실현한 영웅의 표상인 헤라클레스가 그랬던 것처럼 인간의 자유를 향한 열망이 가장 강렬한 바로 그 순간에 인간은 완전히 부자유스러운 존재라는 것, 인간은 운명의 노예에 불과하다는 것을 깨달아야 하기 때문이다.[15)]

황제가 되기 전의 네로가 어렸을 때는 그의 개인교사로, 그리고 네로가 황제가 된 후에는 로마의 재상이자 미숙한 네로의 고문관으로서 사실상의 황제 노릇을 했을 정도로 네로 치세의 로마에서 영향력 있고 재력을

---

14) Greene, *Moira*, p. 423.

15) Farnham, p. 20.

가진 신분을 누렸던 세네카였지만 사실은 그의 삶은 불안정하기 그지없었다. 그는 질투심 많은 네로라는 인물로 구현된 운명이 명령을 내리면, 언제든 기꺼이 자신의 직위를 포기할 준비를 갖추는 것으로 자신의 행동에 대한 구실로 삼았다.

게다가 개인적으로는 끊임없이 무기력과 병마와 싸워야 했던 세네카는 항상 자살을 꿈꾸었다고 한다. 그렇지만 『헤라클레스』의 주인공 헤라클레스가 아버지 암피트리온Amphitryon 때문에 구조 받았듯이 세네카는 아버지의 소망 때문에 한동안 자살에 대한 생각을 실행할 수가 없었다. 그러다가 네로 황제로부터 모반에 가담했다는 의심을 받고 세네카는 결국 자신의 생각에 굴복하여 자살을 감행하고 말았다.

세네카와 같은 금욕주의자들은 부나 건강 심지어 생명까지도 초연해야 할 사소한 문제로 간주했기 때문에 그들 금욕주의자들에게 자살은 때로 정당한 것이 된다. 세네카의 자살이론은 항상 철학적 위안과 함께 존재했던 불안에 대한 심오한 인식의 결과이다. 실제로 세네카의 자살이론은 로마의 폭정이 견딜 수 없는 상황에 이르렀을 때 나온 세네카의 저술들에서 절정을 이룬다.

네로의 통치 아래서 그 사회의 최고 계층에 속한 사람이 덕을 유지한다는 것은 여간 어려운 일이 아니었다. 뿐만 아니라 절대적 이성을 갖추고 아무런 결함이 없는 완벽한 인간이 된다는 것은 로마의 보통사람들에게는 거의 불가능에 가까운 소망이었다. 이성에 입각한 미덕을 갖추는 동시에 세속적인 만족을 누릴 수 있는 사람은 거의 없었기 때문에 완벽함은 점점 시야에서 사라져가고 있었다. 금욕주의자들은 흔히 자기포기라는 커다란 희생을 치르고 얻을 수 있는 대가가 무엇이냐고 묻는다. 그러나 불멸이 보장된다는 대답은 그들에게 너무 모호했다. 그 때 마침 기독교가 금욕주의자들의 이러한 물음에 답을 제공해 주었다. 즉 기독교는 사후세계에서는 현세에서 행한 선행을 근거로 그에 합당한 상과 벌을 결정한다고 약속함으로써 대중들에게 보다 확실한 정신적 위안을 주었던 것이다. 그래서 당시의 많은 금욕주의 원칙들이 세네카와 동시대에 설립된 기독교의 사상들과 합병이 되어 갔다.

## 2. 『줄리어스 시저』

『줄리어스 시저』(*Julius Caesar*)의 밑바탕에 흐르고 있는 여러 윤리적 개념들 중에서 금욕주의는 가장 중요한 개념이다. 세네카의 헤라클레스가 금욕주의의 로마식 모델이라면 셰익스피어의 『줄리어스 시저』의 브루투스는 플루타르크에서 따온 인물로서 금욕주의 철학의 중요한 원칙들을 열망해 마지않는 인물이다.

브루투스는 천성적으로 덕성스런 인물들이 갖추어야 할 자질을 타고났을 뿐만 아니라 공직생활이나 사생활 모두에서 이 자질들을 이성으로 연마해 온 인물이다. 그래서 브루투스의 비극을 이야기할 때 그가 시저의 암살음모에 가담한 것은 무엇인가 선한 의도가 있을 것이라는 이유로 그의 암살행위 자체보다 오히려 암살의 이유를 훨씬 더 중요시한다. 브루투스는 시저를 경애한다. 브루투스가 싸우는 상대는 한 남자로서의 시저도 아닌 바, 시저의 실정이 모반의 정당한 구실이 되지 못한다. 브루투스가 시저를 암살하는 바로 그 장면에서 시저에 대한 그의 사랑을 가장 분명하게 엿볼 수 있다. 브루투스는 정중히 몸을 굽혀 탄원하기를 "나는 그대의 손에 키스를 하노라. 시저여, 아첨의 키스가 아닌. . ."하고 말하는데 이 말 속에는 반역 이상의 의도가 숨어 있다. 그리고 브루투스를 알아본 시저가 "브루투스, 너도냐!"(Et tu Brutus)라고 놀라서 내뱉는 비명 속에는 자신을 배반해버린 브루투스에게 걸었던 시저의 높은 기대치가 암시되어 있다. 브루투스의 주장은 아래와 같다.

> 소인이 폐하를 축출하고자 함에 있어서 개인적 의도는 없습니다.
> 오로지 민중을 위해서일 뿐.

> I know no personal cause to spun at him
> But for the general. (2. 1. 11-12)

변론을 하는 과정에서 브루투스는 시저가 황제의 자리에 등극하게 되면 관대한 군주인 지금의 시저는 무자비한 폭군으로 변해버릴 것이라고 단언한다. 만일 브루투스가 시저를 죽이지 않고도 시저의 영향력을 파괴할 수만 있었더라면 그는 기꺼이 그렇게 했을 것이다.

> 아, 우리가 시저의 정신만 잡아버리고,
> 그의 사지를 자르지 않을 수만 있다면!

> O, that we then could come by Caesar's spirit,
> And not dismember Caesar! (2. 1. 169-70)

명예로운 의도를 가지고 이성적 판단에 따라 자신의 행보를 결정한 브루투스는 모반에 가담한다. 그가 사심 없이 정의의 명분을 위해서 행동하는 모반자들은 "살인자가 아닌, 정화자"라고 간주한 때문이다.

모반에 가담하고 나서 브루투스는 처음에는 시저에 대한 시기심 때문에 모반을 획책한 캐시우스Cassius의 재촉에 이끌려서 겨우 자신의 의무로 여겨지는 일만을 마지못해 수행한다. 그러나 나중에 브루투스는 잘못된 의무감으로 충성을 다한다. 그는 공화정 시절이 끝나감을 미처 깨닫지 못했으며 1장에서 볼 수 있듯이 평민들은 쉽게 설득을 당하는 미덥지 못한 존재들이라는 것, 한 때는 폼페이에서 충성을 맹세하더니 지금은 또 시저에게 경의를 표할 수 있는 기능공들처럼 변덕스러운 존재가 대중이라는 것, 그래서 시저의 사체를 앞에 두고 처음에는 브루투스의 논리 정연한 웅변에 박수를 치다가도 이내 안토니의 호소를 듣고 나서는 안토니에게 충성을 맹세하는 것이 대중의 속성임을 알지 못했던 것이다.

결과적으로 브루투스는 결코 사악한 것으로 치부될 수 없는 행위로 인해 고통을 겪는 인물이다. 왜냐하면 그의 행위들은 모두 고귀한 의도로 행해진 것들이기 때문이다. 명확하지 않은 전제만으로 시저가 왕관을 쓰게 되면 전제적인 군주가 될 것이라고 단정한 브루투스는, 그래서 자신의 명분은 어디까지나 정당하다는 추측 하에 야유하는 군중들을 자신의 지지자로 설득할 수 있으리라 자신한다. 그러나 모반행위와 그 행위가 몰고 올 결과 사이에는 분명 아이러니하게 상치되는 바가 있다. 학자인 브루투스가 대중들을 향해 "여러분이 보다 현명한 판단을 할 수 있도록 여러분의 지혜를, 그리고 여러분의 지각을 일깨워 놓으시오."라고 호소했을 때 시민들은 즉시 브루투스 편을 들어 "브루투스를 시저로 삼자," "시저의 작위를 브루투스에게"라고 외쳐댄다. 그렇지만 브루투스가 진정으로 희망한 것은 시저의 "야망의 부채"를 갚으려 했던 것이었다. 그런데 정작 로마는 캐시우스가 브루투스에게 상기시켰던 바와 같이 브루투스의 모반을 시저와 동일한 이름으로 불렸던 유명한 브루투스의 선조가 세운 공화정으로 돌아가자고 한 것으로 받아들인다.

이 극에서 시저에게 적용되는 유일한 죄목은 야망이다. 사실 세 번씩이나 왕관을 거절했던 시저였지만 나중에 반역자인 데키우스Decius가 왕관에 대한 약속을 하자, 여러 불길한 예언에도 불구하고 결국 의사당 앞으로 나서는 것으로 보아서 그는 야망을 가진 인물임에 분명해 보인다. 그러나 시저의 야망은 오이디푸스의 야망처럼 국가를 위한 것이라는 점에서 바람직한 야망이다. 모반을 경고하는 편지를 읽으려는 중요한 순간에 국민에 대한 의무를 의식한 시저는 "내 개인과 관계된 것은 나중으로 돌리겠소"라고 대답한다. 이것 때문에 모반자들의 계략 속으로 발을 들여놓게 된 시저는 살인자들이 쳐놓은 그물에 걸려든 아가멤논이 그랬던 것처럼 관객들의 동정을 받는다. 시저가 암살당한 후에 안토니는 마치 오레스테스가 아가멤논이 살육당할 때 입었던 잠옷을 펼쳐보였던 것처럼 시저의 사소한 실수들을 용서하라는 연설을 하면서 시저가 암살당할 때 입고 있던 구멍투성이 망토를 군중들 앞에 펼쳐 보인다. 이러한 안토니의 행동은 시저가 군중들로부터 더 많은 동정을 받도록 만든다. 죽은 시저가 마치 살아 있을 때와 마찬가지로 비극의 행동을 지배하고는 있지만, 그리고 안토니와 옥타비우스를 대리인으로 내세운 시저의 복수의 영혼이 결국 필리파이Phillipi에서 브루투스를 파멸시키지만 극적 관심은 어디까지나 브루투스의 성격에 집중되어 있다.

세네카의 헤라클레스는 잘못을 저지르지 않았으므로 죄의식도 느끼지 않는다. 항상 자신의 의도를 고귀한 것으로 인식하고 있던 브루투스도 결코 자신의 잘못을 인정하지 않을뿐더러 죄의식도 느끼지 않는다. 캐시우스에 이끌려서 자신이 하고 싶지 않았던, 더욱이 시저에게 품고 있던 자신의 존경심을 생각할 때 더욱 저항감이 생기는 그러한 행위에 이끌려 들어간 그 순간부터, 그러니까 모반에 가담하기로 결심한 그 순간부터 브루투스는 목적에 흔들림이 없었던 것은 아니지만 어쨌든 자신의 의무로 생각한 것을 추진해 나아간다. 브루투스는 위계질서를 상징하는 영웅인 시저의 정신에 헛되이 맞선 까닭에 몰락한 주동인물이다. 브루투스의 행위를 지배하는 것은 인간이 도저히 이룰 수 없는 이상 국가에 대한 열망이다. 요컨대 브루투스의 비극은 바람직한 동기와 무모한 행동 사이의 불일치에 있었던 것이다.

브루투스는 로마식 고귀함의 전형으로 그가 개인적으로도 탁월한 인간임은 그의 아내인 포샤Portia와의 관계에서만이 아니라 졸고 있는 시종 루키우스Lucius에게 보여주는 배려에 분명히 나타나 있다. 아내에 대한 애정까지도 금욕적으로 억제해 왔었던 브루투스는 아내의 죽음에 관해 캐시우스에게 말할 때도 도리어 캐시우스를 염려하며 스스로의 슬픔을 억누른다.

오셀로의 죽음과는 달리 브루투스의 죽음은 격정에의 굴복과는 상관이 없다. 캐시우스와 언쟁할 때 브루투스는 단 한번 격정을 순간적으로 폭발시킨다. 이 때 브루투스는 군인들에게 봉급을 주기 위해 어쩔 수 없이 뇌물을 받지 않으면 아니 되는 상황에서 캐시우스로부터 도움을 받으려 했던 것인데, 이는 브루투스로서는 용납이 아니 되는 비이성적 행동이었다. 그런데 이러한 브루투스의 격정의 폭발이 포샤의 죽음 소식이 전해진 직후였다는 것을 알게 된 캐시우스는—캐시우스는 그녀의 죽음을 언쟁이 벌어진 훨씬 후에 안다—언쟁의 쓸모없음을 깨닫고는 싸움을 유발한 사람은 자신이라고 스스로를 탓하며 브루투스에게 사과한다.

브루투스가 그 자신의 안전과 관련해서 가장 큰 실수를 한 것은 바로 전쟁터에서이다. 군대를 치명적인 파멸로 몰아넣을 잘못된 명령을 내린 것이다. 언쟁에서 브루투스에게 무릎을 꿇은 캐시우스는 그 뒤 필리파이에서 적군과 대적해야 된다는 브루투스의 주장을 그대로 따르고 만다. 그런데 브루투스의 이 주장은 바로 군사적 판단의 실수, 그것도 최후의 몰락을 초래하는 실수로 판명된다. 캐시우스의 말을 무시한 브루투스가 옥타비우스보다 자신이 유리하다는 판단 아래 부하들에게 너무 일찍 돌진을 명해버린 것이다. 그 결과 캐시우스의 군대는 예상대로 안토니의 군대에게 포위되고, 전투가 끝났다고 생각한 캐시우스는 자살해버린다. 이렇게 해서 캐시우스를 정복한 안토니는 자살 직전의 캐시우스가 다음과 같이 천명한 바 있듯이 시저 혼령의 복수의 대리자이다.

> 시저여, 그대는 복수를 했도다,
> 그대를 살해한 바로 그 검으로써.

> Caesar, thou art reveng'd
> Even with the sword that kill'd thee. (5. 3. 45-46)

캐시우스는 시저를 찔렀던 바로 그 검에 의해 쓰러진다. 마치 아이스킬로스의 클리타임네스트라와 아이기스토스가 아가멤논을 쳤던 그 도끼에 살육되었던 것처럼. 브루투스도 시저의 복수가 이루어짐을 깨닫는다.

> 오 줄리어스 시저여, 그대는 아직도 위대하도다!
> 그대의 혼령이 밖으로 배회하면서, 우리의 칼이
> 우리 자신의 창자를 찌르도록 하고 있도다.

> O Julius Caesar, thou are mighty yet!
> Thy spirit walks abroad, and turns our swords
> In our own proper entrails. (5. 3. 94-96)

그러나 금욕주의의 덕을 실현한 영장이요 자기포기의 상태에 도달하고자 스스로를 단련시켜 왔던 로마인의 대변자 브루투스는 자신을 이렇게 위로한다.

나는 오늘의 이 패전으로 영광 이상의 것을 누리리라.
옥타비우스와 마크 안토니가
이 수치스러운 정복으로부터 얻게 될 것보다 훨씬 더 많은 것을.

I shall have glory by this losing day
More than Octavius and Mark Anthony
By this vile conquest shall attain unto. (5. 5. 36-38)

대의명분에 있어서는 패배했지만, 그럼에도 불구하고 브루투스는 자신의 행위만은 고결했다고 확신한다. 브루투스의 승리는 정치나 군사적 승리는 아니었지만 자신에 대한 승리임에는 틀림없다. 브루투스가 그 어떠한 환경의 일격에도 끄떡하지 않을 수 있는 확고부동한 정신 상태라는 덕에 도달했기 때문이다. 그는 자신의 인격 안에서 위안을 발견한다. 역경을 통해서 초연함을 습득할 기회를 얻을 수 있었으므로 브루투스는 다음과 같이 선언하며 마침내 생명을 포기할 수 있는 지점에까지 이른다. 생명을 포기하는 브루투스의 이러한 태도야말로 강인함을 입증하기 위한 최후의 행위일 것이다.

. . . 나의 몸은 휴식을 취하고 싶어서,
오직 이 시간을 얻기 위하여 그토록 애를 써온 것이니라.

. . . my bones would rest,
That have but labour'd to attain this hour. (5. 5. 41-42)

금욕주의자들은 삶을 하나의 굴레로 보기 때문에 그들은 자살로써 철학적 고지에 도달한 브루투스의 강인함을 존경해마지 않는다. 브루투스의 하인이었던 스트라토Strato가 자신의 주인이 스스로 뛰어들었던 바로 그 칼을 쳐들면서 아래와 같이 외쳐대는 것은 브루투스의 자결이 보여주는 금욕주의적 강인함에 바치는 찬사에 다름 아니다.

> 오직 브루투스만이 브루투스를 이겼을 뿐,
> 그 어느 누구도 그의 죽음으로 영예를 얻은 자 없도다.

> For Brutus only overcame himself,
> And no man else hath honour by his death. (5. 5. 56-57)

금욕주의적 관점에서 브루투스는 아무런 비극적 결함도 갖지 않은 인물이다. 죽는 그 순간까지 브루투스는 선한 의도를 가지고 있었기에 결코 잘못으로 치부될 수 없는 행동을 함으로써 고결한 인품을 구현하였다.[16] 적장인 안토니까지도 이 금욕주의적 영웅의 시체를 기리기 위해 다음과 같이 칭송한다.

> 이분은 그들 중에서도 가장 고매한 로마인이었소.
> 이분만 빼놓고 모든 음모자들은
> 위대한 시저에 대한 증오심 때문에 그런 짓을 한 것이오.
> 그분만이 국가를 위한 진지한 생각으로,

---

16) Farnham, *Ibid.*, pp. 418-19.
판햄Farnham은 "셰익스피어의 브루투스는 심오한 아이러니라는 수법으로 비극적 운명을 구현한 운문적 인물들의 계열에 속하는 인물이다. 여기서 운문적 인물들이란 운명이나 신들의 노리개도 아니고, 그렇다고 굉장히 저돌적인 죄인도 고집 센 약자도 아닌, 오히려 찬양받을만한 자질 때문에 고통을 겪게 되는 선한 의지의 영웅적 힘을 가진 인간을 의미한다."고 말한다.

모든 사람의 이익만을 생각하여, 그 일당이 되었던 것이오.
그의 생은 신사다웠으며, 사원소도
잘 조화되어 대자연도 일어서서
온 세계에, "이 사람이야말로 남자였소!"라고 말할만한 분이었소.

This was the noblest Roman of them all.
All the conspirators, save only he,
Did that they did in envy of great Caesar,
He only, in a general honest thought
And common good to all, made one of them.
His life was gentle, and the elements
So mix'd in him that Nature might stand up
And say to all the world, "This was a man!" (5. 5. 68-75)

# 찾아보기

**ㄱ**



**ㄴ**



**ㄷ**



**ㄹ**

**ㅇ**

## ㅈ



## ㅊ

## ㅋ



## ㅌ



## ㅍ

**ㅎ**

# 그리스 · 로마 비극의 용어들

*agōn* 상대방을 설득하기 위해 두 등장인물 사이에 벌어지는 격렬한 논쟁.

*aidōs* (shame) 수치심.

*alastōr* (avenging deity) 복수의 신. 흔히 복수의 여신들인 에우메니데스 Eumenides나 에리니에스Erinyes와 구분하여 정의를 위한 복수를 하는 제우스를 지칭한다.

*anagnōrisis* (recognition) 인식. 비극의 주인공이 자신의 상황을 깨닫는 것을 의미한다.

*anankē* (necessity) 필연성.

antistrophe 코러스가 우측으로 돌면서 부르는 송가의 일부로, 스트로페Strope에 이어져 나온다.

*aretē* (excellence or prowess) 탁월함 혹은 용맹.

*aristeia* (heroic deed, heroism) 영웅적 행위나 영웅주의.

*atē* 정신을 온통 쏟아 부어 심취한 상태.

Atē atē의 정신 상태를 구현하는 여신.

choreutae 코러스의 단원.

*chorikon* 짧은 합창 노래.

coryphaeus 코러스 장.

daimon 초인적인 영이나 힘.

*deus ex machina* (god from the machine) 비극의 결말에 갑작스럽게 등장하여 해결이 불가능한 상황을 해결하는 신을 가리킨다. 크레인과 같은 기계를 타고 등장하기 때문에

이 같은 명칭으로 불렸는데, 동기가 없는 결말을 나타내기 위한 문학적 은유로 흔히 사용된다.

*deuteragonist* 비극의 두 번째 배우 혹은 그 역할의 중요성이 두 번째인 배우를 가리킨다.

*dikē* (justice) 정의.

*ekkyklema* 무대의 궁전 내부를 내보이기 위해 바깥쪽으로 펼쳐지는 연단.

epirrhematic scene 등장인물과 코러스 사이의 대화에 해당되는 부분.

episode (*epeisodion*, pl. *epeisodia*) 코러스의 노래 사이사이에 전개되는 극적 사건으로 현대극의 '막'에 해당된다.

epode 종결부. 코러스의 마지막 노래의 주요 부분.

*erinys* (pl. *erinyes*) 복수, 분노.

exodos 비극의 마지막 장면으로 흔히 코러스가 퇴장하면서 부르는 합창으로 끝난다.

gnome 격언.

*hamartia* (mistake, tragic error) 실수나 잘못. 흔히 비극적 결함a tragic flaw으로 불린다.

*hybris* (excessive pride, outrage) 오만, 자만.

*kleos* 영웅적 과업으로 얻은 명성.

*kommos* 주요 인물과 코러스 사이에 나누는 서정적 대화로 대체로 애도적 분위기를 조성하는 데 기여한다.

*kōmos* (revel) 주연.

*koros* (surfeit) 폭식, 과음.

*logos* 대사 혹은 합리적인 논평.

*mēchanē* (*machina*) 기계 장치.

moira (fate) 운명의 여신. 그리스 신화에서는 물레를 잣는 여신으로 그려지며 제우스조차 모이라의 지배를 벗어나지 못한다.

*mythos* (story, or plot of a play) 연극의 전체 줄거리.

orchestra 그리스 극장에서 회전식의 무대를 가리킴.

parodos 코러스가 등장하면서 부르는 노래.

*pathos* (suffering) 고통을 뜻하나 대개는 비극의 주인공이 겪는 고통에 대해 느껴지는 관객의 정서까지도 포함한다.

*peithō* (persuasion) 설득 혹은 설득력.

peripeteia 비극의 플롯에서 아리스토텔레스가 말한 '역전'을 뜻함.

*philia* 친구나 가족에 대한 애정.

*phthonos* (envy) 질투나 시기심.

*physis* 본성 혹은 본질.

polis 도시/도시국가.

prologue 파로도스parodos 앞의 모든 부분.

*rhēsis* 형식적으로 정해진 대사.

*skolion* (drinking-song) 음주가로서 고전의 대본 여백에 적어 놓은 학자의 노트를 가리키는 'scholion'과는 다르다.

*sophia* (wisdom) 지혜. 때로는 교활함을 뜻하기도 한다.

*sōphrosyne* (moderation, self-control) 절제나 중용을 뜻하지만 흔히 고통을 통해 얻는 지혜를 의미한다.

stasimon (plural: stasima) 파로도스 다음에 나오는 합창곡으로 에피소드 사이사이에 나온다.

stichomythia (swift dialogue) 등장인물들 간에 교환되는 대화시.

strophe 코러스가 왼쪽으로 돌면서 부르는 노래로 대개는 antistrophe를 동반한다.

*themis* 신적 질서 혹은 원초적인 이치.

Themis 질서 혹은 이치를 구현하는 여신.

*theos* (divinity) 신성.

*thymos* 열정, 격분, 분노의 지위.

*tlēmosynē* (heroic endurance) 영웅적인 인내심.

*tychē* (capricious fortune) 선과 악을 몰고 다니며 아무렇게나 운명을 바꾸는 변덕스러운 행운.

지은이 **로라 젭슨**

이 책을 쓴 로라 젭슨(Laura Jepsen)은 미국의 플로리다 주의 텔러허시에 위치한 플로리다 주립대학의 비교문학과의 교수로 재직하면서 그리스·로마의 고전과 셰익스피어의 희곡들을 가르쳤다. 특히 셰익스피어는 플로리다 주립대학에서 학생들을 가르치던 시절은 물론이고 1995년 크리스마스이브에 사망할 때까지 그녀의 인생 전체를 지탱하는 삶의 지지대 역할을 하였다. 셰익스피어가 젭슨의 삶에 어느 정도로 큰 영향을 끼쳤는지는 그녀가 평생을 보낸 리치게이트 하우스(Lichgate House)로 불리는 그녀의 집을 방문해 보면 단박에 알 수 있다. 우람한 참나무들이 빽빽이 들어찬 텔러허시의 하이로드 숲속에 지어져 있는 젭슨의 리치게이트 하우스는 온갖 식물들과 화초들로 에워싸인 모습이 한눈에 보아도 셰익스피어의 『한여름 밤의 꿈』에 나오는 아든 숲을 연상시킨다. 에어컨조차 설치되지 않은 이 집에서 젭슨은 셰익스피어의 낭만희극 속의 여주인공들처럼 청량하고 정결한 일상을 보낸 것으로 알려져 있다. 젭슨의 사후에 리치게이트 하우스는 그녀의 유지를 받든 제자와 지인들에 의해 플로리다 주 정부에 헌정되었고, 주 정부는 그 집을 〈로라 젭슨 기념관〉(The Laura Jepsen Institute)으로 만들었다. 지역 문화에 기여할 목적으로 매주 월요일에서 금요일까지 주민들에게 개방되는 〈로라 젭슨 기념관〉은 〈어린이를 위한 셰익스피어 정원〉(Children's Shakespeare Garden)과 지역사회의 기념행사나 워크숍을 위한 〈야외 교실〉(Outdoor Classroom)로 꾸며져서 인근의 초, 중고생들은 물론이고 플로리다를 찾는 관광객들에게 셰익스피어에 대한 상상의 나래를 펼쳐볼 수 있는 귀중한 기회를 제공하고 있다.

옮긴이 **이영순**

전북대학교 인문대학 영어영문학과를 졸업하고(1979) 동 대학원의 영문학 석사/박사과정을 마쳤다(1989). 1990년부터 현재까지 배재대학교 영어영문학과 교수로 재직하고 있으며 미국 인디애나 주립대학교(블루밍튼 캠퍼스)의 비교문학과 방문교수로 2000년부터 2002년까지 연구하였다. 역서로 『신화의 미로 찾기 1』(2000), 『신화의 미로 찾기 2』(2002), 『융과 셰익스피어』(2006), 『그리스 신화, 그 영원한 드라마』(2008), 『영미 드라마의 길잡이』(2013)가 있으며 셰익스피어와 현대 영미 희곡 및 신화, 영화와 관련된 다수의 논문이 있다.


# 고전에서 셰익스피어로

## 그리스 · 로마 비극과 셰익스피어 비극의 비교


초판 발행일 • 2017년 2월 15일

옮긴이 • 이영순 / 발행인 • 이성모 / 발행처 • 도서출판 동인

주소 • 서울시 종로구 혜화로3길 5 118호 / 등록 • 제1-1599호

Tel • (02) 765-7145~55 / Fax • (02) 765-7165

E-mail • dongin60@chol.com

ISBN 978-89-5506-743-9 정가 13,000원